बीस दिनों की जन्नत

बीस दिनों की जन्नत

मोहनदास नैमिशराय

वाणी प्रकाशन

वाणी प्रकाशन

4695, 21-ए, दरियागंज, नयी दिल्ली 110 002

फ़ोन : +91 11 23273167 फ़ैक्स : +91 11 23275710

शाखाएँ

अशोक राजपथ, पटना 800 004, बिहार

कॉफ़ी हाउस कैम्पस, महात्मा गांधी मार्ग, इलाहाबाद 211 001, उत्तर प्रदेश

महात्मा गांधी अन्तरराष्ट्रीय हिन्दी विश्वविद्यालय, वर्धा 442 001, महाराष्ट्र

36/ए, शेक्सपीयर सरणी, रानी बिरला गर्ल्स कॉलेज के पास, कोलकाता 700 017, प. बंगाल

www.vaniprakashan.com
marketing@vaniprakashan.in
sales@vaniprakashan.in

Bees Dinon Kee Jannat
by Mohandas Naimishrai

ISBN : 978-93-5518-445-0
Collection of Stories

प्रथम संस्करण 2023

मूल्य : ₹ 599

आर. टेक ऑफ़सेट प्रिंटर्स, दिल्ली-110 032 में मुद्रित

वाणी प्रकाशन का लोगो मक़बूल फ़िदा हुसेन की कूची से

जीवन साथी शकुन्तला को

सादर भेंट

मेरी बात पाठकों के साथ

दलित साहित्य रंगों से भरा कोई उत्सव नहीं है न किसी के लिए शौक़। न कल्पनाओं का सुख। न स्वयं आनन्द लेने, न दूसरों के लिए मनोरंजन का माध्यम। दलित साहित्यकार ख़ून की लकीरों और पसीने से सराबोर बेचैनी के आलम में लिखता है। हाशिए के समाज को उसके अधिकार दिलाने हेतु वह प्रतिबद्ध होकर लिखता है। वह अपने जख़्मी इतिहास की ओर लौटता है और उस दौर को याद करता है, जहाँ से इस देश के मूल निवासियों पर उत्पीड़न की शुरुआत हुई थी। ज्योतिबा फुले, सावित्री बाई फुले, शाहू महाराज, रामा सामी पेरियार, बाबा साहेब डॉ. अम्बेडकर और मान्यवर कांशीराम आदि महापुरुषों से प्रेरणा लेता है। प्रेरणा न सिर्फ़ लेखन हेतु बल्कि आन्दोलन के लिए भी। आन्दोलन के बिना दलित साहित्य अधूरा है। दलित साहित्य का उद्भव ही आन्दोलन के गर्भ से हुआ है। दलित साहित्य में चेतना अगर नहीं है तो उसे दलित साहित्य नहीं कहा जा सकता। इसीलिए लेखक सामाजिक विषमता के ख़िलाफ़ आह्वान करता है, गुलामी की नींद में सोए लोगों को जगाता है और ऐसे समाज की रचना करना चाहता है जिसमें क्षमता, स्वतन्त्रता और बन्धुता हो। हर व्यक्ति का सम्मान हो, महिलाओं में आत्मविश्वास आये।

आज़ादी से पूर्व ब्रिटिश साम्राज्य को व्यवस्थित रखने और प्रसार करने के लिए एक सौ से अधिक आई.सी.एस. के रूप में उच्च प्रेणी की प्रशासकीय सेवा में सवर्ण जातियों का काफ़ी प्रतिशत रहा था। वे अंग्रेज़ों के दरबार में नतमस्तक रहते थे। ऐसे सवर्ण आई.सी.एस. अधिकारियों की संख्या 1947 तक एक सौ के लगभग थी। जिनमें अनुसूचित जाति तथा जन-जाति के अधिकारियों का प्रतिशत मात्र तीन या चार था। उस पर भी सवर्ण अधिकारियों की जमात को दलित अधिकारियों का होना सहन नहीं था। ब्रिटिशर्स के अलावा कुछ हिन्दू अधिकारी भी अपने को रॉयल फैमिली से मानते थे।

'डिप्टी' कहानी इसी आधार पर लिखी गयी है। उस समय की नम्बर वन नौकरी यानी आई.सी.एस. होने के बावजूद दलित को न सम्मान मिल पाता था और न उसके साथ बराबरी का व्यवहार होता था। उसी दलित आई.सी.एस. अधिकारी की न ब्रिटिश शासन के तहत पदोन्नति होती है और न आज़ादी के बाद। उसके सीनियर अधिकारी पदोन्नति के समय बार-बार उसकी रिपोर्ट ख़राब करते थे। यह कहानी आत्मकथात्मक शैली में लिखी गयी है।

'बीस दिनों की जन्नत' कहानी हिन्दू से मुस्लिम धर्म स्वीकार करने की यथार्थ से पूर्ण कहानी है। वहाँ भी जैसे बीस दिनों के बाद जन्नत ग़ायब हो जाती है। और जो एक सपना था, वह टूट जाता है। 'हेरिटेज' कहानी का मुख्य पात्र देश भर से आये संस्थान में शोधार्थियों के लिए चुनौती के रूप में आता है। जो सिर्फ़ लायब्रेरी में बैठकर या अपने बन्द कमरों में शोध में डूबे होते हैं या फिर साथियों के साथ गोष्ठियों में विमर्श में उलझे होते हैं। उस परिवेश से बाहर भी बहुत कुछ होता है। जिस पर शोध की ज़रूरत है।

इसी कहानी संग्रह में 'सिद्धान्तकार' कहानी में एक आदर्शकारी राजनीतिज्ञ के संघर्ष को रेखांकित किया गया है वहीं 'वज़न' कहानी में एक लेखक की रचनाधर्मिता के लिए प्रतिबद्धता है। 'महाब्राह्मण महाशूद्र' कहानी पात्रों की जीवटता को उकेरती है तथा महाब्राह्ममण और महाशूद्र के आपसी सम्बन्धों को भी बतलाती है। यह कहानी मेरे द्वारा पिछली शताब्दी में लिखी गयी थी। सुखद या दुःखद आश्चर्य की बात यह है कि स्वयं कई बार मुझे श्मशान भूमि जाना पड़ा था और वहाँ के परिवेश के भीतर उस गन्ध को आत्मसात किया था। इसी कहानी के बारे में बताना चाहता हूँ कि पौलेण्ड से मिस पोलिना आयी थीं। उन्होंने इस पर फ़िल्म भी बनायी थी।

'बीस दिनों की जन्नत' नाम से मेरे इस कहानी संग्रह में कुछ कहानियाँ पुरानी हैं जैसे 'बरसात', महाशूद्र महाब्राह्मण, सपने, 'मजूरी', 'दर्द' खबरवा बाबू' और शेष नयी।

कुछ कहानियों को छोड़कर कहा जाये तो अधिकांश से दलित उत्पीड़न उभरता है। ज़ाहिर है उभरेगा भी। पुरानी शताब्दी से नयी शताब्दी की यात्रा में दलित कहाँ है, मेरी इन कहानियों को पढ़कर पाठकों के साथ शोधार्थी अन्दाजा लगा सकते हैं। यह कहानी संग्रह बहुत पहले छप जाना चाहिए था। पर देरी से ही सही। अरुण माहेश्वरी जी का आभार उन्होंने वाणी प्रकाशन से इसे प्रकाशित किया।

अक्तूबर, 2022 **मोहनदास नैमिशराय**

अनुक्रम

बीस दिनों की जन्नत

नयी शताब्दी और नया धर्म। साथ ही नया इबादतखाना भी। हरिराम का जैसे नया जन्म हुआ हो। वह हरि भी था और राम भी। फिर भी मन्दिर प्रवेश से उसे पुजारी ने रोक दिया। मन्दिर में न देवता के दर्शन करने दिये न देवी के। यहाँ तक कि मन्दिर के सामने खड़े होना भी उसके लिए निषेध था। बहिष्कृत समाज का बहिष्कृत व्यक्ति। जैसे सिर्फ़ एक लाचार छाया। या फिर जैसे वह कोई माल-असबाब हो। उसके भीतर जैसे बहुत कुछ टूटा था। टूटने की आवाज़ उसे साफ़ सुनाई दी थी। बेहिसाब दुख हुआ था उसे। सिर्फ़ अफसोस करने से काम नहीं चलेगा। कुछ करना होगा। कहीं और भी कुछ टूटने की प्रक्रिया शुरू हुई थी। बिखर तो वह पहले से ही रहा है। जीवन में पहली बार हरिराम ने गम्भीरता से कुछ सोच-विचार किया था। उसने अपने-आप से सवाल भी किया था, ''क्या दलित समाज में जन्म लेना गुनाह था। क्या दलित आदमी नहीं होता?'' अन्ततः उसने अकेले ही निर्णय भी लिया था। हालाँकि उसके अपने दबोह क़स्बे में उसे उकसाने और उत्तेजित करने वाले बहुत थे। वैसे उत्साहित करने वालों की भी कमी नहीं थी। दबोह क़स्बे के भीतर और बाहर विस्तार हो रहा था। नये मन्दिर भी बन रहे थे और मस्जिदें भी। धार्मिक प्रवचन भी होते थे। कथाएँ भी होती थीं। उन सबकी आवाज़ें उसके कानों में गूँजती थीं। मन्दिर निषेध की घटना या दुर्घटना चाहे जो कुछ कहा जाये, पूरे क़स्बे को गुँजित करते हुए क़स्बे की सीमा को पार कर गयी थी। न सिर्फ़ क़स्बा/ज़िला/प्रदेश बल्कि यह ख़बर राष्ट्रीय स्तर पर वायरल हो गयी थी। क़स्बे का मानस कंपित भी हुआ था। उस मानस में द्वन्द्व भी था और क्षोभ भी।

दलितों में जहाँ आक्रोश था वहीं सवर्णों में नाराज़गी। वे दलितों पर आक्षेप लगा रहे थे। मुल्ला-मौलवियों और इमामों को कोस रहे थे। इस्लाम और इस्लामियत पर लानत भेज रहे थे। कुछ के भीतर पश्चात्ताप भी था। जितने मुँह उतनी ही बातें। अलग-अलग जमात के अलग-अलग स्वर, हर वर्ग का अपना विचार। पत्रकारों के लिए दबोह तीर्थ स्थल बन गया था। एक आता तो दूसरा जाता। हफ़्तों नहीं पखवाड़े तक यह सब चलता रहा। हरिराम आम आदमी से ख़ास आदमी बन गया था। उसकी बात में वज़न आ गया था। सचमुच बिगड़ी हुई परिस्थितियों ने उसे महत्वपूर्ण व्यक्ति बना दिया था! जो उसे नहीं भी जानता था वह जानने लगा था। पीपल वाली बस्ती में रहता था हरिराम।

हर धर्म का अपना दर्शन होता है और अपनी संस्कृति भी। हरिराम से सुलेमान ख़ाँ वह बना तो नये धर्म को वह समझने लगा था। नये धर्म के लोग भी उसे समझने लगे थे। अब तक बस्ती में जो उसे हरिया कह-कह कर बुलाते थे अब सुलेमान खाँ कहने लगे थे। पुकारने और बुलाने का उनका लहजा भी बदल गया था। हालाँकि मुसलमान बनने के बाद बस्ती में से कोई भी उसे मुबारकवाद देने नहीं आया था, दलितों के बीच से ही कुछ ने अपना गुस्सा अलग-अलग तरह से ज़ाहिर किया–

"नामाकूल, न जाने क्या हो गया हरिया को, मुसल्ला बन गया स्साला।"

"नाम भी क्या रखा है सुलेमान खाँ।"

"और बीबी का नाम रख लिया शमीम बानो।"

"उसकी बेटी झुनिया का नाम हो गया अख्तरी।

"और बेटे रुल्दू बन गये हमीद।"

''जैसे शहर कोतवाल बन गया हो।"

''शहर कोतवाल नहीं शाही इमाम।"

मुसलमान बनने की ख़ुशी में लडडू बाँटे गये थे। लेकिन बस्ती में किसी ने नहीं लिए। दलितों में अम्बेडकर जागृति सभा के एक पदाधिकारी ने तो यहाँ तक कह दिया, ''धर्म बदलने के लिए क्या मुस्लिम धर्म ही रह गया था। जाओ लड्डू खिलाने हो तो किसी कुत्ते को खिला देना।'' हरिया की अपनी ही जाति के लोगों के बीच थू-थू हो रही थी।

नज़दीक की मुस्लिम बस्ती में भले ही फुलझड़ियाँ छूट रही हों। उधर धर्म की कायनात के नीचे नये मुसलमान की पुराने मुसलमानों के साथ उठ बैठ शुरू हो गयी थी। सीरी और सीवनिया अल्लाह की नियामत के रूप में तश्तरियों और प्यालों में रख भिजवाई जाने लगी थीं।

इस बीच जो नये दोस्त बने, उनमें इश्तयाक़ अहमद, नसीर अंसारी, यूसुफ ख़ाँ और कल्लू क़साई था। उनमें पहले जुम्मे की पेठ में कपड़े का ठिया लगाते थे। दूसरे खड्डी पर कपड़ा बुनते थे और तीसरे की कबाड़ी बाज़ार में कबाड़ की दुकान थी और चौथा बस्ती में गोश्त बेचता था। यानी एक कपड़ा बेचता था, दूसरा कपड़ा बनाता था। तीसरा कबाड़ बेचता था और चौथा रोज़ सुबह लोहे के सरिये पर रास टांग कर गोश्त बेचता था। यही उसके शुरुआती दोस्त थे। वे सभी ख़ुदा के ख़िदमतगार थे। रोज़ नमाज़ तो पढ़ते थे, पर रोज़ मस्जिद नहीं जाते थे। जहाँ तक शमीम बानो के नज़दीक मुसलमानियाँ आयीं, उनमें हमीदा बानो, शाहिदा और नसरीन थीं। हमीदा इश्तयाक़ अहमद की बीवी थी। चूँकि मियाँ का कपड़े का ठिया था। वे जनाने कपड़े अधिक बेचते थे। बानों के लिए बुर्के का कपड़ा ले आयी। बच्चों के भी कपड़े लायी। साथ में दो-दो टोपियाँ भी। शाहिदा का खाविन्द सरकारी मुलाजिम था। वह मुस्लिम धर्म की बच्चों के लिए कुछ किताबें साथ में ले आयी। नसरीन का मर्द तो कबाड़ी ही था। वह और क्या कबाड़ लाकर कबाड़खाने में रखती। पर कुछ-न-कुछ तो लाना ही था। वह इमामजस्ता लाना न भूली। साथ में सौंफ, इलायची, किसमिस, वगैरह-वगैरह। नज़दीक के मदरसा में मौलवी साहब थे। वे पहले ही दिन कुरान के साथ हज़रत मुहम्मद की जीवनी दे गये थे। सुलेमान ख़ाँ आठवीं जमात तक पढ़े थे और शमीम बानो ने चौथी जमात तक आते-आते पढ़ाई छोड़ दी थी। मुसलमानों की ओर से नयी-नयी सौगात लाने वालों की कमी नहीं थी। जैसे वे दलित से नये मुसलमान बने सुलेमान खान की हौसलाअफ़ज़ाई कर रहे थे।

मुस्लिम जमात के कुनबे में एक अदद मुसलमान और बढ़ गया था। साथ में एक बीवी और दो बच्चे। उन्हें तक्सीम करें तो मस्जिद में नमाज़ पढ़ने वालों में एक और ख़ुदा का बन्दा मिल गया था। जबकि मदरसे के लिए दो शागिर्द और घर में एक अदद मुसलमानी।

अख़बारी दुनिया में धर्म-परिवर्तन की प्रतिक्रिया में विमर्श अभी भी खदबदा रहा था। बुद्धिजीवियों के बीच शुरू हुई बहस का कोई अन्त न था। मीनाक्षीपुरम से लेकर अब तक हिन्दू धर्म छोड़कर बने नये मुसलमानों का हिसाब-किताब लगाया जा रहा था। इतिहास से अधिक राजनीति पर चर्चा थी। नये मदरसों और मस्जिदों के निर्माण पर चर्चा थी। उन पर ख़र्च होने वाले पैसे पर चर्चा थी। मस्जिदों पर प्रयोग होने वाले लाउडस्पीकरों को पाखण्ड बताया जा रहा था। ऐसे में कबीर के दोहे का याद करना लाजमी था। धर्म-परिवर्तन के विस्तार का अगर गणित लगाया जाये तो वर्ष के तीन सौ पैंसठ दिनों में पूरे देश में एक लाख के लगभग दलित मुस्लिम बन जाते थे। इस बाबत कई आलेख पत्र-पत्रिकाओं में छपे थे। कुछ लेखकों के भीतर हिन्दुत्व जागने लगा था। बाबरी मस्जिद की चर्चा होने लगी थी। पुराने मुर्दे उखाड़े जा रहे थे। बाबर और औरंगजेब की ऐसी तैसी की जा रही थी। दो-चार अख़बारनवीस अभी भी दबोह क़स्बे पहुँच रहे थे। आग अभी शान्त नहीं हुई थी बल्कि उसे कुरेदा जा रहा था। कुरेदने की प्रक्रिया में चिंगारी का उठना लाजमी था। तब तक हरिराम बनाम सुलेमान ख़ाँ दबोह क़स्बे के अपने घर में ही रहता था। घर उसका पुराना था, लेकिन धर्म नया था।

हैरत की बात थी कि हिन्दू से इस्लाम की शरण में चले गये सुलेमान ख़ाँ पर इन सब अख़बारी शोरशराबे तथा हलचल का कोई असर न पड़ा था। हाँ कुछ शब्दावली उसके भीतर ज़रूर बदलने लगी थी। हिन्दुत्व से मिले शब्दों का इस्लामीकरण होने लगा था। जैसे पिता अब्बाजान बन गये थे और माँ अम्मीजान। नमस्ते ने सलामवालेकुम की ले ली थी। पिछली बार के स्थान पर पिछली दफै, बातचीत को गुफ्तगू, स्वभाव को मिजाज, रोटी के टुकड़े को लुकमा, स्वार्थी को ख़ुदगर्ज़, पूरा को मुकम्मल, बेशर्म से बेमुख्वत, विधवा को बेवा। जनाबेआला और ईमान तो तकिया कलाम ही बन गये थे। जो भी अल्लाह के बन्दे उसके पास आते वे सब उर्दू ज़बान में ही बातचीत करते। कुछ तो वह पहले से ही उर्दू बोलता और समझ लेता था। बस्ती के पीछे ही मुस्लिम बस्ती थी। रोज़ दुआ सलाम होती थी। नये धर्म के लोगों की ज़बान अब उसके भीतर बसने और रमने लगी थी।

हफ़्ता भर भी न हुआ था पड़ोस की मस्जिद में अभी कलमा पढ़े हुए कि यूसुफ उसके पुराने घर आ धमका। बच्चे मदरसा गये थे और बीवी बुर्का सिलाने शाहिद मियाँ के पास। आते ही बोला वह—

"दूसरी शादी कब कर रहे हो मियाँ।"

तत्काल जवाब दिया सुलेमान ख़ाँ ने, "कम्बख़्त एक बीबी ही चैन से नहीं रहने देती।"

यूसुफ ख़ाँ पूछ बैठे, "क्यों क्या हुआ?"

सुलेमान ख़ाँ बोले, "वही औरतों की जात की फ़ितरत।"

यूसुफ ने फिर कहा, "मेरी बात मानो दूसरी बीवी ले ही आओ जितना जल्दी हो सके।"

कुछ पल ठहरकर वह फिर बोला, "खाँ साहब औरतें तो मर्द की खेतियाँ होती हैं।"

इस बार गम्भीर स्वर उभरा सुलेमान ख़ाँ का, "मियाँ क्या बात कर रहे हो। ऐसा भी कभी होता है कि इधर धर्म बदला और उधर औरत बदल ली।"

यूसुफ पहले थोड़ा मुस्कराये फिर कहा, "ऐसा ही होता है मियाँ। जब धर्म बदल लिया तो बीवियों की अदलाबदली तो मामूली बात है। इसके लिए तो इतिहास गवाह है और राजनीति भी।"

सुलेमान ख़ाँ के घर पर जितने लोग आते, उतनी ही तरह-तरह की बातें होतीं। शाम होते-होते कोई कबाब ले आता। कबाब में उतने मिर्च-मसाले न होते जितने उनकी ज़बान में होते। पुरानी बस्ती में सुलेमान ख़ाँ की रात तो बीत जाती लेकिन दिन कटना मुश्किल हो जाता। दोपहर होते-होते वह जुम्मे की पैठ में कपड़ा बेचने चला जाता। वहाँ से कभी जल्दी लौट आता कभी देरी से।

जैसे-जैसे समय बीत रहा था वैसे-वैसे मुश्किलात बढ़ती जा रही थीं। उसकी अपनी बस्ती में लोग उस पर व्यंग्य कसने लगे थे। यहाँ तक कि बच्चे भी उसे आते-जाते देख आपस में मज़ाक़ करते। कहो मियाँ सुलेमान ख़ाँ, आज मस्जिद में क्या पढ़ा। दूसरा बच्चा झट से जवाब में कहता-अल्लाह अल्लाह। फिर वे हँसने लगते। वैसे मुस्लिम बस्ती में ही मकान दिलाने की

बात किसी ने कही थी। लेकिन वह असमंजस में था। बेटी भी जवान हो रही थी और बेटा भी। घर में शमीम बानो भी थी। वह इन सब सवालों पर तवज्जो देने लगा था। तभी निजामुद्दीन औलिया की दरगाह से कोई ख़ुदा का बन्दा ढूँढ़ते-ढूँढ़ते उसके घर आया। सुलेमान ख़ाँ अभी पैठ गया नहीं था। वह घर पर ही था। ख़ुदा के बन्दे का नाम हमीद क़ुरेशी था। वह पसमांदा मुसलमानों को लेकर मजलिस चलाता था। आते ही उसने कहा, वह दिल्ली में उसकी रिहाइश का इन्तज़ामात करा सकता है। सुलेमान ख़ाँ के लिए यह जैसे सबसे बड़ी सौगात थी। वह तो पुराने लोगों से निजात चाहता था। तुरन्त तैयार हो गया वह। उसने अगले ही दिन परिवार के साथ दबोह क़स्बा छोड़ने की हामी भी भर दी। नया धर्म, नया शहर और नया परिवेश। इन सबसे शुरू होकर सुलेमान ख़ाँ के साथ बहुत कुछ जुड़ने लगा था। घटा था तो सिर्फ़ एक अदद हिन्दू का वजूद। दिल्ली आने पर जैसे सब कुछ ठीक-ठाक हो गया। न उसके आसपास पुरानी बस्ती के लोग रहे और न मन्दिर। जिधर भी देखो उधर ही मस्जिद दिखाई देती थीं, मजार दिखाई देती थीं। दरगाह उसके आसपास ही थी और उनसे लोबान की गन्ध जैसी फूटती औलियाओं की खसूसियत। परवरदिगार ने जो किया मुनासिब ही हुआ। पनाह भी मिली तो ख़ुदा के घर में। यह सब सोचते हुए उसके भीतर सुकून भर आता था। उस दिन से जैसे उसके परिवार पर ख़ुदा की नियामतें होने लगी थीं। घर में नये-नये तोहफ़े आने लगे थे। अख़्तरी और हमीद को कालिज में भर्ती भी करा दिया था। अख़्तरी बला की सुन्दर थी। दबोह क़स्बा से दिल्ली आते-आते जैसे उस पर नूर बरसने लगा था। हमीद भी पहले जैसा न रहा था। कालिज में आया तो नयी रफ़्तार के साथ चलना सीखने लगा। शमीम बानो भी जब मुसलमानियों के साथ बुर्का पहन कर निकलती तो उसे अच्छा लगता।

नये शहर ने उनके भीतर नया अहसास भर दिया था। अब वे अपने-आपको मुकम्मल इन्सान समझने लगे थे। मस्जिद में सबके साथ नमाज़ पढ़ने का नया अनुभव था सुलेमान ख़ाँ को। मौलवी और मुल्ला उसके दौलतखाने पर आने लगे थे। वे दावतनामा भी भेजते थे। इस बीच अख़्तरी और हमीद के निकाह की बात उसके ज़हन में ज़ोर मारने लगी थी।

एक दिन जामा मस्जिद की सीढ़ियाँ चढ़ते हुए सुलेमान ख़ाँ को अहसास हुआ जैसे किसी सल्तनत का सिंहासन उसके नज़दीक था। उसने देखा मौलाना बुखारी मनसब पर बैठे थे। सुबह की अजान हो गयी थी। तत्पश्चात वे यहीं बैठते थे। वही उनका दरबार भी था। मुस्लिम जमात के लोग वहीं इकट्ठा होते थे। वे वहाँ गपशप नहीं करते थे बल्कि इस्लाम और इस्लामियत से जुड़े हुए मुद्दों पर गम्भीर चर्चा करते थे। घण्टा भी हो जाता था और दो घण्टा भी। कभी-कभी पड़ोसी मुल्क से भी लोग आ जाते। वे भी यहीं बैठते। जो भी यहाँ आते, वे सभी अपने-आपको ख़ुदा के खिदमतकार मानते। वह बात अलग थी कि कुछ को सिर्फ़ खिदमत करना ही नसीब होता और कुछ को बख़्शीश मिलती। अपनी-अपनी जियारात से लेकर उनकी तिज़ारत थी। धर्म चाहे कोई भी हो उसे तिज़ारत बनते देर नहीं लगती। लोग आते और अल्लाह का नाम लेकर दरी पर बैठना शुरू कर देते। धूप जामा मस्जिद की मीनार से उतरकर दलान में फैलने लगी थी। वहीं कबूतर दाना चुगने लगे थे। दलान के किनारे कोई ख़ुदा का बन्दा मुट्ठी में बाजरा लेकर कबूतरों के सामने फेंकते हुए जन्नत जाने के ख़्वाब देख रहा था। तभी किसी ने नज़दीक आकर कहा,

"सुलेमान ख़ाँ साहब मिलना चाहते हैं हुज़ूर आपसे।"

"कौन सुलेमान ख़ाँ साहेब" कहते हुए उन्होंने उसकी ओर देखा फिर अचरज में मौलाना बोले, "मैंने तो पेली बार नाम सुना है।"

तत्काल जवाब दिया था जानकारी देने वाले ने, "अरे वही...जिन्होंने...।"

"वही माने"

"दबोह बस्ती का हरिया...।"

"पर वह ख़ाँ साहब कब से बन गया?"

"जब से इस्लाम धर्म क़बूल किया हुज़ूर।"

थोड़ी सी नाराज़गी में जामा मस्जिद के शाही इमाम का स्वर उभरा, "अरे मियाँ तुम भी बस...।"

कहने के बाद उन्होंने इधर-उधर देखा। उनके पास सिर्फ़ जमील अहमद हाथ बाँधे खड़ा था। वह उनका पुराना खिदमतगार था। तभी पीछे से स्वर उभरा सुलेमान ख़ाँ का—

"आदाब इमाम साहब।"

उसे देख और सुनकर व्यंग्य से मुस्कुराए थे वे पहले। फिर अपने स्वर को नर्म बनाते हुए बोले, "आइये ख़ाँ साहब।"

सुनकर सुलेमान ख़ाँ फूल कर कुप्पा हो गये थे। जैसे पाव भर ख़ून बढ़ गया था उनका। स्वयं मुसलमानों के नयी सदी के शहंशाह मौलाना बुखारी ने उन्हें ख़ाँ साहब कहकर इज़्ज़त बख़्शी। दलित से मुसलमान बनते ही उनका क़द बढ़ता जा रहा था। हिन्दू तो दो टके के भाव भी नहीं पूछते थे। वे मौलाना बुखारी के सामने पड़े सोफा यानी तख़्तहाउस पर बैठना ही चाहते थे। तभी किसी प्यादे ने संकेत किया नीचे दरी पर बैठने का। उन्होंने सोचा। उनसे बेअदबी होते-होते रह गयी। पर बेअदबी कैसे? अपने ही द्वन्द्व से घिर गये थे ख़ाँ साहब। इस बार स्वयं शाही इमाम बोले,

"कहिईयेगा सुलेमान ख़ाँ, हमारे मजहब में आकर कैसा लगा?"

जवाब में बोले सुलेमान ख़ाँ, "अल्लाह ताला का हुकुम हुआ तो मैंने इस्लाम धर्म क़बूल कर लिया।"

सुनकर बुखारी साहब ने महसूस किया। चन्द रोज़ में ही हरिया से बने सुलेमान ख़ाँ की भाषा बदल गयी। लहजा भी बदला-बदला नज़र आ रहा था। उन्हें कहना ही पड़ा, "भई वाह, तुम तो वाकई में बदल गये हो। क्या ख़ूब बात कही है जनाबेआली ने।"

तत्काल जवाब हाज़िर था सुलेमान ख़ाँ की ओर से, "खुदा की रहमत रही और मेरी सलामती तो कुछ और भी बदलेगा इमाम साहब।"

इमाम साहब के मुँह से निकला—"वल्लाह।"

"इमाम साहब इनायत हो तो कुछ अर्ज़ करूँ।"

मुस्कुराते हुए जवाब दिया उन्होंने, "हाँ हाँ क्यों नहीं। यह तो खुदा का मदरसा है। यहाँ आने वाले को कुछ-न-कुछ तो हासिल होता ही है।"

आसपास बैठे लोगों ने सुना तो उनके मुँह से दाद निकले बिना न रह सकी। एक-दो ने कह भी दिया, "बुखारी साहब, आला दर्जे की बात कह दी आपने। अब इनका नसीब यहाँ आकर कुछ पाये या खोये।"

बुखारी साहब ने दो-चार पल इन्तज़ार किया, पर ख़ाँ साहब के मुँह से लफ़्ज़ नहीं निकल सका। उन्होंने कहा भी, "ख़ाँ साहब आप कुछ फरमाना चाहते थे।"

सुलेमान ख़ाँ के स्वर में हिचकिचाहट थी, "गुस्ताख़ी माफ़ हो मैं अर्ज़ करना चाहता था।"

मौलाना साहब ने फिर कहा, "कहो भई, आपकी अर्ज़ हम सुनने को तैयार हैं।"

इस बार सुलेमान ख़ाँ ने हिम्मत की। चन्द अल्फाज़ उनके मुँह से बाहर आये, "इमाम साहब मेरा बेटा जवान हो गया है।"

इमाम साहब ने मुस्कराते हुए कहा, "यह तो अल्लाह की मेहरबानी है।"

"देखिये आप बुरा न मान जाइये।"

इमाम साहब ने फिर कहा, "अरे भई मैं क्यों बुरा मानूँगा, बुरा मानें मेरे दुश्मन। कहो भई, आप कुछ तो फरमाओ।"

"मैंने सुना है आपकी बेटी भी माशा अल्लाह जवान हो गयी है। उसका निकाह अगर मेरे बेटे हमीद से..."

सुनकर जैसे उन्हें क्रोध का ज्वार चढ़ आया। लगभग चीखते-से बोले वे, "लाहौल बिला कुव्वत तुम्हारी जुर्रत कैसे हुई यह सब कहने की? अरे मुसलमान बन गये तो क्या हमारे सर पर बैठोगे क्या, या सैयद शेख पठान बनोगे।"

गुस्से में उनकी ज़बान रुकने का नाम ही न ले रही थी। वे फिर बोले, "और तुम्हारे दलितों में क्या लोग मर-खप गये। या फिर लौण्डियाँ बेवा हो गयीं। बड़े आये तुम और तुम्हारे नवाबजादे।"

सुनकर सुलेमान ख़ाँ सकते में आ गये थे। आसपास के लोगों में जिन्होंने भी उनकी गुफ़्तगू सुनी, उन्हें आश्चर्य हुआ था। सुलेमान ख़ाँ पर लानत भेजने लगे थे, जिनकी समझ में नहीं आया कि माजरा क्या है, वे रहस्य की गुत्थियाँ सुलझाने लगे। और एक-दूसरे की तरफ़ ताकने लगे थे। जामा मस्जिद के तख्ते-ताउस पर बैठ कर बुखारी साहब ने आज तक ऐसा किसी को नहीं कहा। हाँ अपनी तकरीर में ज़रूर ही वे आग उगलते थे। सुलेमान ख़ाँ को भी विश्वास न हुआ। उसकी छोटी-सी बात पर वे इतना नाराज़ क्यों हो गये? अरे भई उनके साथ रिश्ता क़बूल नहीं है तो इंकार कर देते, पर इतनी बदअखलाकी। ऊपर से यह कहना कि तुम्हारी जुर्रत कैसे हुई यह सब कहने की? जैसे उनके होंठ बुदबुदा उठे—

“अरे भई, इस्लाम धर्म हमने क़बूल किया। इसलिए तो हमारी जुर्रत हुई दो शब्द कहने की। मुसलमान भाई ही तो कहते नहीं थकते थे कि यहाँ एक ही थाली में सब साथ-साथ खाते हैं। मस्जिद में नमाज़ भी साथ-साथ पढ़ते हैं।” सितारे जैसे गर्दिश में आ गये थे उनके। उन्हें याद हो आया वही बस्ती, वही बस्ती के लोग। सिर्फ़ घर के भीतर का परिवेश बदलने लगा था। जनानखाना भी वही था और दस्तरख़्वान भी। नाम बदल गये तो क्या हुआ? अल्लाह ने धर्म तो दे दिया, पर घर नहीं। पुराने घर में नये संस्कार उभरने लगे थे। परम्पराओं की अदला-बदली की होड़ लग गयी थी। उसी पुराने घर में कुरआन भी आ गयी थी। दीवार पर मक्का-मदीने के चित्र भी टाँग दिये गये थे।

“जो क़ौम अपने इतिहास की हिफाज़त नहीं कर सकती, उसे ज़िन्दा रहने का कोई हक़ नहीं।”

“तवारीख़ बतलाती हैं कि इस देश में हमें सदियों से ग़ुलाम बनाये रखा गया।”

“हम मजलूम थे।”

“न स्कूल जाने दिया और न मन्दिर।”

घर में जो भी आता वह यही दोहराता था। अल्लाह तुझे जल्द ही जन्नत नसीब करे। उसकी बीवी भी आसमान की तरफ़ निगाहें उठाकर आँचल फैलाते हुए दुआएँ माँगती। पर यहाँ तो सभी कुछ बदल गया था। बड़ी मुश्किल से बाद में मस्जिद के पीछे रहने की जगह मिली थी। चन्द दिनों में ही खुदा के बन्दों को नागवार गुज़रने लगा था। उनके लफ़्ज़ मुँह पर अलग और पीठ पीछे अलग होते थे। हाजी उमर उल्लाह मस्जिद का कामकाज देखते थे। पर थे वे पूरे कारोबारी। फ़ायदा होता तो इस्लाम और अल्लाह को कारोबार से जोड़ लेते। नुक़सान होने की सूरत में हाथ खड़े कर लेते। उस दिन उन्होंने फरमाया–

“तौबा-तौबा, ख़ुदा के इबादतखाने में क्या कोई रहवै है भला। फिर खिदमतगार हो तो ठीक, बीवी बच्चे और बीवी से...मस्जिद में यह सब करना तो कुफ्र माना गया है।”

सुनकर कहना चाहता था वह कमर्शियल बना दिया मस्जिद को, और ख़ुदा को भी तुम लोगों ने। इबादतखाना कहाँ रहा? ख़ुद हाजीजी क्या थे। तीन बीवियाँ रखी हुई थीं। उस पर भी ताक-झाँक करने से बाज नहीं आते थे। पर कह नहीं सका, फ़ायदा भी क्या? कौन सुनेगा एक गरीब दलित मुसलमान की बात? वह तो न जन्नत में रहा, न दोजख में। बस बीच में लटक गया। वहाँ भी दलित था और यहाँ भी दलित। धर्म बदलकर मेरे जैसे गुलाम की पीठ पर पहले हिन्दुओं के देवी-देवता लदे थे। अब अकेला पैगम्बर मोहम्मद ही इतना भारी हो गया कि अपनी मर्ज़ी से चला-फिरा भी न जाये। क़दम-क़दम पर अल्लाह को याद करना ज़रूरी है। उसके बिना रिजक भी पेट में नहीं डाला जा सकता था। ऊपर से सुबह से रात तक नमाज़ें ही नमाज़ें। मोहम्मद पैगम्बर का बस चलता तो रात में भी दस नमाज़ पढ़ने का फ़तवा और जारी कर देता। उसके ज़हन में वही ख़लिश बार-बार उभर रही थी, जिसे वह दबाता रहा था। जैसे वह फिर से बग़ावती होने लगा था। उसकी भावनाओं में उफान आने लगा था।

आज बीस दिन ही हुए थे उसे कलमा पढ़ कर नया मुसलमान बने हुए। दिन भर वह जैसे अपने-आप से लड़ता रहा। पुरानी और नयी संस्कृति के बीच पिसता रहा। सब होने लगी और अँधेरा तेज़ी के साथ पसरने लगा था। बच्चे कभी के सो गये थे। नज़दीक ही शमीम बानो लेटी हुई थी। बार-बार करवटें बदलते देख एक-दो बार उसने पूछा भी, ‘‘क्या बात है, सो क्यों नहीं रहे हो ?’’ दीवार पर मक्का-मदीना लटके थे। सुलेमान ख़ाँ की नज़रें बार-बार उस तरफ़ ही चली जाती थीं। जैसे वह वहाँ ख़ुदा तलाश करना चाहता हो। जिससे कहे, ‘‘या ख़ुदा बीस दिनों की जन्नत तुझे ही मुबारक।’’

(‘नया ज्ञानोदय’, नयी दिल्ली, अप्रैल, 2016)

बरसात

दोपहर ढले रज्जू के बेटे की घरवाली अपने मायके से ससुराल आयी तो बस्ती में हलचल-सी मच गयी। जैसे शान्त बहते हुए पानी में किसी ने कोई पत्थर का टुकड़ा फेंक दिया हो। बस्ती के परले छोर तक से औरतें आयी थीं, बसन्ती को देखने। बसन्ती ही नाम था रज्जू के बेटे की बहू का। बसन्ती के सुन्दर होने की बात बस्ती में कस्तूरी की गन्ध बनकर फैल गयी थी। एक औरत जाती तो दूसरी आ जाती। शाम तक रज्जू के घर पर औरतों की आवाज़ाही लगी रही। सुमरती किसी को पानी के लिए पूछती तो किसी को चाय के लिए। पड़ोस की आठ-दस औरतों को बुलाकर सुमरती पहले ही वे गठरियाँ खुलवा चुकी थी जिन्हें बसन्ती अपने मायके से लायी थी। पार-साल ही तो बसन्ती का ब्याह हुआ था। तब से चार-पाँच बार करन अपनी ससुराल हो आया था। जितनी बार वह ससुराल से अपनी घरवाली को लेकर लौटा था उतनी ही बार ससुराल वालों ने अपनी बेटी के साथ कुछ-न-कुछ बाँधकर अवश्य दिया था। रीत ही कुछ ऐसी थी। एक पक्ष खाने-पीने का सामान बाँधकर देने में खुश होता था, दूसरा उस बोझ को ढोने में गर्व करता था।

सुमरती को इसी बात का तो गर्व था। जब भी कभी ऐसा अवसर आता, पड़ोस की औरतों के झुंड के बीच बैठकर वह अलग-अलग गठरियाँ खोलती। एक-एक चीज़ को हाथ में लेकर दिखाती। खाने की चीज़ होती तो हाथ में लेकर सूँघती। पहनने-ओढ़ने के कपड़ों की क़िस्में बतलाती। पड़ोस की महिलाएँ सुमरती की हाँ में हाँ मिलातीं।

कोई कहती, ‘‘अरी भैना, तेरे तो भाग जाग गये, बहू तो सुन्दर मिली ही और वह भी भरे-पूरे घर की।’’

दूसरी झट हाँ-में-हाँ मिलाती, "अरी मिलती क्यूँ ना, एक ही तो लल्ला है सुमरती कै।"

तीसरी कहती, "चलो जी, जहाँ जोड़ी मिलनी होती है वहीं मिलती है।"

तभी बीच में कोई बड़ी-बूढ़ी बोल उठती, "अरी तुम्हारे क्यूँ आग लगी हुई है, जल्दी-जल्दी अपने-अपने बेटों को जवान बना लो, फिर देखना वे भी बसन्ती जैसी बहुओं को ब्याहकर ले आवेंगे।" इसके बाद सभी खिलखिलाकर हँस पड़तीं।

थोड़ी देर में औरतों का बतियाना बन्द हो जाता। सभी अपने-अपने घर चली जातीं।

ऐसे समय सुमरती जब अकेली रह जाती, तो कली को और नज़दीक कर वह पीने लगती। अकेले में एक वही तो उसके साथ होती थी। बीच-बीच में चिलम में रखी आग को बुहारी की सींक से कुरेदती। आग कुरदेने पर नीचे पड़ी हुई तमाखू की गाँठ बिखरकर इधर-उधर फैल जाती। कली पीने का स्वाद बदल जाता। उसमें पहले से अधिक रस आने लगता। वातावरण में गुड़गुड़ की आवाज़ तेज़ी से होने लगती।

आज भी सुमरती के आँगन में औरतों का जमघट लगा था। अन्दर बसन्ती के पास दो-तीन औरतें बैठी हुई बतिया रही थीं। बाहर चार-पाँच औरतों से सुमरती घिरी थी। उनके बीच में कली रखी थी। बारी-बारी से एक-दूसरी की ओर नै घूम रही थी, शाम होने को आयी थी। ऊपर नीम के पेड़ की छाया थी। कभी-कभी कोई तिनका या निम्बोली आकर गिर पड़ती तो सुमरती उठाकर एक तरफ़ रख देती। बरसात के दिन थे। एक भी निम्बोली हाथ या पाँच के नीचे आकर मसली जाती तो वहीं ढेर-सारी मक्खियाँ आकर भिन्न-भिन्न करने लगती थीं। निम्बोली मसले जाने से कड़वी गन्ध निकलकर बाहर फूट पड़ती।

सुमरती यूँ बाहर बैठी हुई सभी के साथ बतिया तो रही थी, लेकिन उसके कान अन्दर ही लगे थे। लीला की माँ और हीरा की घरवाली को बसन्ती के पास आधा घण्टे से ज़्यादा ही हो गया था। उसके पेट का पानी यही सोच-सोचकर हिल रहा था कि उन दोनों को इतनी देर हो गयी, अन्दर क्या बात हो रही है। वह अन्दर की बात कान लगाकर सुनने का प्रयास करती। पर कुछ स्पष्ट सुनाई नहीं देता। बस खुसर-पुसर-सी आवाज़ सुनाई देती।

अनायास ही उसके कानों ने सुना, स्वयं उसके बेटे की घरवाली की आवाज़ थी, ''हियाँ तो बड़ी गरमी है। म्हारे घर तो बिजली भी है, पंखा भी है, रेडियो भी है, लेकिन हियाँ तो बस...।''

लीला की माँ हाँ में हाँ मिलाती है, ''अरे बऊ, बिजली, पंखा सब कुछ लग सकै है, पर जेब से पैसे निकालने की हिम्मत चइयै।''

हीरा की घरवाली भी कहाँ पीछे रहने वाली थी, ''अरे छोड़ भैना, अब बसन्ती क्या कुछ कम लायी है अपने घर से। सुना है, दहेज के साथ नकदी भी मिली थी।''

बाहर बैठी हुई सुमरती की अब चुप्पी टूट ही पड़ती है। वह कली की नै छोड़कर ऊँची आवाज़ में कहती है, ''अरी, ओ हीरा की, तेरा मरद घर पर अकेला बैठा तेरी बाट देख रा होगा।''

सुमरती की आवाज़ सुनकर अन्दर हलचल-सी हो जाती है। पलभर में दोनों औरतें बाहर आ जाती हैं। और 'अच्छा चाची' कहते हुए चली जाती हैं। सुमरती मन-ही-मन बड़बड़ा उठती है। वह जाते हुए उनके चेहरे पढ़ने की कोशिश करती है। न जाने अन्दर उसकी बहू से कितनी नमक-मिरच लगाई होगी। क्या-क्या नहीं कहा होगा इन जनम-जलियों ने। पर कर भी क्या सकती थी। केवल जलभुनकर रह जाती है।

अन्दर बैठी हुई बसन्ती अकेली रह जाती है। सर से साड़ी का पल्लू हटाकर घर के बने पंखे से हवा करने लगती है। वातावरण में उमस थी, उस पर बाहर से दरवाज़ा भी बन्द था। कमरे में एक ही रोशनदान था जिसमें से थोड़ी-बहुत हवा आती थी, पर हवा तो कहीं थी नहीं। न अन्दर और न बाहर। थी तो बस गर्मी।

बसन्ती के सारे बदन में आग-सी लगी हुई थी। ऐसे में हाथ का पंखा ही थोड़ी-बहुत राहत दे रहा था। बाहर कच्चे आँगन में कोई उसकी सास से कह रही थी, ''सुमरती भैना, बऊ से कै दियो, जियादा मूं न लगावै इस कलमुई को।''

दूसरी उसकी हाँ में हाँ मिलाती है, ''हाँ करन की माँ, ऐसी लुगाइयों से तो हुशियार ही रहना चइयै। न जाने किस-किसके घर में आग लगाती फिरती होंगी।''

अपने मन की बात सुन सुमरती गद्‌गद हो उठती है। सच पूछो तो वह भी यही सब कहना चाहती थी, लेकिन कहा इसलिए नहीं कि औरतों के जमघट में कहीं कोई बुरा न मान बैठे।

उसने आसपास बैठी औरतों को गिना—रमुआ की लुगाई एक, कलवे की माँ दो, मिस्त्री की घरवाली तीन, गुल्लन की चार और जुगती पाँच। गिनती हुई तो बसन्ती को पाँच लड्डू लाने के लिए आवाज़ दी।

बसन्ती ने सुना तो पंखा झलना छोड़कर, टोकरी में से गिनकर मोतीचूर के पूरे पाँच लड्डू निकाले। सर पर पल्लू रखा और हल्का घूँघट निकालकर बाहर बैठी अपनी सास के हाथ पर रख आयी। अन्दर जाने से पहले उसने एक-एक औरत के पाँवों को भी छुआ। सभी ने अपने-अपने हिसाब से आशीष दे डाली। सुमरती को लगा जैसे उसका एक पाव ख़ून बढ़ गया हो।

करन बाज़ार से लौटा तो घर में औरतों की धमा-चौकड़ी थी। उसके एक हाथ में रूहअफजा की बोतल थी तथा दूसरे हाथ में बर्फ़। कई दिनों से शर्बत पीने को मन कर रहा था। घड़े का पानी भी शाम होते-होते भभकने लगता था। दरवाज़े पर आकर वह हल्के से खाँसता है फिर अन्दर चला जाता है। अन्दर पाँच-छह औरतों ने बसन्ती को घेर रखा था जो उसकी दूर के रिश्ते में भाभी और चाची लगती थीं।

करन के हाथ में बोतल और बर्फ़ देखकर रामलुभाए की घरवाली जिसे बस्ती में सभी रामलुभाई कहकर पुकारते थे, चहकती-सी कह उठती है, ''क्यूँ देवरजी, बऊ को आये हुए देर नईं लगी और ख़ातिरदारी शुरू भी हो गयी।''

तभी अवसर देखकर दूसरी भी बोल उठती है, ''ख़ातिरदारी अगर नईं होवेगी तो काम कैसे बनेगा।''

उमस से भरा हुआ कमरे का वातावरण हँसी-मज़ाक़ की ढेर सारी आवाज़ों में गूँज उठता है।

करन ने अभी एक हाथ में बर्फ़ ही पकड़ी हुई थी, दूसरे में बोतल थी। बर्फ़ के नीचे दबी हुई हथेली और अँगुलियाँ ठंडी होने लगी थीं। बस्ती की औरतों के बीच वह कुछ भी नहीं बोल पाता। बोले भी तो क्या...? वह उनमें से एक-एक को अच्छी तरह से जानता था। उनकी बातें सुनकर एक बार को तो भरा-पूरा आदमी भी शर्म से पानी-पानी हो जाये।

बसन्ती अलग सिमटी-सी उनके बीच बैठी थी। करन को चुप देखकर रामलुभाई फिर आँखें मटकाते हुए कह उठती है, "चलो भैना, लगता है, लालाजी को भौत जल्दी हो रई है।" हँसते हुए सभी औरतें बाहर निकल आती हैं। अन्दर रह जाते हैं करन और बसन्ती। उनके जाते ही करन दरवाज़ा उढ़का लेता है।

सुमरती बस्ती में लड्डू बँटवाने गयी थी और रज्जू अभी मज़दूरी करके लौटा नहीं था। घर में और कोई तो था नहीं। कमरे में अन्दर बहुत घुटन हो रही थी। पर दरवाज़ा खोले भी तो कैसे? छोटा-सा तो कमरा था। दरवाज़ा खुलने पर सब कुछ बाहर से साफ़ दिखाई देता था। कमरे की दीवारों को छुओ तो वे किसी मिल की चिमनी की तरह अपने-आप में गर्माहट समेटने लगती थीं। नीचे पक्के फ़र्श का एक-एक टुकड़ा गर्मी में भभक रहा था। और छत, जैसे गर्मी में पिघलकर अब गिरी कि अब।

दोनों मिल-बाँटकर शर्बत पीते हैं। शरीर में थोड़ी ठंडक लौट आती है। लगता है जैसे पास ही पानी का कोई स्रोत फूट पड़ा हो। दोनों मूक, कुछ बोल न पा रहे थे। बसन्ती हाथ के पंखे को ही झल रही थी। नज़दीक ही एक कोने में दहेज में मिला किसी स्थानीय कंपनी का पंखा उन दोनों को मुँह चिढ़ा रहा था। उसी एक कमरे के घर में दो कुर्सियाँ, एक छोटी मेज़ बेतरतीब रखी थीं। एक तरफ़ मिट्टी के तेल से जलने वाला स्टोव रखा था, जिसके नज़दीक टीन की कनस्तरी तो रखी थी, पर वह थी बाँटकर। कमरे में ही अलगनी पर अव्यवस्थित रूप से कुछ कपड़े टँगे थे। बसन्ती के पंखा झलते-झलते जब हाथ दुखने लगते और पंखा नीचे गिरने को होता तब करन स्वयं उसके हाथ से पंखा लेकर हवा करने लगता, पर जल्दी ही बंसती करन के हाथ से पंखा ले लेती और फिर ज़ोर-ज़ोर से पंखा झलने लगती। एक-दूसरे को हवा करने का यह क्रम घण्टों-घण्टों चलता। अजीब-सा सुख मिलता था दोनों को।

वातावरण में उमस बढ़ती ही जा रही थी। आसमान में बिना पानी के बादल तैर रहे थे, जो आग बुझाने के लिए नहीं बल्कि आग लगाने के लिए एक-दूसरे के पीछे लुकछिप रहे थे। ज़मीन पानी की एक-एक बूँद के लिए तरस रही थी।

सुमरती बस्ती में लड्डू बँटवाकर लौटी तो उसका सारा बदन पसीने से भीग चुका था। ऊपर से कमर और छाती में घाम खुजली-सी मचाने पर तुला था। कपड़े के बने पंखे की डंडी से जितनी बार वह कमर मलती उतनी ही शरीर में आग-सी लगती थी। कभी-कभी तो वह शरीर पर पहना कुरता ही उतार लेती। नीचे रह जाता खाली पेटीकोट। बदन को कभी कपड़े से रगड़ती तो कभी हाथों से खुजाती। खुजाते-खुजाते उसे अजीब-सा आनन्द मिलता। इस प्रक्रिया में कहीं-कहीं से ख़ून भी निकल आता था। जब वह थक जाती तो बहू से एक कोने में रखी कली ताज़ा कराती। बसन्ती चिलम में तमाखू की गाँठ हाथ से गोल कर जमाती और ऊपर से आग के दस-बारह टुकड़े डालकर अपनी सास की ओर कली बढ़ा देती। ऐसे समय कली गुड़गुड़ाते हुए सुमरती को राहत महसूस होती। तब वह उसी से बात करती और उसे ही पीती। समय होने पर अगर आग के नीचे तमाखू अधजला रह जाता तो फिर उसे तमाखू की गाँठ बनाकर चिलम में रख लेती। और नै होंठों से लगाकर कली पीने में फिर से तल्लीन हो जाती।

शाम होने पर सुमरती मिट्टी के बनाये चूल्हे में दो-तीन लकड़ियाँ रख पड़ोस से आग लाकर उनके बीच में डाल देती थी। थोड़ी ही देर में लकड़ियाँ सुलगने लगती थीं। लकड़ी अगर गीली होती तो आग देर से लगती। कभी-कभी जब धुआँ उसकी आँखों में घुस जाता तो गुस्से में लोहे की फूँकनी को वह गीली लकड़ी पर दे मारती और पाँच-दस गालियाँ टाल वाले को दे डालती।

अन्दर लेटी बसन्ती कमरे से सटे कच्चे आँगन में बरतनों की आवाज़ सुनती तो अनमने मन से बाहर आती। घर में चार जनों का खाना बनाने में ही बसन्ती का शरीर पसीने से नहा उठता था। आज भी ऐसा ही हुआ। चूल्हे के सामने खाना बनाते हुए उसके कपड़े पसीने में भीग गये थे। अन्दर आकर उसने पंखे से हवा की, पर आग से जलते हुए बदन पर जैसे कुछ असर ही न हो रहा था। सारे बदन में चींटी-सी रेंग रही थीं।

गर्मी के मारे बुरा हाल था। उधर करन काफ़ी देर से सरकारी नल पर पानी लेने गया हुआ था, पर अभी तक न लौटा था। मजबूरी में बसन्ती ने दरवाज़े पर साँकल लगाकर अपने सारे कपड़े निकाल लिए थे।

अब जाकर उसे थोड़ी-बहुत राहत मिली थी। निर्वस्त्र हो तपते बदन को हवा बरने में उसे अजीब-सा सुख मिल रहा था। अन्दर बहुत घुटन थी। गर्मी के मारे घर में रखी सभी वस्तुएँ पिघलती-सी जान पड़ती थीं।

अचानक बाहर से करन की आवाज़ सुनाई देती है। फिर बाल्टियों के रखने की कर्कश आवाज़।

वह झल्लाये स्वर में कह रहा था, "इत्ती बड़ी बस्ती, और मिन्सपलटी का एक नल। पूरे एक घण्टे में नम्बर आया है।"

थोड़ी देर में करन दरवाज़ा खटखटाता है। बसन्ती चारपाई से उठकर नीचे का बदन ढांपने के लिए बड़ा तौलिया लपेट लेती है। वह तौलिया पिछले सप्ताह ही करन रिडक्शन के माल में ख़रीदकर लाया था। काफ़ी लम्बा, चौड़ा इतना कि आधा बदन ढक जाये। तौलिया लपेटकर वह धीरे-से साँकल हटाती है। फिर दरवाज़े की ओट में हो जाती है।

करन के दोनों हाथों में बाल्टियाँ थीं। एक कोने में उन्हें रख उसने बसन्ती की ओर देखा तो अपलक नयनों से देखता ही रहा। बसन्ती ने इस बीच झट से दरवाज़ा बन्द कर लिया। पहले बसन्ती नहाई, उसके बाद करन।

खाना खाने के बाद अक्सर वे दोनों इसी कमरे में बन्द हो जा़ते थे। यही छोटा-सा कमरा उनका संसार था। कभी-कभी वे बाहर घूम आते, पर रोज़-रोज़ घूमने भी तो नहीं जा सकते थे। खाली सड़क नापने का भी कोई अर्थ न था। जब तक जेब में दस-बीस रुपये न हों, घूमने का अर्थ ही क्या. ..करन का आजकल हाथ वैसे ही तंग था। वह सफ़ेदी करता था। बारह महीने में मुश्किल से छह महीने काम मिलता था। शेष छह महीनों में कुछ और छोटा-मोटा धन्धा मिल जाता था। घर में एक रज्जू ही था जो बारह महीने एक दुकान पर नौकरी करता था। करन के ब्याह से पहले सुमरती निम्बोली इकट्ठी कर उन्हें बेचती थी। उससे थोड़े-बहुत पैसे मिल जाते थे। पर सारा घर निम्बोली की बदबू से भर जाता था। बरसात में तो और भी बुरा हाल। निम्बोलियों से भरी बोरी से कभी-कभी ऐसा भभका निकलता कि उल्टी तक हो जाती। रोटी मुँह तक न जाती। फिर नीम के पेड़ भी धीरे-धीरे कटने लगे थे। बस्ती में ही पहले दस-बारह नीम के पेड़ थे। उनमें से अब केवल चार रह गये थे। घर में बसन्ती आयी तो मजबूरन निम्बोली

का काम बन्द करना पड़ा। यूँ पूरे पाँच साल सुमरती ने निम्बोलियों की ही बदबू में गुज़ारे थे। मुँह अँधेरे बस्ती की औरतों के साथ वह झाड़ू-टोकरी लेकर निम्बोली चुगने जाती थी। दोपहर तक वे निम्बोली इकट्ठी करतीं। बाद में घर लौट आती थीं। कभी-कभी ठेकेदार को औने-पौने दाम में ही निम्बोली बेचनी पड़ जाती थीं। निम्बोली के न बिकने पर उन्हें अधिक दिनों तक घर में रखा भी नहीं जा सकता था।

रात हुई तो बसन्ती और करन उसी भभकते कमरे में बन्द हो गये। बाहर नीम के नीचे खटोला डालकर सुमरती लेट गयी। रज्जू बाहर सड़क पर पनवाड़ी की दुकान बन्द हो जाने पर उससे सटे पत्थर पर सोता था। गर्मी में ठंडे फ़र्श पर सोने में बड़ा सुख मिलता था। पर यह सुख रज्जू बारह बजे के बाद ही उठा पाता था, क्योंकि पनवाड़ी की दुकान बारह बजे से पहले बन्द नहीं होती थी। पर सुमरती को तो पराए पत्थर पर सोने का सुख भी न मिलता था। वह अपने ही कच्चे घर के सामने नंगी कमर को हाथ के पंखे की डंडी से खुजाते हुए कभी-कभी बड़बड़ा उठती थी, ''मरे ने कित्ती गरमी फला रखी है। बादल भी कित्ते छाए हैं, नासपीट्टे फिर भी ना बरसते।''

ऊपर नीम का ठूँठ-सा बना पेड़, जिसकी किसी टहनी से टूटकर कोई पत्ता भी सुमरती के नंगे बदन पर गिरता तो लगता जैसे बिच्छू ने डंक मार दिया हो। झट से सुमरती उसे उठाकर दूर फेंक देती। कभी अधिक क्रोध में होती तो पत्ते को हाथ से मसलकर फेंक देती। अन्दर कमरे में लेटे हुए करन ने अभी रात के वक़्त लालटेन की स्याह हो चुकी चिमनी ऊपर करके फूँक मारकर बत्ती बुझा दी थी। तभी आसमान में बिजली कड़कने की आवाज़ होती है और पल भर बाद ही तेज़ी से बादलों के गरजने का शोर भी। बसन्ती और करन दोनों का मन प्यासे मोर की तरह तड़प-सा उठता है। करन जंगले में से पर्दा हटाकर देखता है। आसमान में सफ़ेद-सफ़ेद बादल एक-दूसरे के पीछे तेज़ी के साथ भागे जा रहे थे। कुछ ही देर हल्की बूँदा-बाँदी शुरू हो जाती है। बाहर से खाट, खटोले उठाने तथा पटकने का सिलसिला भी। पर सुमरती का खटोला अभी तक वहीं पड़ा था। कमर खुजाते हुए दो-चार बूंदें उसके शरीर पर पड़ीं तो वह फिर से बड़बड़ा उठती है, ''उत्ते ने उधम मचाया हुआ है। ना बरसता है और ना ही हवा चलाता है।

किनन-किनन लगा रखी है।" लेकिन जब तेज़ बारिश होने लगती है तो उसे खटोला उठाये उसारे में चले जाना ही पड़ता है।

करन अभी भी जंगले के नज़दीक खड़ा है। बरसात धीरे-धीरे तेज़ होने लगी। हवा में ठंडक लौट आयी है। बाहर जब सब अपने-अपने दड़बे-नुमा घरों में रेंग गये, तब करन ने बहुत दिनों से बन्द दरवाज़े खोल दिये। बाहर अब कोई न था। दरवाज़े खुले तो हवा के तेज़ झोंके के साथ बरसात की अनगिनत बूंदें भी अन्दर चली आयी। सारी उमस बाहर हो गयी। वातावरण में ठंडक आयी तो उसका असर उस छोटे-से टुकड़े पर भी होना ही था। करन अब जंगले से हट गया था। बसन्ती उसे धीमे स्वर में पुकारने लगी थी। दोनों अब नज़दीक हो एक-दूसरे में सिमटने का प्रयास करने लगे थे। उनके शरीर में पहले जैसी चिपचिपाहट न थी। दोनों के शरीर पर जैसे बरसात की हल्की-हल्की बूँदें उग आयी थीं। रात भर बसन्ती करन की बाँहों में खोयी-खोयी बुदबुदाती रही थी—"काश ऐसी बरसात रोज़-रोज़ आये।"

('समकालीन भारतीय साहित्य', नयी दिल्ली, जनवरी-मार्च, 1993)

महाब्राह्मण महाशूद्र

जिधर देखो उधर ही अँधेरा था। हाथ-को-हाथ दिखाई नहीं देता था। एक छोटी-सी लालटेन कोठरी की चौखट पर लगे साँकल की कुंडी पर टँगी थी। वहीं से थोड़ा-बहुत उजाला आसपास बिखरा हुआ था। मरघट से एक-एक कोस दूर तक कोई आबादी नहीं थी। दिन में ही वहाँ सन्नाटा तैरने लगता था। रात के अँधेरे में तो वातावरण और भी अधिक डरावना हो जाता था। इसी मरघट में नन्दू डोम और आचार्य जी रहते थे। आचार्य जी रात के आठ बजे तक यहाँ मौजूद होते थे जबकि नन्दू रात को भी यहीं सोता था। नन्दू का परिवार शहर की बाहरी बस्ती में रहता था। सप्ताह में दो-तीन बार वह वहाँ हो आता था पर रात में वह इसी मरघट में अकेला सोता था। आचार्य जी प्रतिदिन अपने परिवार में चले जाते थे। उनके दो बेटे थे और एक बेटी। दोनों बेटे कॉलेज में पढ़ते थे। बेटी का ब्याह हुए तीन साल हो गये थे। पारसाल ही वह विधवा हो गयी थी। तभी से वह घर में बैठी थी। आचार्य जी अपनी बेटी को जब कभी उदास हुआ देखते, उनका कलेजा फटने लगता था। कई बार मन हुआ कि विधवा बेटी का दूसरा ब्याह कर देना चाहिए पर समाज की मान्यताओं के आगे वे नतमस्तक हो जाते थे। घर में चौथे सदस्य के रूप में आचार्य जी की पत्नी थीं जो समय से पहले ही बूढ़ी हो गयी थीं। यूँ आचार्य जी की उम्र पचास के लगभग थी और उनकी पत्नी भागवन्ती की बयालीस। पर वे पति से अधिक उम्र की लगती थीं। बालों में सफ़ेदी बिछ गयी थी और शरीर में सलवटें। हाथ-पाँव की नसों के उभार स्पष्ट होने लगे थे। रही-सही कसर पूरी की जवान बेटी के वैधव्य भरे जीवन ने।

इस समय मरघट में केवल दो ही आदमी थे—नन्दू डोम और आचार्य जी। आचार्य यानी इस मरघट में आये मुर्दों का अन्तिम संस्कार करने वाला ब्राह्मण। मार्च का महीना था। हवा में ठंडक थी। रात के आठ बजने वाले ही थे। नन्दू बीड़ी-पर-बीड़ी फूँके जा रहा था जबकि आचार्य जी कभी-कभी तम्बाकू की फंकी मुँह में डाल लेते थे। वे घर लौटने की तैयारी में थे। तभी 'राम-नाम सत...' की आवाज़ें नज़दीक आती उनके कानों में पड़ीं।

''नन्दू, देख तो अब कौन आ मरा...?'' उनके स्वर में उखड़ापन था। मुँह में लगी बीड़ी को फ़र्श पर मसलते हुए नन्दू स्वयं बड़बड़ाया, ''हियाँ तो कोई-न-कोई मरकर ही आता है। पर टैम भी तो देखना चाईये कि नईं। कित्ती रात हो गयी है।'' भुनभुनाते हुए वह उठ खड़ा हुआ।

''आ जाने दो आचार्य जी पैले। सुसरे जांगे कहाँ...?'' वह वहीं रुक गया। 'राम-नाम सत है...सत बोलो गत है...' की मिली-जुली आवाज़ें अब और भी नज़दीक से आने लगी थीं। नन्दू की अभ्यस्त आँखों ने देखा, सड़क की ओर से आठ-दस लोग अर्थी को उठाये तेज़ रफ़्तार से मरघट की तरफ़ ही चले आ रहे थे।

''अब दो घण्टे और यहाँ रुकना पड़ेगा।'' नज़दीक ही ज़मीन पर थूकते हुए आचार्य जी नाराज़गी भरे स्वर में बोले।

''किया भी क्या जा सकता है आचार्य जी, काम भी तो ऐसा ही है म्हारा।''

थोड़ी देर में ही अर्थी उठाये आदमी पास आ गये। आचार्य जी ने कुंडी पर टँगी लालटेन की रोशनी में देखा। गिनती के कुल आठ आदमी थे। एक के हाथ में हंडिया थी, दूसरा लालटेन उठाये था। चार आदमियों के कन्धों पर अभी भी अर्थी टिकी थी। शेष दो आदमियों के हाथों में लाठियाँ थीं। इससे पूर्व कि आचार्य जी कुछ कहते, नन्दू ने नाराज़ होते हुए कहा, ''मुरदा फूँकने का कोई टैम होता है कि नईं...।''

''आचार्य जी, अब क्या कहें, बस देरी हो गयी...।'' लालटेन उठाये हुए आदमी ने झिझकते हुए कहा।

''वह तो ठीक है, पर...।'' आचार्य जी ने उन सभी के चेहरे पढ़े, मैले-कुचैले से कपड़े पहने उनके शरीरों को देखा। वे सभी मज़दूर थे। पास ही की झुग्गियों से आये थे।

"पर लकड़ी कहाँ है...?" नन्दू बोला।

"लकड़ी तो नहीं है...।" हंडिया उठाये आदमी ने डरते-डरते कहा।

"लकड़ी नहीं है तो मुरदा कैसे जलेगा...?" आचार्य जी रोष भरे स्वर में बोला। अब तक चार लोगों ने अर्थी चबूतरे पर रख दी थी। कुछ पल मौन रहा। अजीब-सी चुप्पी मरघट में व्याप्त हो गयी।

"अरे कुछ गड़बड़ तो नईं है?" नन्दू के सवाल ने मरघट में छायी चुप्पी को तोड़ा।

"नईं भइया, गड़बड़ी किस बात की?" अब तक जिन चार लोगों ने अर्थी को कन्धा दिया हुआ था उनमें से एक बोला।

"फिर लकड़ी कहाँ है...?" नन्दू ने फिर से कड़कती आवाज़ में पूछा।

"सरकार, यह लावारिस था। आज दिन में मर गया बेचारा। तभी से इन्तज़ाम करने में लगे थे।"

"क्या इन्तज़ाम किया तुम लोगों ने?" आचार्य जी ने पूछा।

"आचार्य जी, कुछ चन्दा किया है बस्ती में।" दूसरा व्यक्ति बोला।

"पर कित्ता चन्दा हो गया?" नन्दू ने फिर कड़कती आवाज़ में पूछा।

"यही, सौ-सवा सौ...।"

"क्या ?"

नन्दू के साथ आचार्य जी के मुँह से भी अनायास निकल पड़ा।

"पर इत्ते से रुपयों में क्या होगा। इसमें तो एक कुंटल लकड़ी का ही जोगाड़ होगा और मुरदा जलाने के लिए तीन कुंटल लकड़ी चइये।"

"हमसे तो इतना ही बना। बेचारे की दुरगति न हो इसलिए। नहीं तो कुत्ते-बिल्ली इधर-उधर लाश खींचते फिरते।"

"लेकिन इतनी कम लकड़ियों में कैसे होगा। मुरदे को तो पूरा ही जलाना पड़ता है ना।"आचार्य जी पुनः बोले।

"वो तो ठीक है आचार्य जी...आप ही कुछ करिये।" अब दो-तीन लोग एक साथ ही बोले।

"ठीक है ठीक है, करते हैं कुछ! मुरदे का अन्तिम संस्कार नहीं करेंगे तो कल तुम ही लोग पता नहीं कहाँ-कहाँ जाकर बदनाम करोगे।"

इस बीच एक आदमी ने जेब से मुड़े-तुड़े नोट निकालकर आचार्य जी की हथेली पर रख दिये। उन्होंने गिना। कुल एक सौ पच्चीस रुपये थे। मुरदे को दो नम्बर के घाट पर ले चलने के लिए कह नन्दू को उसी कोठरी की ओर ले आये। कोठरी में ऐसे ही समय के लिए कुछ लकड़ियाँ रखी हुई थीं, जिनमें कुछ अधजली भी थीं। आचार्य जी अँधेरे में रास्ता बनाते हुए घाट की ओर चले गये। नन्दू ने कोठरी में से दो मन लकड़ी अन्दाज़ से निकाली।

कुछ ही देर में मृत-शरीर पर लकड़ियाँ रख दी गयीं। आचार्य जी मन्त्र पढ़ने लगे—"हरि ओम पवित्र वाह सर्ववाहा...।" उनमें से एक आदमी ने मुखाग्नि दी। घी, चन्दन तो था नहीं। मुरदे पर कफ़न के सिवा कोई कपड़ा भी नहीं था। सूखी लकड़ी होने के कारण आग की लपटें निकलने लगीं। शरीर जलने से अजीब-सी गन्ध वातावरण में फैलने लगी।

थोड़ी देर बाद अर्थी के साथ आये आठों आदमी वापस चले गये। मुरदे के भीतर से बदबू का भभका निकलने लगा था। वे दोनों थोड़ा हटकर बैठ गये लेकिन बदबू तो सारे वातावरण में ही फैलने लगी थी। यूँ जलते मुरदे के पास तीव्र बदबू के कारण एक पल भी बैठना मुश्किल था। पर उन्हें तो अभी कम-से-कम दो घण्टे और वहाँ बैठना था, जब तक कपाल-क्रिया पूरी नहीं हो जाती। इस बीच नन्दू डंडे से लकड़ियों को ठीक करता रहा। लकड़ियों के चटकने की आवाज़ होने लगी।

"आचार्य जी, बदबू के मारे तो बुरा हाल है। साँस लेना भी मुश्किल हो गया है।"

"हाँ नन्दू, पर हम कर भी क्या सकते हैं।?"

"आचार्य जी, कल की बोतल में आधी दारू पड़ी है। आप कहें तो ले आऊँ कोठरी में से...।"

पल भर आचार्य जी मौन रहे। फिर उन्होंने गर्दन हिलाकर स्वीकृति दे दी। नन्दू तो यही चाहता था। उसके भीतर दारू पीने की हुड़क दिन ढले से ही लगने लगी थी। वह झटपट कोठरी में रखी बोतल और दो गिलास ले आया। कागज़ के टुकड़े पर वह पिसा हुआ नमक लाना नहीं भूला। जब कुछ खाने को नहीं होता था, वह नमक का ही इस्तेमाल करता था।

चिता की आग से हुए उजाले से अँधेरे में डूबा आसपास का वातावरण निखरने लगा था। नन्दू ने उसी उजाले में बोतल से दोनों गिलासों में शराब उँडेली, फिर नज़दीक ही रखे घड़े से पानी लेकर डाला। आचार्य जी ने कोई मन्त्र पढ़ते हुए शराब की कुछ बूँदें अग्नि में डालीं। नन्दू ने गटगट कर गिलास की सारी शराब एक ही साँस में गले के नीचे उतार ली। बाद में मुँह बनाते हुए उँगली से जीभ पर दो-तीन बार नमक रखकर चाटा, आचार्य जी ने दो-तीन बार में गिलास की शराब समाप्त की।

अब चिता को पूरी तरह से आग ने अपने घेरे में ले लिया था। आग ने ज़ोर पकड़ा तो आसपास की लकड़ियाँ भी जलने लगीं। आग से उत्पन्न उजाले का दायरा भी बढ़ा। अँधेरे को चीरते हुए उजाला जहाँ-तहाँ बिखरने लगा। मरघट में सभी कुछ शान्त था, केवल एक लावारिस लाश उसी ख़ामोश वातावरण में अकेले जल रही थी।

नन्दू ने दोनों गिलासों में बची-खुची शराब बराबर-बराबर कर डाली। मुरदे से अभी भी सड़ाँध आ रही थी।

रात काफ़ी हो चुकी थी। अब तक मुरदे का शरीर भी लगभग जल ही चुका था। बोतल में एक बूँद भी शराब शेष नहीं बची थी। नन्दू को नशा चढ़ने लगा था। वह कुछ-का-कुछ बोले जा रहा था। नशे की ही झोंक में एक-दो बार मुरदे पर पड़ी लकड़ियाँ डंडे से ठीक करते हुए गिरते-गिरते भी बचा। काफ़ी देर बाद मुरदे का कपाल फूटा। शान्त परिवेश में एक आवाज़ गूँजी। आचार्य जी घर जाने को तैयार हो गये।

जिस बस्ती में आचार्य जी रहते थे उसमें कुछ लोग तो यह मानते थे कि यह व्यक्ति ब्राह्मण समाज पर कलंक है। वह मुरदे के कफ़न तक को नहीं छोड़ता। सब कुछ मुरदे के शरीर से उतारकर बेच देता है। यहाँ तक कि मृतक की इस्तेमाल की गयी वस्तुएँ भी। औरतों के बीच दूसरी तरह की चर्चा होती। वहाँ उनके कर्मों के फल से उनकी विधवा बेटी की बात को जोड़ा जाता। आचार्य के बराबर वाले मकान में भड़भूंजन रहती थी। बस्ती के कोने पर दोतल्ला पक्के मकान से रामलुभाए की घरवाली रोज़ सुबह-सुबह भुने हुए गर्म चने लेने आती। आते ही पहला सवाल वह कर बैठती, "कल कितने कफ़न बेचे उस बामन ने?" भड़भूंजन जैसा देखती-सुनती, वैसा ही बता देती।

फिर वही बात समूची बस्ती में ख़बर बनकर फैल जाती। लोग अपने-अपने हिसाब से उस ख़बर को सुनते तथा दूसरों को नमक-मिर्च लगाकर सुनाते।

आज भी सुबह भड़भूजंन ने भाड़ में चने भूनने शुरू किये तो रामलुभाई सबसे पहले चने लेने आ धमकी। आसपास कोई न था। उसने धीरे-से इधर-उधर देखकर पूछा, "अरी बता न कल कितने कफ़न बेचे उस बामन ने।" उत्तर में जसवन्ती से "कोई नहीं" सुनकर गर्म चने उसके पल्लू में डाल दिये।

"पर कोई कपड़ा-वपड़ा तो बेचा होगा।" चने सूँघते हुए रामलुभाई ने उसे कुरेदा।

"कोई मुरदा ही नहीं आया तो...।"

"हाँ, जसवन्ती ये तो ठीक है, पर यह चंडाल तो चाहता ही होगा कि रोज़-रोज़ ख़ूब सारे मुरदे मरघट में आयें और उसका घर भरे।"

"हाँ, तुम्हारी बात तो ठीक है।"

"छिःछिः यह भी कोई काम है।" चने के पैसे देकर वह नाक-मुँह सिकोड़ते हुए बोली।

तभी आचार्य जी का छोटा लड़का चने लेने आ गया। रामलुभाई उसे देख, 'राम-राम' करते हुए चली गयी।

आचार्य जी रात में मरघट से देरी से आते तो बैठक में ही सो जाते थे। सोने से पूर्व वे नहाना नहीं भूलते थे। सर्दी हो या गर्मी, स्नान करके ही दूसरा कोई कार्य करते थे। यहाँ तक कि आँगन में भी नहाने के बाद ही जाते थे। सोने के थोड़ा पहले मन्त्रजाप भी अच्छी तरह किया करते थे। सुबह धूप चढ़े किनारी बाज़ार के लाला ने बाहर से कुंडा खटखटाया तो उनकी आँखें खुलीं। किनारी बाज़ार में लाला की कपड़े की दुकान थी। वह तीसरे-चौथे दिन कपड़े ख़रीदने आता था। आचार्य जी मुरदों पर पड़ी चादरें बेच दिया करते थे। किनारी बाज़ार में वही चादरें धड़ल्ले से बिकती थीं। यूँ एक-दो चादरें वे गरीबों को दान-पुण्य भी कर देते थे। चारपाई से उठकर उन्होंने कुंडा खोला। सामने लाला को देखकर अभिवादन किया। बैठक में पड़ी एक कुर्सी पर बैठते हुए लाला ने सबसे पहले वही सवाल किया–

"कुछ चादरें आयीं क्या?"

“कहाँ, एक भी नहीं मिली।” उदास से स्वर में आचार्य जी बोले।

“क्यों?...”

“दो दिन से कोई मुरदा ही नहीं आया। तीसरे दिन आया तो वह भी लावारिस। बड़ी मुश्किल से लकड़ी के ही पैसे जुटा पाये थे अर्थी को कन्धा देने वाले।” आचार्य जी का स्वर अफ़सोस से भरा था।

“हे भगवान, जैसी प्रभु की इच्छा...।” कहते हुए लाला उठ खड़ा हुआ। लाला को चाय तक को पूछने की हिम्मत उनमें नहीं हुई। जब-जब किनारी बाज़ार से लाला चादरें ख़रीदने घर आता तो परिवार में सभी को बुरा लगता था। कई बार उनके दोनों बेटों ने टोका-टाकी भी की। घर में इस बात को लेकर कहा-सुनी भी हुई। उनके बड़े बेटे ने तो चीख़-चीख़कर एक दिन कहा भी—“पिताजी, अब और नहीं सहा जाता। सारी दुनिया हम पर थू-थू करती है। हमें मुरदे की चमड़ी खींचने वाले से लेकर कफ़न-खसोटू तक कहती है। वे कहते हैं कि हमारे घर का गुज़ारा ही तब चलता है जब कोई मरता है। किसी के घर में अँधेरा होने पर ही हमारे घर में उजाला होता है।”

रात में आचार्य बहुत देर से लौटे? भागवन्ती से न रहा गया। उसने बात चलाई।

“हाँ...!”

“कुछ पैसा-वैसा मिला।” उसने पूछा।

“कहाँ से मिलता? मुरदा ही लावारिस था।”

“कुछ भी नहीं मिला?”

“अब मैं मुरदे की खाल खींचकर तो घर ले आ नहीं सकता था।” उनके स्वर में खीझ उभर आयी थी।

“कैसी बात कर रहे हैं आप, अब यह भी करना रह गया है क्या?” वह धीरे-धीरे तथा मुलायम स्वर में बोली।

“इस जनम में पता नहीं क्या-क्या करना पड़ेगा?” अफ़सोस ज़ाहिर करते-से वे बोले।

“यह सब करते हैं फिर भी गुज़ारा नहीं होता।”

“और तुम्हारे लाट साब बेटे अपने आपको श्रेष्ठ ब्राह्मणों की पंक्ति में रखकर यह काम भी छोड़ने को कहते हैं।”

"आप उनकी बातों पर क्यों जाते हैं। जब समझ आ जायेगी तब... ।"

"जब समझ आ जायेगी तब तो और और भी बड़ी-बड़ी बातें करेंगे। मुझे जीने और मरने की परिभाषा उन्हीं से सीखनी होगी।" आचार्य जी उबल पड़े।

"अच्छा, आप अब स्नान कर लीजिए, मैं नाश्ता तैयार करती हूँ।" कहते हुए भागवन्ती रसोई में जाने को हुई तो उन्होंने जेब से कल रात के मुड़े-मुड़े नोट उसकी हथेली पर रख दिये।

दोपहर के समय आचार्य जी श्मशान पहुँचे। नन्दू पहले से ही वहाँ मौजूद था। वह हाथ-पर-हाथ रखे बैठा था। एक बीड़ी ख़त्म होती तो दूसरी मुँह में लगा लेता। आचार्य जी को सामने से आते देखा तो उसकी जान-में-जान आयी। उनके अलावा वहाँ कोई बातें करने वाला तो था नहीं। मरघट के दूर-दूर तक भी कोई आदमी दिखाई नहीं देता था।

"अभी कोई मुरदा नहीं आया?"

आचार्य जी के पूछने से पहले ही उसने 'ना' में सिर हिला दिया।

"यह सप्ताह बहुत बुरा बीता है। आगे की भी कुछ पता नहीं।"

"वह तो हैई आचार्य जी, लगता है कुछ गिरह-विरह है हम पर।"

हाँ, बुरे दिन आये लगते हैं।" आचार्य जी ने नन्दू की बात का समर्थन किया।

"नन्दू, मुझे अब लगता है कि हम बस नाम के ही ब्राह्मण हैं।"

"ऐसा कैसे आचार्य जी?"

"क्योंकि कोई भी ब्राह्मण हमें अपने घर के दरवाज़े के बाहर ही रखता है। और ब्राह्मण ही क्यों बहुत-से लोग तो हमारी सूरत देखना ही अपशगुन मानते हैं।"

नन्दू उनका मुँह देखने लगा। आचार्य जी के चेहरे पर गहरी काली छाया उतर आयी थी। उसे लगा, उनका रंग एक़दम काला पड़ गया है।

"क्या ब्राह्मणों में भी ऊँच-नीच होती है? वहाँ भी छूआछूत है?" नन्दू ने बड़े आश्चर्य भरे स्वर में पूछा।

आचार्य जी के चारों ओर बहुत से चेहरे मँडराने लगे। ये अपने चेहरे लगते थे, लेकिन उन पर घृणा, उपेक्षा और तिरस्कार बिखरा हुआ था।

उन्होंने अपना एक हाथ नन्दू के कन्धे पर रख दिया—"हमें कहा जाता है महा ब्राह्मण...पर इसका अर्थ जानते हो नन्दू...महाशूद्र... ।"

नन्दू ने अपने कन्धे पर रखे हुए हाथ के स्पर्श को महसूस किया। कितना अपनत्व था उसमें। उसने अपने एक हाथ से कन्धे पर रखे आचार्य जी के हाथ को दबाया और बड़ी तृप्ति भरी आँखों से उन्हें देखने लगा।

('संचेतना', नयी दिल्ली, मार्च, 1994)

मजूरी

"ओ साब, म्हारी मजूरी कब मिलेगी, ओ साब, बतला ना, कब मिलेगी म्हारी मजूरी...?"

एक गोरी चिट्टी महिला यही बात बार-बार कह रही थी। उसके चेहरे की दमक अभाव के थपेड़ों ने लील ली थी। उसके भीतर भूख थी और बाहर दीनता। वह चालीस की थी, पर अपनी उम्र से बीस वर्ष बड़ी हो गयी थी। चेहरे पर झुर्रियाँ उभरने लगी थीं। लॉन में लापरवाही से आराम कुर्सी पर पसरा हुआ कोई व्यक्ति। उसके नज़दीक ही कूँ-कूँ करता मध्यम आकार का एक कुत्ता। भीतर से पाश्चात्य संगीत की धुन बाहर आ रही थी। कुत्ता कभी उस महिला को देख कर कभी संगीत की आवाज़ें सुनकर भौंक उठता था। पर कुत्ते का मालिक न संगीत सुन रहा था और न उस अधेड़ महिला का क्रन्दन। वह एक अंग्रेज़ी पत्रिका में छपे किसी फीमेल स्टार के कामुक चित्रों से अपनी आँखें सेंकने में तल्लीन था।

''साब, मैं बोल्लूँ, म्हारे को कितना टैम हो गया।''

वह भद्र पुरुष अभी भी बेख़बर था। अचानक अन्दर से उसे कुछ आहट सुनाई दी। रंगीन पृष्ठों वाले उत्तेजक चित्रों से ध्यान हटाते हुए वह बोला, ''डार्लिंग, अपना रोमी कुछ दुबला गया है। इसे खाने को कुछ पौष्टिक चीज़ें दिया करो न।''

''साब मुझे भी कुछ न कुछ दे दो।'' उस महिला ने फिर याचना की।

''अरे तू अभी इधर ही है। तुझे कहा था न अकाउंटेंट आयेगा तो वही हिसाब करेगा।''

''कब आवेगा थारा अकाउनटंट?'' उसने पूछा।

"परसों आयेगा।" उत्तर में अनिच्छा से बोला वह।

"अच्छा, मैं बोल्लूँ को म्हारी मजूरी मिल जाग्गी ना परसों।" जाने से पहले उसने फिर पूछा था।

"हाँ-हाँ मिल जायेगी तेरी मजूरी परसों।" उसके स्वर में लापरवाही थी और तनिक नाराज़गी भी।

"अच्छा परसों फेर आऊँगी।" कहते-कहते वह चली गयी थी।

मज़दूर महिला चली गयी थी। मज़दूर मालिक वहीं था अकेला। कुत्ता न जाने क्या सूँघते-सूँघते मुख्य दरवाज़े की ओर चला गया था। शाम घिर आयी थी। धूप के आड़े-तिरछे चित्र बंगले की दीवारों, खिड़कियों तथा रोशनदानों से गायब हो गये थे। भीतर से अब पाश्चात्य संगीत नहीं उभर रहा था, बल्कि बर्तनों की आवाज़ें आने लगी थीं। भद्र पुरुष की आँखें अभी भी उन्हीं चित्रों पर टँगी थी। कुत्ता एक राउंड लेकर फिर अपने मालिक के पास आकर बैठ गया था। क्षण भर के लिए उसका ध्यान टूटा। धीरे-से कुत्ते की कमर पर उभरे बालों में अपनी अँगुलियाँ फिराते हुए बोला वह–

"व्हाट आर यू डुइंग रोमी..."

उसके स्वर में अपनापन था। अपने मालिक के मुँह से अपना नाम सुन कुत्ते ने अपनी दोनों टाँगें मेज़ पर रख दी थीं। भद्र पुरुष को अच्छा लगा। कुत्ता उसके बिल्कुल नज़दीक जीभ निकाले उसकी ओर देख रहा था।

"लुक, सी द पिक्चर्स।"

ऐसा कहते हुए भद्र पुरुष उसे वही कामुक तस्वीरें दिखाने लगा था। कुत्ते की दोनों आँखें अब अपने मालिक से हट कर पत्रिका में छपे उन चित्रों पर टिक गयी थीं।

तभी अन्दर के दरवाज़े के बीचों-बीच उसे उर्मिला खड़ी हुई दिखाई दी। उसके बाल अस्त-व्यस्त थे। साड़ी का पल्लू नीचे गिरा हुआ था। "डार्लिंग नौकरानी को क्यों नहीं बुलवा लिया। अकेले ही यह सब कब तक करती रहोगी?" वह वहीं से बोला था।

"कुछ ख़ास चीज़ें सँभाल कर रखनी हैं महेश।" दरवाज़े पर खड़े हुए ही उर्मिला ने कहा।

"ख़ास चीज़ें यानी...?"

जैसे पूछना चाहता था महेश।

"ओफ्फो, भई कुछ ज्वैलरीज़ और तुम्हारे डॉक्यूमेंट्स। साथ ही पिछले मंथ तुम जो फ्रांस से क्राकरी लाये थे।" उर्मिला एक पल ठहरी। फिर बोली, "आजकल नौकरों का क्या भरोसा, मैंने तो बच्चों को भी काका के साथ 'मूवी' देखने भिजवा दिया।" उर्मिला अपनी बात पूरी कर पुनः भीतर जाने के लिए मुड़ी ही थी कि महेश को कुछ याद आ गया। वह थोड़ा ऊँची आवाज़ में बोला, "डार्लिंग वह बीयर की कैरेट मँगा ली क्या...? चिकन तो उसी दिन मँगा लेंगे और पाँच बोतलें व्हिस्की, मैंने तुम्हें चिट दी थी न।"

इस बार उर्मिला वहीं से नहीं बोली। नज़दीक आकर धीरे-से नाराज़गी जताते हुए उसने कहा, "महेश गृह प्रवेश वाले दिन यह सब।" उसके स्वर में सवाल था। "तो क्या हुआ डार्लिंग? इट्ज गुड।" महेश के स्वर में उल्लास था।

"व्हाट्स गुड?" उर्मिला के स्वर में खिन्नता उभर आयी थी। "ओह डार्लिंग, तुम भी...।" समझाना चाहा था महेश ने उसे। थोड़ी देर वातावरण में चुप्पी रही। रोमी की आँखें अब पत्रिका में छपी तस्वीरों से हट गयी थीं। उसका ध्यान अब झाड़ी तथा पेड़ों पर फुदकती तथा चहचहाती चिड़ियों की तरफ़ चला गया था। वह उन्हें पकड़ने के लिए बार-बार उछलता और भौंकता था। रह गये भद्र पुरुष यानी महेश, उर्मिला ने उनका उत्साह जैसे ठंडा कर दिया था।

"मैं तो कथा कराऊँगी।" उर्मिला ने चुप्पी तोड़ी थी। महेश के अब चौंकने की बारी थी। "शीला आंटी कह रही थी कि कोई कैलाश चन्द्र शर्मा नाम के कथा वाचक शहर में आये हैं। बहुत अच्छी कथा कहते हैं। सच, मन झूमने लगता है।"

उर्मिला के स्वर में अब खिन्नता के स्थान पर उल्लास उभर आया था।

"ठीक है ठीक है, तुम कैलाश चन्द्र शर्मा कथा वाचक की कथा सुनकर झूमना और हम व्हिस्की पीकर झूमेंगे।" झूमने जैसे अन्दाज़ में महेश ने कहा था।

"और हाँ, पंडित जी को भी बुलवाऊँगी।" कुछ याद करते हुए से वह बोली।

"हाँ-हाँ पंड़ित जी को भी बुलवाना, ज़रूर बुलवाना।" महेश ने कहा।

"और वह क्या है कि धूपबत्ती, अगरबत्ती, साबुत हल्दी, रंगीन धागे वग़ैरा, वगैरा... ।"

उर्मिला की बात बीच में काटते हुए महेश पुनः बोल उठा, "हाँ-हाँ जो तुम्हारी मर्ज़ी हो वह सब कुछ मँगा लेना।" इन सबकी स्वीकृति मिल जाने के बाद भी उर्मिला भीतर से खुश नहीं थी। उसके चेहरे पर अलग-अलग भाव आते-जाते थे। मन में बार-बार यही सवाल उठ रहा था कि इधर पंडित जी कथा वाचन करेंगे और उधर महेश के दोस्त मांस-मदिरा का सेवन करेंगे। उसके गले यह बात उतर नहीं रही थी।

दो दिन बाद वही मज़दूर महिला सुमति आ धमकी थी। महेश घर पर ही था। वह अपने कुत्ते को बिस्कुट खिला रहा था। दोपहर ढल गयी थी। छाँव में वह एक कुर्सी पर बैठा था और उसके सामने रोमी। दरवाज़े पर आहट सुनी तो रोमी भागते हुए उधर की ओर लपका। जैसे उसके लिए सुमति कोई शिकार हो। वह भौंकते हुए दौड़ा था और दरवाज़े के उस तरफ़ सकुचाई-सी खड़ी सुमति को देखकर जब तक भौंकता रहा, तब तक महेश कुर्सी से उठ कर नहीं आया। वातावरण में उमस थी। ऊपर से कुत्ते का भौंकना। उसके माथे पर पसीने की बूँदे चुहचुहा आयी। इससे पहले कि महेश कुछ कहे हिम्मत जुटा कर उसने पूछ लिया था,

"थारा अकाउनटंट आ गया क्या ?"

"अभी तो नहीं आया।" महेश दरवाज़े के इस पार से ही बोला।

"कब आवेगा भला?" सुमति का अगला सवाल था।

"वह शहर से बाहर गया है। तीन-चार दिन बाद आयेगा।" महेश का जवाब वैसे ही स्वर में था।

"पर तुमने तो कहा था आज आवेग्गा।" उसने पुनः सवाल किया था।

"हाँ-हाँ मैंने कहा था, पर कुछ ज़रूरी काम से उसे बाहर जाना पड़ा।" लापरवाही से जवाब दिया था महेश ने।

"तमै अर थारे अकाउनटंट को म्हारा काम ज़रूरी नहीं लगता?" फिर पूछा था सुमति ने। जहाँ उसके स्वर में पीड़ा उभर आयी थी वहीं महेश का स्वर खीज से भरा रहा था, "अब ज़्यादा बात नहीं कर।

तीन-चार दिनों में एकाउंटेंट लौटकर आ जायेगा, तब आ जाना।" कहते हुए महेश वापस चला गया था। पर रोमी अभी वहीं था। वह सुमति को दरवाज़े पर अभी भी खड़े देख भौंक रहा था। जैसे उसे उसका वहाँ खड़े होना नागवार लग रहा था। सुमति की आँखों में आँसू छलछला आये थे। उसे उम्मीद न थी कि आज भी उसे खाली हाथ लौटना पड़ेगा। खालीपन ने उसे भीतर-बाहर से जैसे खोखला कर दिया था। दरवाज़े के उस पार रोमी अभी भी उसे देख कर भौंक रहा था। महेश कभी का कमरे में जा चुका था। भीतर उर्मिला सामान बन्धवाने में व्यस्त थी। आज उसका नौकर मदद के लिए था और आया भी थी। उन्हें नये बंगले में प्रवेश करना था। गृह प्रवेश की तैयारी हो रही थी। उन सभी के भीतर उल्लास था। बाहर जीते-जागते इन्द्रधनुषी रंग थे। पर सुमति के पास तो कोरे सपने भी न थे। उसके आसपास काँटे उग आये थे जैसे वह उनमें बिंधने लगी थी।

अचानक उसने सुना। कोई कह रहा था, "अरे रोती क्यों है? दो-तीन दिनों की ही बात तो है।" उसने नज़रें उठाकर देखा। उसके सामने माली खड़ा था। आज से पहले भी कई बार देखा था उसे। उसके स्वर में जैसे अपनापन था। उसका बाप ज़िन्दा हो गया हो जैसे। बूढ़े माली की आँखों में उसने झाँका। वहाँ दिलासा तैर रही थी। रोमी कभी का जा चुका था। सुमति ने कळोली से अपने आँसू पोछ लिए थे। उसकी आँखों में आँसू देख माली की आँखें भी भर आयी थीं। सुमति अब अधिक समय वहाँ न ठहर सकी, वह उलटे पाँव लौट गयी।

नया बँगला नयी शान में डूबा था। उसके आसपास के मकानों की चमक भी जैसे वहीं आकर सिमट गयी थी। लोगों की आवाज़ाही लगी थी। जो लोग अन्दर थे, वे ड्राइंग रूप से लेकर बाहर गार्डन में जुड़ रहे थे। भीतर कथा वाचक था और उसे घेरे हुए उर्मिला के साथ अन्य महिलाएँ। बाहर महेश अपने दोस्तों से स्वयं घिरा था। वहाँ सब नव धनाढ्य थे। उनके चेहरों पर चमक थी। वातावरण में हल्का संगीत तैर रहा था।

शाम ढल रही थी। ऐसे में उसका कुछ अर्थ था। दो-तीन नौकर जल्दी-जल्दी तैयारी करने में लगे थे। रोमी बाहर से आने वाले हर व्यक्ति को तब तक सूँघता जब तक उसे यह अहसास नहीं हो जाता कि अमुक

व्यक्ति उसके मालिक का दुश्मन नहीं दोस्त है। लोगों को पहचानने का उसका अपना तरीक़ा था, जिसे वह भरपूर इस्तेमाल करता।

अचानक दरवाज़े पर नये नौकर ने सुमित को रोक लिया था। वह आज के इस दरबार का दरबान था। मैले-कुचैले कपड़े पहने किसी महिला को देखते ही वह ज़ोरदार आवाज़ में बोल उठा था, "अरे रे, कहाँ घुसी जा रही है, भिखारिन कहीं की।" सुमति ने सुना तो वह बाहर-भीतर से जैसे हिल गयी थी। दरबान ने उसे उसके वजूद से ख़ारिज जो कर दिया था। उसके स्वर में उफनती नदी का आवेश था...।

"भिखारी होगा तू और तेरा मालिक। म्हारे को म्हारी मजूरी चईये।"

"चल-चल पगला गयी है।" दरबान ने लापरवाही से कहा।

"मुझे भित्तर जाने दे।" कहते हुए सुमति उसे ठेल कर सचमुच अन्दर आ गयी थी।

दरवाज़े पर शोर सुनकर महेश के साथ लोग चौंक से गये थे। अब तक सुमति उसी जमघट के नज़दीक पहुँच गयी थी।

"म्हारी मजूरी दे आज।" वह सीधे-सीधे बोली थी। महेश उसके सामने था।

"यह कोई समय है मजूरी माँगने का।" महेश के स्वर में बौखलाहट थी।

"क्यूँ म्हारे को रोट्टी ना चइये क्या? भूख तो हमें भी लगै है। म्हारा बेट्टा तीन दिनों से बुख़ार में तपरा है। तुझे सरम ना आवै है।" वह उबल पड़ी थी। महेश को जैसे किसी ने पत्थर मारा हो। कितने लोग खड़े थे। सभी के सामने...।

"हमारा अकाउंटेंट नहीं आया है अभी।" वह अपने भीतर उभरते हुए गुस्से पर क़ाबू रखते हुए बोला।

"कब आवैगा थारा अकाउनटंट?" सुमति का स्वर वैसा ही था। महेश चुप था। जवाब भी दे तो क्या...?

"बता ना कब आवैगा थारा अकाउनटंट। थारे कू झूठ बोलते हुए सरम नयी लगै...।" सुमति का स्वर पूरी तरह से गर्मा गया था।

अब तक महेश भी उबल पड़ा था। आख़िर कब तक सहता वह। एक आम औरत ने ख़ास लोगों के बीच उसकी किरकिरी जो कर दी थी। उसके स्टेटस का सवाल था। वह बीच बाज़ार में जैसे नंगा हो गया था।

"अब चुप कर और भाग यहाँ से नहीं तो...।"

"नईं तो क्या करेगा तू?" सुमति उसकी ओर बढ़ी। महेश अब तक रोमी को इशारा कर चुका था। रोमी ने उसके हाथ को मुँह में ले लिया था। नुकीले दाँत गड़ गये थे उसकी कलाई पर। जहाँ ख़ून उभर आया था। रहे-सहे कपड़े भी फट गये थे। कई जगह काटा था रोमी ने उसे। वह चिल्लाती रही थी, पर कोई नहीं आया था उसे कुत्ते से बचाने। एक कथा का नशा भीतर था तो दूसरी का बाहर।

रात के बारह बजे होंगे। जब सुमति ने दम तोड़ा था। झोंपड़ी में लेटे हुए बुख़ार में तप रहे बेटे को समझाया था उसने, "बेट्टे याद रखना। महेश नाम है उसका। बड़ा होकर अपनी माँ का हिसाब माँगना उससे। एक-एक पाई वसूल करना।"

"माँ...।" बीच में क्षीण-सी आवाज़ उभरी थी। उसका बेटा बुख़ार में बड़बड़ाया था।

सुमति पुनः बोली थी,

"फिकर मत कर, तू जल्दी ठीक हो जावेग्गा बेट्टे। फिकर मत कर।" पर स्वयं उसे जैसे नींद आने लगी थी। उसकी आवाज़ बन्द होने लगी थी। वह गहरी नींद में सो जाना चाहती थी। अन्तिम नींद, जिसके बाद आदमी जागता नहीं। पर मरने से पहले अपने बेटे को जगाने का प्रयास किया था उसने।

दस वर्षीय मुन्ना ने अपनी माँ की धीमी होती आवाज़ को सुना था। उसने माँ के गालों को हाथ लगाया। हाथों को छुआ सुमति का शरीर बर्फ़ होता जा रहा था। झोंपड़ी में अब मुन्ना अकेला था।

('दैनिक ट्रिब्यून', चंडीगढ़, 24 मई, 1999)

दर्द

अँधेरा घिर आया था। हरभजन घर नहीं लौटा था। हरदेई घर के बाहर दरवाज़े के पास खड़ी थी। उसकी आँखें हर उस आदमी को देखती थीं, जो सड़क से गली में प्रवेश करता था। बार-बार यही क्रम दोहराती रहती थी वह। आँखें थक चली थीं उसकी। पर प्रतीक्षा अभी शेष थी। खाली-सी हुई आँखों में उदासी भर आयी थी। थकान तो पहले से ही थी। आकाश में बादल थे और परिवेश में उमस। एक-एक आदमी गली में आता और अपने-अपने घर में चला जाता। घर-घर में बच्चों की मिलीजुली आवाज़ें गूँजतीं। चूड़ियाँ खनकतीं, बर्तन बजते और शिकायत के साथ सम्मोहन की अजीब-सी गन्ध बैठकखानों, आँगनों, और छतों के आसपास उभर आती थी। बस्ती के प्रत्येक घर में स्पन्दन था और गहमागहमी भी। वह अकेला घर था, जिसमें वैसा कुछ भी न था। बेटा घर के भीतर पड़ी चारपाई पर बैठा हुआ पढ़ाई कर रहा था और सुमन रसोई में दाल बीन रही थीं। घर की दीवारें शान्त थी। थोड़ी बहुत आवाज़ें थीं तो केवल सीलिंग फैन की।

घर में तीन प्राणी थे। वे तीनों ही अजीब-सी चुप्पी लिए अपने-अपने कार्य में व्यस्त थे। आकाश का कल पेपर था। वह सामान्य ज्ञान की पुस्तक में खोया था। सुमन को भोजन तैयार करना था इसलिए रसोई में उसने अब दाल पानी में भिगो दी थी। बाहर हरदेई यानी हरभजन की माँ अभी भी बेटे के इन्तज़ार में थी। अँधेरे में ज़मीन का कोना-कोना घिरने लगा था। बस्ती में प्रकाश व्यवस्था न थी। सिर्फ़ घरों से बाहर आती उजाले की रेखाओं और धुएँ की लकीरों से लगता था कि यह भी कोई बस्ती है। शहर की पश्चिम दिशा में यह बस्ती ज़मीन के लगभग तीन एकड़ में विराजमान थी।

प्रकाश की अव्यवस्था, गली के खंड़जे की ऊबड़-खाबड़ स्थिति और मकानों की पलास्तर उखड़ी दीवारें इस बात का संकेत दे रही थीं कि सरकार द्वारा घोषित गरीबी रेखा से थोड़ा-सा ऊपर के लोग इस बस्ती में रहते थे। इनके भी सपने थे। भले ही वे पूरे न हुए हों।

आकाश को पढ़ते हुए थोड़ा थकान-सी महसूस हुई। वह किताब एक तरफ़ रख पानी पीने के लिए रसोई में चला गया। सुमन अब तक अँगीठी पर पतीली रख दाल छौंक चुकी थी। बेटे को सामने देखा तो घड़े को तिरछा उड़ेल कर गिलास में पानी डाल उसे दे दिया। पानी पीते हुए पूछ बैठा वह, "पिताजी अभी तक नहीं लौटे ऑफ़िस से?"

उदासी में डूबा स्वर उभरा था माँ के गले से, "नहीं।"

बेटे ने फिर सवाल किया था, "पर क्यों माँ, अब तक तो उन्हें आ जाना चाहिए?"

सुमन इतना ही कह सकी, "हाँ बेटे।"

आकाश वहाँ से हटकर बाहर गया था। हरदेई अभी भी दीवार से पीठ लगाये हरभजन की बाट जोह रही थी। आकाश के पैरों की आवाज़ से उसका ध्यान बँटा। तभी वह बोल उठा, "बड़ी माँ, कमरे के भीतर आ जाओ। पिताजी आते ही होंगे बस।"

हरदेइ ने जैसे अपने-आपको दिलासा दी थी, "हाँ बेट्टे तू ठीक कहवै है। बस्स आत्ते ई होग्गे तेरे पिताजी।"

पर मन नहीं माना था उसका। इसलिए पूछ बैठी, "टैम कितना हो गया?"

आकाश ने दीवार पर लगी घड़ी में समय देखा आठ बजे थे। दोनों हाथ की अँगुलियों से बतला दिया था। समझ कर बोल उठी थी वह, "आठ।"

आकाश के मुँह से हुंकार निकली थी।

फिर कहा था उसने, "घना टेम हो गया।"

इस बार आकाश चुप रहा। वह पुनः कमरे में आ गया था। सामान्य ज्ञान की किताब उठा कर वह फिर से पढ़ने लगा था।

सुमन अभी रसोई में ही थी। दाल में ज़ोरों से फदके पड़ने लगे थे। इस बीच उसने आटा भी गूँद लिया था। हरदेई कमरे में दरवाज़े के बीचोंबीच बैठ गयी थी। टांगे भी उसकी थक चली थीं। आँखें उसकी गली के बाहर पसरे

अँधेरे में खोयी थीं। उसके भीतर से बार-बार सवाल उपज रहे थे। उन सवालों की भाषा लगभग एक जैसी थी। पर उत्तर नदारद था। सवाल ही सवाल थे वहाँ। जो उसके मन के साथ बूढ़े हो चले शरीर को भी कचोट रहे थे।

दाल बन गयी थी। सुमन ने बटलोई नीचे रख दी थी। वह रोटियाँ बनाना ही चाहती थी कि बीच में रुक गयी। पति के इतनी देर गये न लौटने से मन उद्विग्न-सा हो उठा। आटा, दाल सभी कुछ छोड़ कर बाहर आ गयी थी। हरदेई अभी भी वहीं थी। माँ को बेटे की प्रतीक्षा जो थी। वैसी ही इन्तज़ार पत्नी को भी थी। आकाश का मन भी पढ़ाई में नहीं लग रहा था। थोड़ी देर में वह फिर से बाहर आ गया था। तीनों एक-दूसरे की तरफ़ देखते भर थे। सवाल भी करें तो क्या? बार-बार वही सवाल होते थे। जिनके जवाब भी अधूरे मिलते।

बस्ती का परिवेश कोलाहल से भरपूर था, पर वे तीनों ही अजीब-सी चुप्पी में डूबे थे। किसी टापू पर जैसे अकेले हों। उनके भीतर से तरह-तरह की आशंकाएँ उभर रही थीं, जो उन्हें विचलित करने लगी थीं। आकाश की आँखें बार-बार दीवार घड़ी की ओर उठ जाती थीं। अब तक नौ बज चुके थे। उसके मन में वही सवाल उठता था। पिताजी अब तक क्यों नहीं आये? वे तो सात बजे तक आ जाते थे। इस बीच सुमन रसोई में दो बार हो आयी थी। बड़ी मुश्किल से दो-चार घूँट पानी डाला था गले के नीचे। हरदेई टस-से-मस नहीं हुई थी। उसकी आँखें अभी भी बाहर से भीतर आने वाले रास्ते पर लगी थीं।

अनायास उसी रास्ते पर एक छाया दिखाई दी। हरदेई की अभ्यस्त आँखों ने पहचान लिया था। बस्ती में प्रवेश करने वाला और कोई नहीं हरभजन ही था। वह उसका अपना बेटा था। कपड़े भी वही थे और चाल ढाल भी। तब तक सुमन कमरे में आकाश के पास चली गयी थी। हरदेई बाहर अकेली थी। हरभजन नज़दीक आया तो वह पूछ बैठी, "क्यूँ हरभजन, इतनी देर कां लग्ग गयी?"

बिना कुछ जवाब दिये हरभजन अब तक अपना शरीर ठेलते हुए से कमरे के भीतर आ गया था। पत्नी और बेटे ने देखा तो तसल्ली हुई। कमरे में हरदेई पीछे-पीछे आ गयी थी। वह पुनः पूछने ही वाली थी कि सुमन

का आशंका से भरा स्वर उभरा था, "क्यों जी, कहीं किसी से झगड़ा तो नहीं हो गया?"

क़मीज़ के टूटे बटन देखकर ही सुमन ने सवाल किया था। इस बीच आकाश रसोई में जाकर घड़े का पानी गिलास में ले आया था। बदहवास जैसी स्थिति में हरभजन ने बेटे के हाथ से पानी का गिलास लेकर खुश्क हो चले गले में उसे उड़ेला था। पानी पीकर धम्म से कुर्सी पर बैठ गया था वह। बिखरे बाल, अस्त-व्यस्त कपड़े और माथे पर उभर आयी सलवटों ने माँ, पत्नी और बेटे को परेशान कर दिया था। पूछने तक की हिम्मत न हुई थी उनकी। सुमन का सवाल सुनकर भी हरभजन जैसे जवाब देने की स्थिति में नहीं था। उसकी साँसें तेज़ी के साथ चलने लगी थीं। चेहरे पर पीड़ा के अनगिनत भाव थे। इस बार हरदेई का द्रवित स्वर उभरा था–

"तू बतलात्ता क्यूँ नईं हरभजन ?"

हरभजन ने अपनी छाती पर हाथ रखे हुए देखा भर था माँ की ओर। माँ ने बेटे की आँखों में पीड़ा के बहते दरिया को महसूस किया। माथे पर उभर आयीं अनगिनत रेखाओं को पढ़ा और उसकी बेचैनी को क़रीब से जाना था। फिर बोली थी वह, "तुझे दरद है।"

हरभजन फिर मौन था।

पुनः हरदेई का स्वर उभरा था, "मुझे मालूम है, दरद होने पर भी तू कभी बोलता नईं, कुछ बतलाता नईं, बस्स, सैता रैत्ता है...।"

सुनकर हरभजन के मुँह से वेदना से भरा स्वर उभरा था, "माँ...।"

हरदेई को कहीं गहरे पीड़ा का अहसास हुआ था। उसकी आँखों में आँसू झिलमिलाने लगे थे। आँखों में आँसू सुमन के भी थे। वह रसोई में जाकर गीले आटे पर कपड़ा रख आयी थी। और आकाश ने सामान्य ज्ञान की किताब के खुले पृष्ठों को बन्द कर दिया था। उसके भीतर पीड़ा और छटपटाहट उभर आयी थी। पिताजी का दर्द उससे देखा न जा रहा था। पहले भी ऐसा ही दर्द उभरा था। बहुत पूछने पर हरभजन ने घर में अपनी व्यथा बतलाई थी। ऑफ़िस में दस बरस से उनकी पदोन्नति नहीं हो पा रही थी। उनके ख़िलाफ़ संयुक्त रूप से वह साजिश थी।

पीड़ा ने अतीत को जैसे कुरेद दिया हो। दादा जी के मृत्यु चित्र आकाश की आँखों के सामने तैर उठे थे। उनकी दुर्घटना में मृत्यु हो गयी थी। पिताजी उस समय मैट्रिक थे। मैट्रिक होने के बावजूद उन्हें चपरासी का पद मिला था। दादा जी राज्य सरकार की सेवा में चपरासी थे। चपरासी के बदले चपरासीगिरी उन्हें मिल गयी थी। यही सरकारी नियम था। ऐसा उन्हें बताया गया था। साथ में आश्वासन भी मिला था पदोन्नति का। जो समाज में नियम था वही सरकार में भी था। पहले ही दिन बड़े बाबू ने झिड़क दिया था, "चपरासी के बेटे होकर चपरासी नहीं बनोगे तो क्या लाट साहब बनोगे।"

तभी हरदेई की व्यथा से भरी आवाज़ से आकाश का ध्यान उचट गया था। दादी का स्वर जैसे कुएँ से उभरा हो, "डागडर को बुला ला बेट्टे।"

हरभजन मना करना चाहता था, पर उसकी आवाज़ गले से बाहर नहीं निकल पा रही थी।

पथरायी-सी आँखों ने देखा। उसका बेटा डॉक्टर को लेने चला गया था। उसे दर्द बढ़ने लगा था। साँसें तेज़ी से चलने लगी थीं। आँखों के भीतर अंगारे दहकने लगे थे। माँ और पत्नी हरभजन की बदलती हालत को टकटकी लगाये देख भर रही थीं। दर्द उनके भीतर भी था। वे सोच रही थीं हरभजन का क्यों उसके ऑफ़िस वालों के साथ झगड़ा होता है। जब भी झगड़ा होता है, तब ऐसी बेचैनी लिए वह घर लौटता है।

यही सवाल स्वयं हरभजन को भी परेशान किये था। जितना वह इस बारे में सोचता उसे लगता वह स्वयं अपने ज़ख्मों को कुरेद रहा है। ज़ख्म ही तो थे उसके वे। जिन्हें बार-बार मौक़ा पा ऑफ़िस में छेड़ा जाता था। इस साल में देखते-देखते सभी की पदोन्नति हो गयी थी। उसी की नहीं हुई थी। जबकि उसकी पदोन्नति तो बहुत पहले ही हो जानी चाहिए थी। वह पिछले सप्ताह मुख्यालय भी हो आया था। जहाँ से उसकी पदोन्नति का पत्र नहीं पहुँचा था। अधिक पूछने पर बड़े बाबू आर.के. शर्मा ने गुस्से में जैसे उसके सारे वजूद को हिलाकर रख दिया था। उसे पहली बार पता चला था। जात के सवाल कितने निर्मम होते हैं और उनके जवाब भी। बड़े बाबू का जवाब भी तो निर्मम ही था। उसने घृणा के स्वर में कहा था,

"हरभजन मेरे जीते-जी तू इस ऑफ़िस में बाबू नहीं बन सकता। चपड़ासगिरी कर और अपने बच्चों को पाल।"

उसके पिता चपरासी थे। वह चपरासी बना। क्या उसका बेटा भी चपरासी ही बनेगा? यही सोचते हुए हरभजन के सीने में तेज़ दर्द उठा और पलभर में ही उसका शरीर ठंडा हो गया। दोनों महिलाओं की चीख़ निकली, जो आसपास के वातावरण को उद्वेलित करते हुए दूर तक चली गयी थी। सामने दरवाज़े पर डॉक्टर था। आकाश अपलक नयनों से अपने पिता को घूरने लगा था। हड़बड़ाहट में डॉक्टर ने दम तोड़ चुके हरभजन के शरीर की धड़कनों को सुनने का प्रयास किया। पर वे साँसें कभी की बन्द हो चुकी थीं। हृदय गति रुकने से एक अदद चपरासी की मौत हो गयी थी।

सुबह तक आसपास के सभी लोगों को हरभजन के अचानक चल बसने की ख़बर लग गयी थी। बस्ती के हँसते-गाते जीवन में खलल पड़ गयी थी। बाँस की खपच्चियों से अर्थी बनाई जाने लगी थी। तभी बड़े बाबू आ गये थे। उनके हाथ में पदोन्नति पत्र था। आँखों में आँसू। उन्हें क्या मालूम था कि उनके कटु शब्द हरभजन की जान ही ले लेंगे। आकाश ने जलती आँखों से बड़े बाबू की ओर देखा था और पदोन्नति पत्र लेकर उसे कफ़न से साथ रस्सी से बाँध दिया था।

('वसुधा' के दलित साहित्य विशेषांक में प्रकाशित तथा साहित्य अकादेमी से 2018 में प्रकाशित बीसवीं सदी की हिन्दी कथा-यात्रा में 'दर्द' कहानी कमलेश्वर जी के द्वारा चयन एवं सम्पादन। इलाहाबाद दूरदर्शन के द्वारा इसी कहानी पर 90 के दशक में फ़िल्म भी बनी।)

खटबुनाई

बेटे ने शाम को देखा। झिंगोला खाट बरामदे में वैसी ही पड़ी थी जैसी वह सुबह ऑफ़िस जाते हुए छोड़ गया था। उसे अजीब-सा लगा। बाहर का दरवाज़ा खोल कर वह भीतर गया तो पत्नी को लेटे हुए पाया। अलबत्ता दोनों बच्चे होमवर्क कर रहे थे। सरोज ने आहट सुनी तो उठते हुए बोली–

"पानी दूँ।"

"नहीं मैं ख़ुद ले लूँगा।"

उसकी आवाज़ में तुर्शी थी। पत्नी ने महसूस किया। वह तुरन्त बिस्तर से उठी और इससे पहले कि फ्रिज से स्वयं उसके पति पानी लें, उसने नज़दीक रखी प्लास्टिक की बोतल से गिलास में ठण्डा पानी उड़ेल कर दे दिया। गर्मी का मौसम था। किशोर ने गटागट पानी पीकर गिलास मेज़ पर पटक दिया। गिलास पटकने की तीखी आवाज़ हुई। दोनों बच्चों का ध्यान बँटा। बड़ा बेटा पाँच बरस का था तथा छोटी बेटी चार की।

"पापा हमारे लिए क्या लाये?"

दोनों का स्वर उभरा था। पति-पत्नी ने एक-दूसरे की तरफ़ देखा। उनमें से बोला कोई नहीं। दोनों बच्चों ने बारी-बारी से पहले पापा की ओर देखा फिर मम्मी की तरफ़। सरोज ने उन्हें डाँट कर चुप करा दिया। बच्चे भी अपनी फ़रमाइश भूल कर फिर से होमवर्क में लग गये। तभी किशोर का स्वर उभरा–"यह झिंगोला चारपाई सुबह से यहीं पड़ी है।"

पत्नी के होंठों से संक्षिप्त जवाब निकला, "हाँ।"

सुनकर उसे अजीब-सा लगा।

"हाँ माने...।"

किशोर का स्वर फिर उभरा। "अरे भई हाँ माने हाँ।"

अब तक सरोज का स्वर भी थोड़ा ऊँचा हो गया था।

"मेरे कहने का मतलब था कि बरामदे में यह झिंगोला चारपाई मरी हुई गाय की तरह कब तक पड़ी रहेगी?"

तत्काल जवाब दिया सरोज ने, "यह तो अपने पिताजी से पूछो।"

किशोर पुनः नाराज़गी में बोला, "मैंने तो तुमसे कहा था कि किसी कामवाली को दे देती।"

"तुम्हारे पिताजी किसी को देने दें तब ना।"

पूछा किशोर ने, "क्या कहते हैं पिताजी?"

"कहते हैं मुझे बान से बुनी हुई खाट पर ही नींद आती है।"

"यह तो मैं कई बार सुन चुका हूँ उनके मुँह से। जबकि भीतर के कमरे में डबल बैड भी पड़ा है।"

इस बार सरोज भी तुर्शी में बोली, "और क्या नया जवाब सुनना चाहते हैं आप मेरे मुँह से?"

कुछ पल परिवेश में चुप्पी रही। जिसे तोड़ा था किशोर ने, "खटबुना तो मिलने से रहा अब नयी बुनाई करने के लिए।"

जवाब में बोली वह, "पिछली बार तो आया था।"

सुनकर किशोर ने कहा, "हाँ पिछले बरस आया था। इस बरस आये या न आये।"

बात पूरी की सरोज ने, "अब शहरों में खटबुने कहाँ मिलते हैं ? सूई ढूँढ़ने पर मिल सकती है लेकिन खटबुने नहीं।"

उनकी बात अभी ख़त्म ही हुई थी कि पहले चिंटू ने नकल करते हुए पुकारा, "खट बुने।"

फिर मोना बोली, "खट बुने।"

पति-पत्नी ने फिर से एक दूसरे की ओर देखा। फिर पूछा किशोर ने, "पिताजी कहाँ है?"

सरोज का जवाब उभरा, "सो रहे हैं।"

"और माताजी...।"

"वह भी।"

जवाब देकर सरोज रसोई में चाय बनाने चली गयी। तभी दोनों बच्चे पिछले कमरे में दादा-दादी के पास चले गये। दादा जी नींद में थे। चिंटू ने उनका हाथ हिलाते हुए दादा जी दादा जी पुकारा तो उनकी आँखें खुल गयीं। नाराज़गी में वे बोले, "हट सोने दे।"

पहले चिंटू ने नक़ल की, "हट...।"

फिर मोना बोली, "खट।"

होमवर्क छोड़कर वे दोनों एक-दूसरे के पीछे यही दोहराते हुए भागने लगे। पहले चिंटू कहता, "हट।"

फिर मोना दोहराती, "खट।"

तभी सरोज चाय बना कर ले आयी। पति-पत्नी दोनों ने मिलकर चाय पी। कुछ देर के लिए ही सही उनके बीच खटास दूर हो गयी। थोड़ी देर बाद बच्चों ने आकर जानकारी दी। दादाजी जाग गये। सरोज वहाँ से उठ कर फिर से रसोई में चली गयी। दादा दादीजी के लिए चाय बनानी थी उसे। और किशोर पिछले कमरे में चला गया। जाते ही उसने सवाल ठोंक दिया, "पिताजी वह झिंगोला चारपाई ठीक नहीं कराई।"

सुनकर सुखवन्त बोले, "खटबुना मिले तब ना।"

पूछा किशोर ने,

"कब मिलेगा खटबुना?"

"कभी तो मिलेगा ही। मुझे ख़ुद परेशानी होती है।"

इस बार कहा किशोर ने कहा, "वैसे भी तो कितनी पुरानी हो गयी है चारपाई। फेंक क्यों नहीं देते?"

कुछ पल कोई नहीं बोला। अनायास सुखवन्त का नाराज़गी से भरा स्वर उभरा, "मैं भी तो पुराना हो गया हूँ...।"

कह कर उन्होंने बेटे की ओर देखा। अब तक दादीजी भी जाग कर उठ बैठी थीं। इस बीच सरोज चाय के दो प्याले साथ में रस के दो पीस प्लेट में रख चली गयी थी। तभी किशोर का उखड़ा हुआ-सा स्वर उभरा, "ओफ्फो, पिताजी जब भी मैं घर के किसी पुराने सामान की बात करता हूँ तुम वह अपने ऊपर ले जाते हो।"

कह कर पल भर वह ठहरा फिर बोला, "मेरा मतलब तो सिर्फ़ यह था कि जो चीज़ ख़राब हो जाये या प्रयोग में न हो उसने फेंकने में आख़िर क्या बुराई है। प्लास्टिक़ की चारपाई भी तो घरों में इस्तेमाल करते हैं लोग।"

तत्काल जवाब दिया सुखवन्त ने, "घबरा मत, इन्तज़ार कर। कुछ बरस बाद प्लास्टिक के आदमी भी मिलने लगेंगे।"किशोर का स्वर नाराज़गी में उभरा,

"ओफ्फो, पिताजी, आप भी बस।"

भुनभुनाते हुए वह पिछले कमरे से बाहर निकल आया। अपने कमरे में गया तो सरोज पूछ बैठी, "क्या हुआ?"

"तुम तो जानती ही हो। वही पुराना राग।"

तत्काल कह उठी वह, "मैं तो और भी बहुत कुछ जानती हूँ।"

किशोर कुछ कहना चाहता था, लेकिन कहा नहीं। इस बीच दोनों बच्चे झिंगोला चारपाई से खेलते रहे। जहाँ पिता के लिए झिंगोला चारपाई प्राब्लम हो गयी थी वहीं बच्चों के लिए खेल का साधन बन गयी। कभी चिंतू टूटे हुए बान के बीच में टाँगें डाल कर अपने-आप को फँसा लेता तो मोना उसके चारों तरफ़ घूमते हुए उसे पकड़ने की कोशिश करती। बहुत देर तक बच्चे शोर मचाते हुए चारपाई के चारों तरफ़ भागादौड़ी करते हुए खेलते रहे। रात हो गयी तो सभी सो गये। सुबह हुई। किशोर जल्दी-जल्दी तैयार होकर ऑफ़िस चला गया। आज बच्चों की छुट्टी थी। फिर से उन्होंने उसी झिंगोला चारपाई के आसपास जाकर खेलना शुरू कर दिया। तभी पड़ोस से गुप्ताजी आये और दादाजी के बारे में पूछा। दोनों बच्चों ने भीतर जाकर ख़बर की। सुखवन्त धोती सँभालते हुए आ गये। दुआ-सलाम के बाद दादाजी ने खटबुने की बात की। पलटकर जवाब दिया गुप्ताजी ने–

"सुखवन्त जी आजकल कहाँ खटबुने मिलते हैं। तुम्हें तो पता है पहले वे गली-गली, बस्ती-बस्ती आवाज़ लगाते थे। खटबुनाई करा लो, खटबुनाई करा लो। अब तो ढूँढ़ने से भी नहीं मिलता कोई।"

सुखवन्त ने भी उत्तर में कहाँ, "तुम्हारी बात ठीक है गुप्ताजी। पर खटबुने भी क्या करें बेचारे?, कह कर वे दो-चार पल रुके। फिर बोले, "घर-घर में प्लास्टिक की चारपाई का चलन शुरू हो गया है।"

इस बार गुप्ताजी बोले, "ज़माना बदल रहा है सुखवन्त जी। कुछ मत पूछो।"

जैसे पीड़ा से स्वर उभरा सुखवन्त का, "कुछ मत बोलो। सिर्फ़ सुनो।"

गुप्ताजी ने सुखवन्त के स्वर से बाहर आती पीड़ा को महसूस किया था। वस्तुस्थिति यही थी। इसके आगे वे कहें भी तो क्या? आगे बात बढ़ाई सुखवन्त ने,

"गुप्ताजी आप तो जानते ही हैं। जीवन-भर मैं बान की बुनी हुई चारपाई पर ही सोया हूँ।"

सुनकर गुप्ताजी ने हाँ-में-हाँ-मिलाई। थोड़ी देर बाद वे चले गये। सुखवन्त अकेले रह गये। तभी बच्चे फिर आ गये और झिंगोला चारपाई के पास भागते हुए खेलने लगे। उनका पौत्र कहता, "खटबुनाई।"

सुनकर पौत्री जोड़ देती, "कहाँ से लाऊँ सलाई?"

खेल-खेल में बच्चों की बातें सुनकर दादाजी को अच्छा लगा। दादीजी तो भीतर के कमरे में थीं। तभी दादाजी बोले, "अरे पगले सलाई से खाट नहीं बुनी जाती।"

तत्काल उनका पौत्र पूछ बैठा, "और काहे से बुनी जाती है चारपाई दादाजी?"

दादाजी जवाब में बोले, "आदमी बुनता है चारपाई।"

इस बार पूछा उनकी पौत्री ने, "आदमी कैसे बुनता है चारपाई दादाजी?"

दादाजी ने जवाब दिया, "बान से।"

अब उन दोनों बच्चों ने एक साथ पुकारा, "बान से।"

दादाजी का भी स्वर उभरा, "हाँ भई बान से।"

चिंतू और मोना फिर एक साथ बोले,?"हाँ भई बान से।"

कहते हुए वे दादी के पास चले गये। बच्चे गये तो सुखवन्त लोहे का दरवाज़ा खोलकर बाहर आ गये। नज़दीक ही वर्माजी रहते थे। यह सोचते हुए कि उनसे ही किसी खटबुने के बारे में पूछेंगे, वे वर्माजी के घर तक जा पहुँचे। मालूम करने पर अन्दर से नौकर ने बताया वर्माजी बाहर गये हैं। रात में लौटेंगे। सुनकर उल्टे पांव लौट आये वे। अब उन्हें कोई अन्य नाम याद नहीं आ रहा था। जिससे वे खटबुने की बात करते।

यही सोचकर भीतर के कमरे में आ गये। जहाँ साठ वर्षीय उनकी पत्नी बिस्तर पर लेटी हुई थी। उन्हें देखकर वह पूछ बैठी, "मिल गया खटबुना।"

जवाब दिया सुखवन्त ने, "नहीं।"

इस बार वह बोली, "मिलेगा भी नहीं।"

सुनकर उन्हें अजीब-सा लगा। वे पूछना चाहते थे। क्यों नहीं मिलेगा। लेकिन पूछा नहीं। वहीं बराबर में चुपचाप लेट गये। आँखें बन्द कीं और अपने पुराने दिनों की याद में खो गये। जबकि महानगर पुरानी यादों को ध्वस्त करता है। इस बात से वे भलीभाँति वाक़िफ़ थे। छोटे शहर से बड़े शहर में आते ही इसका उन्हें ज्ञान हो गया था।

पहले दिन बीते। फिर सप्ताह और बाद में पूरा एक पखवाड़ा भी बीत गया। झिंगोला चारपाई अभी वहीं पड़ी थी। जब-जब भी किशोर ऑफ़िस से आता तो चारपाई को देखकर उसे अजीब-सा लगता। घर के भीतर और बाहर अन्य कोई ऐसी जगह नहीं थी, जहाँ चारपाई को रख दिया जाता। घर में स्टोर था, लेकिन उतना बड़ा नहीं। जिसमें झिंगोला चारपाई आ सके। एक दिन किशोर ऑफ़िस से लौटा। चारपाई अपनी जगह वैसे ही पड़ी थी। बच्चे वैसे ही होमवर्क कर रहे थे। दादा-दादी पिछले कमरे में थे और सरोज बच्चों के पास थी। कामवाली रसोई में बर्तन माँज रही थी। नाम था उसका कुसुम। किशोर आते ही सरोज से कह उठा,

"कुसुम से कहो यह झिंगोला चारपाई ले जाये। कब तक खटबुने का इन्तज़ार करते रहेंगे।"

इससे पहले कि सरोज कोई जवाब दे तभी अचानक पीछे के कमरे से किशोर की माँ की चीख़ की आवाज़ सुनाई दी। आवाज़ सुन वह भागा-भागा उस तरफ़ गया। उसने देखा तो देखता ही रह गया। सुखवन्त बिना हिलेडुले बिस्तर पर लेटे थे। उनकी आँखें खुली थी। छत की ओर टकटकी लगा कर बिना पलकें झपकाएँ वे देख रहे थे। उसने सुना। उनकी माँ रोते हुए कह रही थी, "मैं अकेली रह गयी बिटवा।"

किशोर ने घबराते हुए उनका माथा छुआ। हाथ को स्पर्श किया। शरीर ठण्डा था। कहीं लेशमात्र ताप न था शरीर में। आँखों की पुतलियों को देखा। उनमें स्पन्दन नहीं था। बदहवास-सा चिल्ला उठा वह, "पिताजी...।"

उसके पीछे थी सरोज, बच्चे और कुसुम। सभी हैरानी से सुखवन्त को लेटे हुए देख रहे थे। बच्चे दादाजी-दादाजी पुकारने लगे थे, लेकिन दादाजी अब सुनने वाले नहीं रह गये थे। जीवन की अन्तिम नींद में डूब गये थे वे, ऐसी नींद जहाँ से कोई जगता नहीं। शोर सुनकर पड़ोस से गुप्ताजी भी आ गये थे। बाद में वर्माजी और उनकी पत्नी भी आ गयी। कुछ दूरी पर बाज़ार था। बुधवार होने के कारण बाज़ार बन्द था। न पुराने लोग, न पुरानी बस्ती। अजल-मजल तो करनी ही थी। तब तक कुसुम अपने घरवाले को भी नज़दीक से बुला लायी थी। चार आदमी ही अभी तक जुट पाये थे। कुछ कम उम्र के लड़के आ गये थे शेष बूढ़े। बूढ़े ऐसे जिन्हें चलते हुए अपना ही बोझ उठाना मुश्किल था तो अर्थी को कैसे कन्धा दे पाते।

बड़ी मुश्किल से कफ़न का इन्तजाम हो कसा। जैसा हुआ, ठीक ही हुआ। वक़्त पर जो हो जाये। उन चारों ने मिलकर यही तय किया। फ़र्श पर कब से पड़ी झिंगोला चारपाई पर ही सुखवन्त के शरीर को श्मशान ले जाया जाये। उनकी इच्छा भी थी फिर से चारपाई पर सोने की। जीते-जी इच्छा पूरी न हो सकी। मरने के बाद तो हो जाये।

('जनसत्ता', नयी दिल्ली, अक्टूबर, 2018)

पॉश कॉलोनी

नयी कॉलोनी में नया घर, नयी उमंगें, नयी आशाएँ। जैसे जीवन का पतझड़ समाप्त हो गया हो। अब तक जैसे-तैसे कर जो दिन बीते, उन्हें भुला देना ही अच्छा था। नयी शताब्दी में जैसे जीवन में सुखद प्रभात हुआ था। रामलाल ने कुछ भूलकर, कुछ याद करते हुए गृह प्रवेश किया था। गृह प्रवेश बिल्कुल साधारण तरीक़े से हुआ। न कोई मन्त्र, न कोई तन्त्र ओर न ही कुछ टोटका करने का शिष्टाचार निभाया। जैसे जे-जे कॉलोनी के साढ़े बारह गज़ के वन रूम फ्लैट में रामलाल ने अपने परिवार के साथ खुला जीवन जिया था वैसे ही आगे भी वह जीना चाहते थे। गृह प्रवेश के लिए उन्होंने बौद्ध भन्ते को बुलाया। जो भन्ते कम और उनके मित्र अधिक थे। दस बरस पूर्व भन्ते ने जे-जे कॉलोनी में बौद्ध विहार की नींव रखी थी। उस समय स्वयं मदद की थी रामलाल ने। सामाजिक और धार्मिक कार्यों में आरम्भ से ही रुचि थी उनकी। नये घर में नयी उमंगों के पंख निकल आये थे। उसी घर में गृह-प्रवेश के समय बेटा था और उनकी पत्नी। इंटरमीडिएट में पढ़ रही बेटी तथा जे-जे कॉलोनी के दो-चार पुराने पड़ोसी। ज़्यादा लोगों को बुलाने का झंझट नहीं पाला था उन्होंने। गृह प्रवेश ठीक-ठाक सम्पन्न हो गया। नये पड़ोसी को भी निमन्त्रण पत्र भेजा गया। वे ख़ुशी से आये। नाम था उनका जी.के. वालिया। बैंक में सहायक मैनेजर थे। रामलाल की पत्नी सुघड़ गृहिणी के साथ अच्छी पड़ोसन भी थी। एक-दो दिनों में ही उसने पड़ोसी यानी जी.के.वालिया के परिवार का बायोडाटा ले लिया था। घर में वे और उनकी पत्नी। बेटा अमेरिका में सैटल हो गया और बेटी का विवाह एक बरस पूर्व ही हुआ। पड़ोसी के बारे में अभी सिर्फ़ इतना ही वह जुगाड़ कर पायी थी।

शाम होते-होते जे.जे. कॉलोनी के पुराने साथी चले गये थे। वालिया तो दोपहर दस मिनट के लिए वर्किंग अवर के बीच आये थे। बैंक नज़दीक ही था। अलबत्ता श्रीमती वालिया ज़रूर डेढ़-दो घण्टे रही थीं। उन डेढ़-दो घण्टों में नयी कॉलोनी के भूगोल से लेकर इतिहास के बारे में वह बता गयी थीं। दो औरतें जब इकट्ठा होतीं तो नयी बातें पानी के स्रोत की तरह अवश्य ही उभरने लगती हैं। आने-जाने वालों की गहमा-गहमी ख़त्म हो गयी थी। इसी बीच कामवाली भी आयी थी। आते ही उसने कहा था,

"बीवी जी घर में बर्तन-पौंछा कराना है तो बतला देना। दुलारी नाम है मेरा।"

गृहिणी ने बिना किसी हाँ या ना के उसकी हथेली पर दो लड्डू रख दिये थे। कोई भी शगुन हो, किसी का मुँह मीठा कराने में कोई हर्ज नहीं है। यह बात भली-भाँति वह जानती ही थी। इसलिए दो लड्डू देने में कोई कंजूसी नहीं की उसने।

रात के बारह बज गये थे। बेटा अपने कमरे में पत्नी के साथ चला गया और बेटी अपने कमरे में। वे अपने कमरे में, साथ में फूलवती यानी उनकी पत्नी। जैसे उनके कमरे पहले से ही निश्चित हो गये थे। कौन किस कमरे में रहेगा? इस पर कोई न झगड़ा हुआ और न टंटा। पहले तो डेढ़ कमरे में ही चार जने रहते थे। जीवन में पहली बार डबल बैड ख़रीदा था रामलाल ने। सुख का नया आयाम उभरने लगा था। आधी रात होते-होते कॉलोनी में सन्नाटा उतरने लगा था। पत्नी ने पति को सोच-विचार में डूबे देखा तो पूछ बैठी, "क्या सोचने लगे ?"

सुनकर रामलाल का ध्यान बँटा। जैसे वे अपनी जे-जे कॉलोनी से पॉश कॉलोनी में आ गये थे। जवाब दिया उन्होंने, "गोपाल की माँ, पुरानी कॉलोनी की याद आ रही थी।"

फूलवती ने ऐसे ही कह दिया, "अब तो हम यहाँ आ गये अब पुराने घर, पुरानी कॉलोनी की याद क्यों?"

"गोपाल की माँ, तू नहीं समझेगी। बीस बरस रहा हूँ उस कॉलोनी में"

कह कर वे थोड़ा रुके। फिर बोले, "बीस बरस कम नही होते। रज्जू की माँ अभी भी याद आती है। सुबह-सुबह एक प्याला चाय तू ही तो देती थी उसे।"

फूलवती का स्वर भी उभरा, "हाँ याद आ गया। अब कैसी होगी, पता नहीं। उम्र भी तो कितनी हो गयी।"

पूछ बैठे रामलाल, "कितनी भला?"

जवाब दिया फूलवती ने, "पूरे अस्सी बरस। और चलते हुए लाठी तक का सहारा नहीं लिया।"

इस बार रामलाल ने कहा, "और वो छुट्टन सब्जीवाला।"

फिर फूलवती बोली, "हाँ-हाँ, और उसकी घरवाली लच्छो।"

पुनः रामलाल का स्वर उभरा, "सच कैसे भुलाएँ उन्हें। अरे हाँ गली का कुत्ता शेरू, जो हमारे पीछे-पीछे बाहर सड़क तक आया था।" तभी न जाने और क्या याद आ गया था, "सच उसकी आँखों से आँखें नहीं मिला पाया था मैं घर का सामान टैम्पू में रखते हुए। प्यार का भूखा शेरू। अब कौन रोटी खिलाता होगा उसे?"

फूलवती को पति के गले से उभरते अल्फाज़ से गम्भीरता का आगाज़ हुआ था। आदमी जब पुरानी यादों में खो जाता है तो और भी अधिक गम्भीर हो जाता है बिल्कुल समन्दर की तरह। वह पढ़ी-लिखी कम ज़रूर थी, लेकिन उसने पचीस बरस से अपने पति के जीवन की आरपार की रेखाओं को बख़ूबी पढ़ा था। सुख-दुख में साथ दिया था।

"गोपाल के पिताजी अब आप सो जाओ।"

कहते हुए उसने लाइट का स्विच आफ कर दिया था। कमरा अँधेरे में डूब गया और परिवेश गहरे सन्नाटे की गिरफ्त में आ गया। जरा भी आवाज़ नहीं। वे सोचने लगे। कैसी कॉलोनी है यह? बिल्कुल भी शोर नहीं। पुरानी कॉलोनी में तो हर दिन के बाद रतजगा होना लाजमी था। जैसे बारह बजे के बाद वहाँ नयी दुनिया का विस्तार होता हो। देर रात तक शोर-शराबा, हंसी-मज़ाक़, गाली-गलौज, कभी बकरी का मिमयाना। कुत्तों के ज़ोर-ज़ोर से भौंकने से तो सोया हुआ आदमी भी जग जाता था। नयी कॉलोनी के नये डबल बैड पर वे जितना भी सोने की कोशिश करते उनके भीतर से यादें उतना ही उमड़तीं। कल्लू की बकरी पिछले बरस खो गयी थी। बड़ी मुश्किल से मिली। कल्लू तो बेचारा रो-रोकर पागल ही हो गया था जैसे। सभी ने मिल कर तलाश की थी। मैदान में चरते हुए सामने के नाले में गिर गयी थी।

बड़ी मुश्किल से उसे वहाँ से निकाला गया था। तब कल्लू की जान में जान आयी।

सुबह हुई। बेटा जल्दी चला गया था ऑफ़िस। बहू चाय बनाकर ले लाई। बाहर बालकॉनी में पड़ा अख़बार भी खोलकर उनके सामने रख दिया। उन्होंने चाय का घूंट पिया तो रज्जू की माँ का चेहरा सामने आ गया। अख़बार नहीं पढ़ सके वे। पुरानी बस्ती की जीवन धमनियों को पढ़ते रहे। वे अख़बार के पृष्ठ खोलते, पर एक गली के बाद दूसरी गली का जीवन संघर्ष खुल जाता। एक-एक पड़ोसी का चित्र उनकी आँखों के सामने आता और वे जैसे उनसे बातें करने लगते। इस बीच उनकी पत्नी कई बार आयी। उन्हें यादों में खोये पाया। उन्होंने कहा कुछ नहीं। वे जानती थीं खूब अच्छी तरह। इसलिए चुप ही रही। लंच ज़रूर तैयार कर रखवा दिया था। अन्ततः उन्हें ऑफ़िस जाने के लिए कहना ही पड़ा। वे जल्दी-जल्दी तैयार हुए। ऑफ़िस तो जाना था।

रामलाल दिल्ली सरकार के एक कार्यालय में हैड क्लर्क थे। आज ऑफ़िस पहुँचते-पहुँचते दस मिनट की देरी हो गयी थी। जहाँ उनकी टेबल तक आ-आकर रोज़ सुबह कर्मचारी हस्ताक्षर करते थे वहीं आज अधिकांश उपस्थिति रजिस्टर पर हस्ताक्षर कर चले गये थे। खुले रजिस्टर पर अपने नाम के आगे उन्होंने सबसे पहले हस्ताक्षर किये। कौन जाने सैक्शन ऑफ़िसर ही वह मँगा ले। फिर बैग किनारे पर रख कल की फ़ाइल खोल कर पढ़ने लगे। ग्यारह बजे तक सभी आ गये थे। उन्होंने बैग से मिठाई का डिब्बा निकाला और चपरासी को चाय लाने के लिए कहा। तभी उनका हम उम्र गुप्ता, जो ब्रांच में ही कैशियर था। चहकते हुए बोला, "सूरज विहार तो पॉश कॉलोनी है यार, तूने तो बड़ा खेल कर दिया।"

सुनकर रामलाल ने धीरे-से कहा, "बस नये घर का इन्तज़ाम जैसे-तैसे कर हो ही गया। फिर आप सभी ने भी तो मदद की।"

सुनकर गुप्ता ने कहा, "सही बात है रामलाल जी तुम्हारी।"

"जीवन ही खेल है गुप्ताजी, जो पीछे रह गया, वह रह गया।"

रामलाल जी अब तक रघु चपरासी से बिना कुछ कहे रहा नहीं गया। उसने भी हाँ में हाँ मिलाई। तभी कुमुद छुगानी भी आ गयी थी। वह सैक्शन में टाइपिस्ट थी। मुस्कराते हुए वह बोली—

"बड़े बाबू, जीवन खेल ही नहीं, मैं तो कहती हूँ एक बड़ा गेम है, जो जीत गया वह जीत गया, जो हार गया, वह हार गया।" उसकी बात सुनकर शेष कर्मचारी भी बड़े बाबू की मेज़ के पास आ गये। उन सबके मुँह से निकला 'वाह'।

तभी चपरासी ने केतली से प्यालों में चाय उड़ेली ही थी, उन्होंने मिठाई लेनी शुरू की।

"रामलाल जी, आदमी अगर चाल-चलन का ठीक हो तो घर क्या सभी कुछ हो जाता है।"

रामलाल ने गुप्ताजी की बात सुनी। पर कुछ कह नहीं सके। तभी कुमुद छुगानी बोली, "बिल्कुल सोलह आने सही बात है।"

शाम को रामलाल घर पहुँचे तो उन्होंने देखा, बेटा उनसे पहले अपने ऑफ़िस से लौट आया था। वह चार्टेड बस से आना-जाना करता था और स्वयं रामलाल अभी भी सरकारी बस से आते-जाते थे। आरम्भ से बसों में ही तो उन्होंने यात्रा की थी। कुछ दिन साइकिल ज़रूर चलाई थी। न स्कूटर लेने की हिम्मत हुई और न कार की। जबकि दिल्ली में तो हर दसवें आदमी के पास स्कूटर कार थीं। साइकिल तो सड़क पर दिखाई देनी ही लगभग बन्द हो गयी थी। जैसे हर कोई चलना नहीं बल्कि दौड़ना चाहता था। पर रामलाल दौड़ने में नहीं चलने में विश्वास करते थे। उनके पिताजी अक्सर कहा करते थे। आदमी को दौड़ना नहीं निरन्तर चलते रहना चाहिए। बिना नागा चलते रहने से एक दिन मंज़िल मिल ही जाती है। पिता की सीख उन्होंने अब तक गाँठ में बाँधकर रखी हुई थी। सरकारी नौकरी में उनके पिता की भर्ती चपरासी के पद पर हुई थी। वे चपरासी के पद से ही रिटायर्ड हुए। स्वयं रामलाल ने दिल्ली में शार्ट सर्विस कमीशन के कम्पीटेटिव एक्जाम में क्लर्क पद के लिए एप्लाई किया था। जिसमें वे उत्तीर्ण हुए थे। दस वर्षों में उनकी पदोन्नति हुई और वे हैड क्लर्क बन गये। वहीं बेटे ने डायरेक्ट छलांग मारी थी यानी उनके बेटे का रिक्रूटमेंट सेक्शन ऑफ़िसर के पद पर हुआ था। रामलाल दशकों की मेहनत और प्रतीक्षा के बाद निम्नवर्गीय समाज से मध्यमवर्गीय समाज में परिवर्तित हो गये थे। स्वयं डी.डी.ए से एम.आई.जी. फ़्लैट ख़रीदा था बाप-बेटे ने मिलकर। सारी जमा पूंजी खर्च हो गयी थी।

ऊपर से क़र्ज़ अलग। बस मन के भीतर सुखद अहसास था कि वे दिल्ली की एक अच्छी कॉलोनी में रह रहे हैं।

कहते हैं न कि समय सब कुछ भुला देता है। रामलाल को अब न जे.जे. कॉलोनी की याद आती थी और न ही उनकी आँखों के सामने वहाँ के पड़ोसियों के चित्र तैरते थे। नयी कॉलोनी के नये परिवेश में वे घुलने-मिलने लगे थे। पहले जी.के. वालिया से सम्पर्क सूत्र बने। फिर उन्होंने ही एक दिन रामलाल का परिचय आर.के. गुप्ता से कराया। गुप्ताजी ऊपर की मंज़िल पर रहते थे। उससे ऊपर की मंज़िल यानी 50-सी में मैडम अग्निहोत्री अकेली रहती थीं। कॉलोनी में रहते हुए कभी-कभी उनका हर दिन परिचय में विस्तार होता। कभी पार्क में तो कभी दूध की दुकान पर। दोनों जगह उन्हें जाना ही होता था। बरसों से नियम बन गया था। पहले सुबह उठकर घूमने जाना फिर वापसी में दूध ले आना। यहाँ भी वही नियम बरकरार रहा। जरा भी ढीलापन नहीं। आलस्य तो उनमें था ही नहीं। पिताजी की मार कहाँ भूल सकते थे। सुबह पाँच बजे उन्हें उठना ही होता था। जल्दी सोना और जल्दी उठना उनका नियम बन गया था।

पॉश कॉलोनी की जैसे परत-दर-परत खुलती जा रही थी। अभी उन्हें नयी कॉलोनी में आये हुए एक माह भी नहीं हुआ था कि सामने ऊपर के फ़्लैट में एक दिन शाम होते-होते उछल-कूद के साथ-साथ शोर-शराबा शुरू हो गया। पता चला कि किसी का जन्मदिन है। रात जैसे-जैसे होती गयी, जन्मदिन की पार्टी परवान चढ़ती गयी। डैक पर ऊँची आवाज़ में फ़िल्मी गीत भी बजने लगा। सचमुच ही फ़िल्मी गीत के साथ हो-हल्ले का शोर बहुत तेज़ होने लगा था। रामलाल ने अपने फ़्लैट के खिड़की-दरवाज़े बन्द कर लिए थे। फिर भी शोर कानों को अप्रिय ही लग रहा था। दस बज गये थे। वे सोने की तैयारी कर रहे थे। पर शोर के कारण नींद नहीं आ पा रही थी। बेटा-बेटी अलग परेशान थे। रामलाल का मन हुआ सामने ऊपर वाले फ्लैट में जाकर शोर कम करने के लिए कहे। लेकिन पत्नी ने समझाया नयी कॉलोनी है कोई पंगा मत ले लेना। जान-न-पहचान बैठे-बिठाये जान मुसीबत में आ जायेगी। उन्होंने पत्नी की सलाह पर अमल किया और दम साध कर सोने की कोशिश करने लगे।

ग्यारह बज गये थे। शोर अभी बरकरार था। तभी ग्राउंड फ्लोर पर रहने वाले शर्मा ने हुड़दंगियों से आवाज़ बन्द करने की बात कही जिसे अनसुना कर दिया गया। मजबूर होकर उन्होंने सौ नम्बर घुमा दिया। तुरता-फुरती में पुलिस वैन आ गयी। पुलिस देखकर हल्ला-गुल्ला थम गया। ऊपर की मंज़िल पर कोई सिंह रहते थे। उनके दो बेटे थे तथा एक बेटी। साथ में आठ-दस लड़के-लड़कियाँ। सभी शराब पीकर नाच गा रहे थे। बालकॉनी से सिंह के बड़े बेटे ने चीख़ते हुए कहा, "हाऊ डेयर यू काल द पुलिस।"

नीचे सड़क पर आकर शर्माजी बोले, "ग्यारह बज गये हैं। तुमसे शोर कम करने के लिए कहा गया। तुमने नहीं किया। तुम लोग गुण्डागर्दी करो और हम पुलिस को भी न बुलाएँ।"

तभी सिंह के छोटे बेटे ने कहा, "वी आर जस्ट एनज्वाइंग।"

इस बीच वालिया जी भी घर से बाहर निकल कर आ गये थे। उन्होंने कहा, "बेटे एनज्वाय करो, लेकिन पड़ोसियों को क्यों परेशान करते हो। देखो ना बारह बज रहे हैं।"

जवाब दिया इस बार सिंह की बेटी ने, "अंकल एक रात की ही तो बात है। हम रोज़-रोज़ थोड़ा ही हल्ला करते हैं।"

तभी सिंह साहब आ गये थे। उन्होंने इतनी शराब पी ली थी कि उनसे बोला ही नहीं जा रहा था। पुलिस इंस्पेक्टर बीच-बचाव करने के मूड में था। वह कभी ऊधम मचाते बच्चों से बात करता तो कभी वालिया जी से। बीच-बीच में वायरलैस पर मैसेज का भी आदान-प्रदान करता। बीच-बचाव होते होते घण्टा भर हो गया। अन्त में सुलह हो गयी। गीत-संगीत चालू रहा, पर कम आवाज़ में। शर्माजी भी मान गये थे।

जैसे-जैसे नयी कॉलोनी में लोगों का दबाव बढ़ रहा था वैसे-वैसे आबोहवा में भी बदलाव होने लगा था। आदमी के साथ कुत्तों की संख्या में भी तेज़ी के साथ इजाफ़ा होने लगा था। अभी एक बरस हुआ था कि पुराने लोगों के जाने और नये लोगों के आने की प्रक्रिया शुरू हो गयी थी। किसी परिवार में विवाह होने के अवसर पर इकलौते पार्क में तम्बू-डेरे लगाने के साथ लाउडस्पीकर भी लगाये जाते। कभी सन्तोषी माता का जागरण होता तो कभी शेरावाली के नाम पर रतजगा। धूम धड़ाके के साथ बस्ती में हुड़दंग बढ़ने लगा था।

एक किरायेदार आता तो दूसरा घर खाली कर जाता। बाहर खड़े ट्रक पर रातो-रात किसका सामान लद कर चला जाता और किसका आ जाता, कभी कुछ पता नहीं चलता। रामलाल शाम को ऑफ़िस से लौटते। चाय पीते हुए पत्नी से पूछते, "कौन आया है, कहाँ से आया है?"

फूलवती का लगभग एक जैसा ही जवाब होता, "अब मुझे कोई बताये तो मैं कुछ बताऊँ।"

रामलाल सुनकर चुप हो जाते। वे भलीभाँति जानते थे कि उनकी पुरानी बस्ती में कोई आता बाद में था, पहले उसकी जन्मपत्री खुल जाती थी। कोई भी नया मकान मालिक हो या नया किरायेदार स्वयं अपने बारे में बतलाता था। आसपड़ोस में बैठकर चाय पीता था। नये और पुराने घरों के बच्चे जल्दी ही एक-दूसरे को दोस्त बना लेते थे। पर यहाँ का जीवन चक्र उल्टी दिशा में चलता था। इस बीच ऑफ़िस में गुप्ताजी ने पूछ लिया, "कहो रामलाल जी कैसी गुज़र रही है तुम्हारी नयी कॉलोनी में?"

सुनकर रामलाल ने पहले फ़ाइल बन्द की। फिर जम्हाई ली। और कुछ पलों के बाद बोले वे, "गुप्ताजी, कॉलोनी अच्छी हो या साधारण, वहाँ रहने के बाद ही पता चलता है।"

इस बार गुप्ताजी का स्वर उभरा, "हाँ, यह बात तो ठीक है आपकी।"

अपनी बात कहने के बाद कुछ देर वे ठहरे और फिर पूछा उन्होंने, "पर आपको कैसा महसूस हुआ, वहाँ के लोग, वहाँ की सोसाइटी...।"

जैसे गम्भीर स्वर उभरा उनकी ओर से, "गुप्ताजी एक बात कहूँ, बुरा न मानें तो।"

"हाँ-हाँ कहो भई मैं बुरा क्यों मानूँगा?

"गुप्ताजी, आदमी चाहे जे.जे. कॉलोनी में रहता है चाहे पॉश कॉलोनी में। आदमी-आदमी ही होता है। उसकी आदतें, उसका स्वभाव, बोलचाल लगभग एक जैसा ही होता है। फ़र्क़ सिर्फ़ इतना ही है कि स्लम या जे.जे. कॉलोनी में रहने वालों का जीवन खुला होता है। सब कुछ दिखाई देता है, सुनाई देता है। और पॉश कॉलोनी में हज़ार तरह के पर्दे होते हैं। फिर भी भेद तो खुलते ही हैं न।"

एक दिन अचानक मैडम अग्निहोत्री का बेटा आ धमका और लगा जिद करने माँ को अमेरिका ले जाने की। वह पाँच बरस पहले वहीं सैटल हो गया था। माँ साठ बरस की हो गयी थी। घर में नितान्त अकेली सिर्फ़ एक अदद अलशेसिएन कुतिया। उसे वह डाली कह कर पुकारती थी। महीने की सारी आवश्यक चीज़े बनिये की दुकान से आ जाती थीं। माँ की और भी आवश्यकताएँ थीं। बेटा उन सबसे बेख़बर था। दो-तीन दिन ऊपर की मंज़िल में शोर-शराबा भी हुआ और उठा पटक भी। रामलाल को पहली बार अहसास हुआ कि यहाँ कोई अपनी माँसे झगड़ा भी कर सकता है। शोर ही नहीं घर का सामान भी इधर-उधर उठा कर पटक सकता है। मजबूर होकर रामलाल सीढ़ियाँ चढ़ते हुए ऊपर चले गये। उन्होंने उसे समझाया।

सुनकर तत्काल ही मैडम अग्निहोत्री का बेटा बरस उठा, "आप बीच में मत पड़िये। मेरी माँ है, मैं जो चाहूँ कहूँ। और वैसे भी मैं अपने घर में किसी की दखलअन्दाजी पसन्द नहीं करता।"

उन्होंने निरीह और विवश एक माँ को देखा। जो एक शब्द भी बोल न पायी थी। मजबूर होकर वे जिन सीढ़ियों से चढ़ कर ऊपर गये थे, उन्हीं से उतर आये थे। पत्नी ने पूछा, क्या हुआ। उन्होंने बता दिया। उसी दिन शाम को वालिया ने भी कहा,

"रामलाल जी, क्यों उनके पचड़े में फँसना चाहते हो। आप इस कॉलोनी में नये हो और भोले भी हो। अच्छा ही होगा, इस सबसे दूर रहो।"

सुनकर रामलाल कहे बिना नहीं रह सके, "वालिया जी, पड़ोसी ही पड़ोसी के सुख-दुख में काम नहीं आयेगा तो कौन आयेगा?"

तत्काल बोल उठे वे, "आपकी बात सही है। आपके भीतर जो है वही बाहर भी है। पर ज़माना बदल रहा है।"

"ज़माना कितना भी बदल जाये, माँ-बेटे के सम्बन्ध तो वैसे ही रहेंगे ना।"

"यह बात मेरी तो समझ आ सकती है, लेकिन नयी उम्र के लड़कों की नहीं।"

"फिर भी...।"

"जानते हो, मैडम का हिन्दुस्तानी से अमेरिकन बन गया बेटा क्या चाहता है...?"

"क्या चाहता है?"

"यह फ़्लैट बेचना और माँ को अमेरिका ले जाना।"

आश्चर्य में डूबे में उनका स्वर उभरा, "ऐसा चाहता है उसका बेटा।"

वालिया पुनः बोले, "और सुनो, माँ अगर अमेरिका जाने को तैयार नहीं होती है तो बेटे की नये विचारों की नयी बीवी ने यह भी कहा कि उसे कहीं भी विधवा आश्रम में फेंक देना।"

सुनकर उनके मुँह से निकला, "क्या?"

थोड़ा ठहर फिर बोले वे, "और कुछ सुनना चाहतो हो।"

सचमुच रामलाल की इसके आगे सुनने की हिम्मत नहीं हुई। इसके आगे सुने भी तो क्या? पर उस दिन से एक अच्छी बात हुई। और वह यह कि फूलवती ने बिना नागा सुबह मैडम को चाय देना शुरू कर दिया। सचमुच वह उनके लिए रज्जो की माँ बन गयी थी। पहले दिन जब फूलवती के हाथों से चाय से भरा प्याला मैडम ने पकड़ा तो काँपते हुए वे होंठो तक ले गयी थी। चाय का पहला घूँट उनके लिए शहद से कम न था। बूढ़ी आँखों ने जी भर कर देखा था। ढेर सारी आशीष दी थी फूलवती को। आशीष देते हुए उनके झुर्रीदार गाल आँसुओं से भीग गये थे। फूलवती भी यह सब देख और महसूस कर भीतर बाहर से भीग गयी थी। बेटा विदेश से जैसा आया था वैसे ही खाली हाथ चला गया। न माँ बेटे के साथ जा सकी और न बेटा माँ को अपने साथ ले जा सका। मैडम अग्निहोत्री के झुर्री वाले चेहरे पर ऐसे समय मुस्कान थिरकने लगती। उन्हें अच्छा महसूस होता।

(प्रकाशित)

सिद्धान्तकार

ऑटो से उतर कर सड़क पर आया तो नयी दिल्ली रेलवे स्टेशन के सामने एक बड़ा साइन बोर्ड लगा देखा। नज़रें अनायास ही उधर उठ गयीं। एक तरफ़ पूर्व राष्ट्रपति कलाम साहब का चित्र था तो दूसरी ओर उसी चित्र के समानान्तर उनका कथन था, "सपने वे नहीं होते जो रात में आदमी देखता है। सपने वे होते हैं, जो रात में किसी को सोने नहीं देते।" मरकरी बल्ब की रोशनी में चमकते-दमकते वे शब्द जैसे मेरे लिए कोई इबारतें थीं। मैं मन्त्रमुग्ध था। रात के आगोश में कुछ देर तक मैं खड़े हुए वह सब पढ़ता रहा। पढ़ते हुए उनके प्रभावशाली कथन में इतना खो गया कि वहीं और न जाने कितनी देर तक खड़ा रहता, अगर पीछे से कार के हॉर्न की आवाज़ नहीं आती।

मुझे लखनऊ मेल पकड़नी थी। जेब से टिकट निकाल कर पहले उसमें छपे हुए समय को पढ़ा। फिर सामने दीवार पर लगी घड़ी की ओर देखा। अभी थोड़ा समय था। इसलिए सहजता से सड़क पार कर रेलवे स्टेशन के अहाते में प्रवेश कर गया। प्लेटफ़ॉर्म एक पर आया तो भीड़ बढ़ गयी थी। यात्री बच्चों के साथ सामान की पोटली और गठीया उठाये भागे चले जा रहे थे। प्लेटफ़ॉर्म एक से ही पुल पार कर मुझे प्लेटफ़ॉर्म तीन पर जाना था। मेरे पास कुछ विशेष सामान नहीं था। सिर्फ़ एक हैण्डबैग जिसमें दो पुस्तकें, एक नोट बुक, दो पैन और दो जोड़ी कपड़ों के साथ तौलिया और साबुन वग़ैरह।

ट्रेन में मेरा आरक्षण था। तीन नम्बर प्लेटफ़ॉर्म पर गाड़ी लग चुकी थी। स्लीपर कम्पार्टमेंट में अपने नम्बर की बर्थ तलाश कर मैं वहाँ बैठ गया था।

मेरे सामने दो व्यक्ति पहले से ही बैठे थे। धीरे-धीरे लोग आने लगे और अपनी-अपनी बर्थ पर काबिज़ होने लगे थे। गर्मी का मौसम था। कम्पार्टमेंट में तेज़ आवाज़ के साथ पंखे चलने लगे थे। थोड़ी देर में ट्रेन चलनी शुरू हुई।

मेरा भी एक सपना था जिसे पूरा करने के लिए मैं दिन-रात लगा था। मेरे भीतर बेचैनी थी। मेरे भीतर जो बेचैनी थी, शायद वही मुझसे वह कार्य पूरा करने हेतु प्रेरित भी करती थी। मुझे दो माह पूर्व एक एसाइनमेंट मिला था, जिसके तहत मुझे अम्बेडकर और लोहिया पर पुस्तक लिखनी थी। दिल्ली में रहते हुए कुछ समाजवादियों के साक्षात्कार लिए थे। दिल्ली के ही एक पुस्तकालय में साथी ने बताया था। अगर कुछ सीरियसली काम करना चाहते हैं तो दिल्ली के बाहर निकलये। उन्होंने ही मेरे पूछने पर सुबह सिंह का नाम और पता बतलाया था। यह भी बतलाया कि वे अम्बेडकर और लोहिया दोनों से मिल चुके हैं। उन्हें दो महापुरुषों के बीच की कड़ी भी कह सकते हैं। एक-दो बार मैंने सुबह सिंह के द्वारा लिखे आलेख भी पढ़े थे। जैसे-जैसे गाड़ी लखनऊ के क़रीब पहुँचती जा रही थी उनसे मिलने और उनके बारे में जानने की जिज्ञासा बढ़ती जा रही थी। सुबह सिंह कैसे होंगे, कैसे कपड़े पहनते होंगे, कैसे बोलते होंगे। वे उ.प्र. में विधायक भी रह चुके थे। विधायक होने की थोड़ी बहुत गर्मी तो शेष रही होगी और लखनऊ की नफासत भी। ऐसी कितनी ही बातें मेरे भीतर घुमड़ रही थीं। यही सब सोचते-सोचते मुझे नींद आ गयी।

सुबह हुई तो लखनऊ हाज़िर था। गाड़ी सही समय पर थी। लखनऊ रेलवे स्टेशन से रायॅल होटल अधिक दूर नहीं था। टेम्पो वाले ने नज़दीक ही उतारते हुए बतलाया, "ऊ देखो रायॅल होटल...।"

"कहाँ...?"

मेरे मुँह से निकला। पर अगले ही पल टेम्पो आगे निकल चुका था। मैं हैरत में रह गया यह सोच कर कि कहीं टेम्पो चालक ग़लत जगह तो नहीं उतार गया। तभी मैंने सड़क पर चलते हुए एक व्यक्ति से पूछा। उसने भी उसी तरफ़ संकेत किया, जिस दिशा में टेम्पो वाले ने बताया था। मेरा आश्चर्य बढ़ने लगा था। मैं थोड़ा और नज़दीक आ गया था। सामने एक खँडहरनुमा इमारत थी। जिसमें दो-तीन कमरे बने हुए थे। नज़दीक ही ढाबा था।

मैं असमंजस में था यह सोचकर कि यह खँडहरनुमा इमारत रायॅल होटल कैसे हो सकता था। पुनः मैंने उसी तरफ़ जाते हुए एक व्यक्ति से पूछा तो उसने बड़ा अटपटा-सा जवाब दिया, "ऊ क्या है? दिखलाई नयी देता।"

"ऊ... ।"

मेरे होंठो से भी उभरा। अब मैं बिल्कुल उसी रायॅल होटल बनाम खँडहर के सामने आ गया था। जैसे इतिहास का कोई अध्याय मेरे सामने खुलने लगा था। सभी के कहने पर मेरे पास विश्वास न करने का कोई चारा न था। तभी एक युवक, खँडहरनुमा इमारत से बाहर आता दिखलाई दिया। मैंने पूछा, "सुनिये यहाँ सुबह सिंह जी रहते हैं।"

तत्काल वह बोला, "अरे भई सिद्धान्तकार की बात कर रहे हो क्या?"

"हाँ-हाँ... ।"

मुझे कहना पड़ा, "वह सामने वाला कमरा है ना, उसी में मिलेंगे।"

कहते हुए वही युवक चला गया। मैं धीमे क़दमों से चलते हुए उस कमरे तक पहुँचा। दरवाज़े से देखा। पुरानी भीत पर टँगी छत। छत पर झूलता पुराना पंखा। दीवार में गड़ी हुई लकड़ी की चार-पाँच खूँटियाँ, जिन पर लटके कपड़े और थैले। सामने की दीवार के बीचोबीच बाबा साहेब डॉ. अम्बेडकर तथा डॉ. राम मनोहर लोहिया के चित्र। नीचे फ़र्श पर बिछा तख्त, तख्त पर बैठा हुआ पतला-दुबला खिचड़ी वालों वाला एक व्यक्ति। मेरे भीतर से स्वयं उभरा–

"क्या यही सुबह सिंह हैं?"

तभी उसी व्यक्ति की नज़र मेरी तरफ़ उठी। अनायास पूछ बैठे वे, "किससे मिलना है भई?"

उस असाधारण व्यक्तित्व वाले साधारण व्यक्ति को देखकर मुझे महसूस हुआ, यही वह शख़्सियत है जिसकी तलाश करते हुए मैं लखनऊ आया हूँ। इसलिए मेरे मुँह से निकला, "आपसे ही।"

वे तत्काल बोले, "अरे तो आओ ना भई। दरवाज़े पर क्यों ठिठके खड़े हो?"

मैं भीतर गया। उन्होंने तख्त पर ही बैठने का संकेत किया। क्योंकि नज़दीक जो कुर्सी पड़ी थी, वह टूटी हुई थी। मेरे बैठते ही पूछा उन्होंने, "कहाँ से आये हो?"

जवाब में मैंने कहा, "दिल्ली से।"

"ओह...।" कहते हुए उन्होंने आवाज़ दी, "अरे मनसाजी, एक चाय तो ले आओ जल्दी से।"

थोड़ी ही देर में एक पचास वर्षीय व्यक्ति गिलास में चाय ले आया। सुबह मुझे चाय की ज़रूरत भी थी। चाय पीते हुए अच्छा लगा। इस बीच उन्होंने फिर पूछा, "क्या करते हो भई दिल्ली में?"

"पत्रकार हूँ।"

उनके मुँह से निकला, "अच्छा...।"

कहने के तत्पश्चात उन्होंने एक भरपूर दृष्टि मुझ पर डाली थी। तभी एक व्यक्ति कुर्ता-पायजामा पहने आये और पूछा, "कैसे हैं सिद्धान्तकार जी?"

उस तरफ़ से जवाब आया, "ठीक हूँ भैया, तुम बताओ।"

कुछ पल बाद उन्होंने फिर मनसा जी को चाय के लिए कहा, "अरे मनसा जी, एक ठो चाय तो ले आओ।"

जल्दी ही मनसा गिलास में चाय ले आया।

उसी व्यक्ति ने चाय पीते हुए कुछ ज़रूरी बातें कीं। फिर वह चला गया।

तब वे बोले, "कहो, इधर कैसे आना हुआ?"

मैंने बताया, "आपका साक्षात्कार लेना था।" थोड़ा ठहरकर मैंने फिर कहा, "एक एसाइनमेंट के तहत डॉ. अम्बेडकर और लोहिया जी पर पुस्तक लिख रहा हूँ।"

उन्होंने मेरी तरफ़ देखकर सिर्फ़ हूँ की। फिर कहा, "पहले स्नान आदि कर लो। नाश्ता भी ले लो। फिर बैठते हैं।"

नज़दीक ही टायलट कम बाथरूम था। मैंने ज़रूरी कपड़ों के साथ तौलिया लिया और अन्दर चला गया। जैसा रॉयल होटल का कमरा वैसा ही बाथरूम। बिना प्लास्टर की दीवारें, छत पर भी प्लास्टर न था। यहाँ तक कि फ़र्श की ईंटें भी साफ़ दिखाई दे रही थीं। बाहर से दरवाज़ा भी मुश्किल से लगा। तब जाकर नहाना आदि हुआ। जल्दी वह बाहर आ गया। जैसे ही वह कपड़े पहन कमरे में आया उसने देखा। तख्त के ठीक सामने एक पुरानी छोटी अलमारी मेज़ के रूप में रख दी गयी थी। जिस पर पुरानी चादर बिछा दी गयी थी। तभी मनसा थाली में आलू के दो पराँठे और थोड़ी दही ले आया।

सुबह सिंह जी तख़्त पर बैठे हुए अख़बार पढ़ रहे थे। मैंने नाश्ता समाप्त किया तो वे कह उठे—

"बताइये... ।"

मैंने नोट बुक खोलकर पैन हाथ में ले लिया था। इससे पहले कि मैं कोई सवाल करूँ, उन्होंने कहना शुरू किया—

"मेरा जन्म बलिया के एक गाँव में हुआ। पिताजी का नाम समय सिंह और माता जी का रुक्मो देवी। पिता भूमिहीन मज़दूर थे। क्योंकि मुझे भी साथ में मज़दूरी करनी पड़ती थी। मैं नहीं करता तो माँ करती। गाँव में स्कूल नहीं था। चार मील दूर क़स्बे में पढ़ने जाना पड़ता था। चार मील जाना और चार मील पैदल ही वापस लौटना। फिर पिताजी के साथ मज़दूरी भी करना। बड़ी मुश्किल से मैंने मिडिल पास किया। शिक्षा प्राप्त हुई तो नयी दुनिया मेरे सामने खुली। समझ भी आयी। इस बीच डॉ. अम्बेडकर को पढ़ा। दलितों पर अत्याचार क्यों होते हैं। यह भी समझ आया। डॉ. लोहिया का साहित्य भी पढ़ा। बाद में जयप्रकाश नारायण से मुलाक़ात भी हुई। गाँव, टोले में गये। लोगों से बातें कीं। किसानों की परेशानी महसूस की। खेतिहर मज़दूरों के दुखों को जाना।" कह कर वे थोड़ा ठहरे। पानी लोटे से मुँह लगा कर फिर पिया। पुनः उन्होंने अपने बारे में कहना शुरू किया—

"इस तरह गाँव-गाँव में जाना शुरू हुआ। साथ में अन्य साथी भी होते। कभी-कभी गाँव में ठहर जाते। कौन घर में रात बितायी, किसके यहाँ भोजन किया? उसकी कौन जात थी। न हमने पूछा, न उसने बतलाया।" तभी मैंने बीच में पूछा, "सिद्धान्तकार जी, इसका अर्थ यह हुआ कि तब जात के सवाल उस तरह से नहीं उभरते थे।"

मेरी बात सुनकर पहले वे थोड़ा मुस्कुराये और बोले, "अरे आप भी हमें सिद्धान्तकार कहने लगे। हम कहाँ सिद्धान्तकार हो गये? सिद्धान्तकार तो ऊ बाबा साहेब अम्बेडकर और डॉ. राममनोहर लोहिया जी रहे हैं।" दीवार पर लगे इन दोनों महापुरुषों के चित्रों की तरफ़ अँगुली से इशारा किया था उन्होंने।

पुनः वे बोले, "आप जो भइया, जात की बात कह रहे हो तो मेरा इस बारे में जवाब है कि जब लोग जात को अपने ऊपर चिपकाते नहीं थे।"

सुनकर मेरे मुँह से अनायास निकला, "मैं समझा नहीं।"

तपाक से वे बोले, "आप कैसे पत्रकार हो, इतनी-सी बात भी नहीं समझे। मैं कहना यही चाहता हूँ कि उन दिनों बात-बात में जात-जात नहीं उभरती थी। लोग साथ-साथ रहते थे और झगड़ा-टंटा भी उनके बीच होता था। झगड़ा होता और अगले दिन ख़त्म हो जाता।"

मेरा अगला सवाल था, "आप राजनीति में कब से आये?"

झट-से वे बोल पड़े, "ऊही तो हम बताने जा रहे थे। साठ का दशक था। उत्तरी भारत में समाजवादियों का आन्दोलन उठान पर था। इधर रिपब्लिकन पार्टी भी ज़ोरों पर थी। महाराष्ट्र से जो बाबा साहेब का आन्दोलन शुरू हुआ, उसका प्रभाव हिन्दी क्षेत्रों में ज़्यादा हुआ।

"फिर...।"

मेरे मुँह से निकला। तत्काल जवाब में बोले वे, "मेरी बाबा साहेब डॉ. अम्बेडकर और डॉ. लोहिया जी से तो मुलाक़ात हो ही चुकी थी। बल्कि लोहिया जी ने ही एक दिन पूछा, सुबह सिंह चुनाव लड़ोगे। मुझसे कोई जवाब देते न बना। फिर मेरा राजनीतिक रुझान भी नहीं था।"

कह कर उन्होंने मेरी ओर देखा। इस बीच मैंने पूछा, "तब आपने चुनाव लड़ा।"

पहले थोड़ा वे मुस्कुराये। फिर बोले, "बताव है! तुम लोगों की यही जल्दबाज़ी होती है। हर बात में जल्दबाज़ी।"

जैसे उन्हें कुछ याद आ गया था। उन्होंने आवाज़ दी, "दो ठो चाय तो ले आवा।"

जल्दी ही दो गिलास में एक दस वर्षीय बच्चा चाय ले आया। चाय के गिलास मेरी तरफ़ बढ़ाते हुए उसने नमस्ते की। मैंने भी नमस्ते कहा। सुबह सिंह जी ने चाय पीते हुए बताया कि यह यहीं सड़क पर पैदा हुआ। सड़क पर ही खेला और सड़क पर ही पढ़ने लगा। जब सारी दुनिया सो जाती है तो सामने वाली सड़क पर लगे खम्बे की लाइट के नीचे बैठ कर पढ़ता है। डॉ. अम्बेडकर भी तो रात में ऐसे ही पढ़ते थे। बच्चा अभी वही खड़ा था। मैंने पूछा–

"क्या नाम है बेटे तुम्हारा ?"

बच्चे ने जवाब दिया, "राकेश भारतीय।"

अगला सवाल मैंने किया, "कौन-सी कक्षा में पढ़ते हो ?"

वह बोला, "सातवीं में,"

मेरे मुँह से निकला, "गुड।"

तभी उन्होंने कहा, "जाओ बचवा।"

सुनकर बच्चा चला गया था। तब उन्होंने पूछा, "हम कहाँ थे पत्रकार महोदय?"

मैंने कहा, "राजनीति के नज़दीक आ रहे थे।"

वे पहले मुस्कुराये फिर बोले, "तुमने ठीक पकड़ा।"

कहकर उन्होंने लोटे से मुँह लगाया और गटगट पानी पीने लगे। बाद में उनके होंठों से 'हूँ' निकला और कहा, "असल बात यह है कि राजनीति के नज़दीक मैं था नहीं बस समझ लीजिए पत्रकार महोदय, कुछ परिस्थितियाँ ले आयीं। फिर लोहिया जी का अनुग्रह। एक बार नहीं, कई बार उन्होंने मुझसे कहा। तुम्हें राजनीति में आना है सुबह सिंह, तुमने चुनाव लड़ना है।"

कहते हुए जैसे वे अतीत में खो गये थे। वे फिर बोले, "मैंने कहा भी था, लोहिया जी आपके कहने से चुनाव लड़ तो लूँगा, लेकिन पैइसा कहाँ से आवेगा।"

कहते हुए उन्होंने पल भर मेरी ओर देखा और फिर पूछा, "जानते हो, लोहिया जी ने क्या कहा?"

मेरे मुँह से निकला, "क्या कहा था लोहिया जी ने?"

जवाब में बोले वे, "तुम पैसों की चिन्ता मत करो। फिर बिना पैसे के भी तो चुनाव लड़ा जा सकता है। राजनीति में एक अच्छा प्रयोग भी हमें करके दिखाना चाहिए। आख़िर आदर्श की बातें किताबों तक ही क्यों सीमित रहें?"

उनका वाक्य जैसे ही पूरा हुआ, मैं पूछे बिना न रह सका, "फिर क्या हुआ?"

तत्काल वे बोले, "होना क्या था, लोहिया जी कुछ कहें और ना हो भला। ऐसा कैसे हो सकता था। लोहिया जी का दबदबा था उन दिनों। आम आदमी के बीच उनकी गहरी पैठ थी। मैंने उनका कहना मान लिया। लोगों ने भी माना। चुनाव का पर्चा भर दिया। लोग जुड़ने लगे। खुद पर्चे लिखते, अपने ख़र्चे से छपाते और बाँटते। सब कुछ जनता ने किया।"

इस बीच मेरा स्वर उभरा, "तब...।"

उनका जवाब उभरा, "मैं चुनाव जीत गया। कुछ लोग मिठाई लेकर आये। कुछ लोग मेरे लिए कपड़े लेकर आये। मेरे पास तो एक जोड़ी कपड़े ही थे। उन्हीं को रोज़ धोता वही पहनता था। पर लोहिया जी एक सूत्र लेकर आये।"

मेरे मुँह से निकला, "एक सूत्र लेकर...।"

वे बोले, "हाँ एक सूत्र लेकर। लोहिया जी ने कहा था, देखो सुबह सिंह। सिद्धान्तों को कभी जीवन से अलग मत करना। सिद्धान्त है तो जीवन है। सिद्धान्त नहीं हैं तो जीवन का कोई अर्थ नहीं। उसी दिन से मैंने उनके उस सूत्र को अपने जीवन से जोड़ लिया था।"

इस बीच मैं यह सवाल किये बिना नहीं रह सका।

"आपकी बाबा साहेब डॉ. अम्बेडकर से कब और कहाँ मुलाक़ात हुई?"

थोड़ा सोचते हुए बोले वे, "मेरठ के भैंसाली मैदान में आये थे वे। जहाँ तक मुझे याद है 3 मई का दिन था और बरस था उन्नीस सौ तरेपन। दलित समाज के बहुत-बड़ी संख्या में लोग आये थे उनका भाषण सुनने। मेरे भीतर भी न जाने कब से उनसे मिलने की इच्छा थी। उन्होंने अपने भाषण के अन्त में कहा था। गुलाम बन कर नहीं स्वाभिमान के साथ जियो। चलते-चलते थोड़ी मुलाक़ात भी हुई थी। मेरा नाम पूछा उन्होंने। जवाब में मैंने बताया, सुबह सिंह। सुनकर अच्छा लगा। खुद लोहिया जी ने एक बार कहा था, कभी समय निकाल कर डॉ. अम्बेडकर से मिलना। मैं तो कई बार मिल चुका हूँ। बहुत ज्ञानी आदमी हैं वे दलितों के हमदर्द भी।"

वे जब अपनी बात कहते तो कहते चले जाते थे। वे जितना कुछ कहते, नये सन्दर्भ उभरते, नयी बातों का पता चलता। समाज के बदलाव की जानकारी मिलती। उनकी बात ख़त्म हुई तो मैंने पूछा, "अच्छा सिद्धान्तकार जी यह बतलाइये कि विधायक बनने के बाद राजनीति के कैसे अनुभव हुए आपके?"

सुनकर तत्काल थोड़ा नाराज़गी के स्वर में बोले वे, "अरे काहे सिद्धान्तकार जी सिद्धान्तकार जी की रट लगा रहे हो, हमें हमारा नाम से पुकारो...।"

कहने के बाद पलभर रुके फिर बोले, "देखिये पत्रकार महोदय, विधायक बनने के बाद मेरे पास सभी तरह के लोग आते थे। अच्छे भी और बुरे भी, अमीर भी और गरीब भी। कुछ मेरे लिए उपहार लाते, कपड़े-लत्ते लाते। मैं उन्हें लेने से इनकार भी नहीं करता और उनका प्रयोग भी नहीं करता।"

इसी बीच मेरे मुँह से निकला, "मैं समझा नहीं।"

पहले वे मुस्कुराये फिर कहा, "जो भी सामान मुझे मिलता, मैं सब बाँट देता। ई देख रहे हो हमारे कुर्ता पाजामा, विधायक बनने से पहले सिर्फ़ एक जोड़ी हुआ करता था। रात होते-होते धो लिया और सुबह वही पहन लिया। बाद में केवल दो जोड़ा ही रखा। का करोगे इनका अम्बार लगाकर। धन-सम्पत्ति, कपड़ा-लत्ता, मकान-दुकान, कोटे, परमिट, खेत-खलियान। बात करोगे सिद्धान्त की और रखोगे सब कुछ। कइसे समाजवाद आवेगा? हमका बतलाओ तनिक पत्रकार महोदय।"

"हमें मदद करनी चाहिए। मनसा जी मेरे ही गाँव के थे। वे दूसरी जाति से। मैंने कभी उनकी जाति के बारे में सोचा तक नहीं। आन्दोलन में मेरे साथ रहे राजनीति में भी। मैं कार्यकर्ता से विधायक बन गया। वे कार्यकर्ता ही रहे। अब भला मैं उन्हें कैसे छोड़ सकता था।"

मैंने बीच मैं कुछ कहना चाहा, पर वे धाराप्रवाह बोल रहे थे, "अगर एक आदमी भी अपने से पीछे चलने वाले किसी एक आदमी का भी चलते-चलते हाथ थाम ले तो बहुत बड़ा सुधार हो सकता है। नारेबाज़ी से आज तक न किसी जाति का सुधार हुआ है और न होगा। उसके लिए अपने भीतर जज़्बा पैदा करना होता है।"

उनकी बात जैसे ही ख़त्म हुई मैंने सवाल किया, "सुबह सिंह नाम कैसे रखा गया आपका, क्या किसी पण्डित ने... ।"

वे थोड़ा मुस्कुराये। फिर बोले, "अरे नहीं भई। पण्डित हमारे नाम क्यों रखता? असल में मेरा जन्म पौ फटते ही हुआ। इस तरह सुबह ही सुबह जन्म होने के कारण मेरे पिता ने मेरा यही नाम रख दिया।"

मुझे रात की ट्रेन से वापस दिल्ली भी जाना था। सवाल बहुत थे और जवाब भी। सुबह सिंह के भीतर बहुत कुछ था। आन्दोलन, समाज सेवा। राजनीति में रहते हुए उन सब के साथ वे आगे बढ़ाते रहे।

ट्रेन में बर्थ पर लेटे हुए उनकी एक ही बात अभी भी गूँज रही थी। अगर एक आदमी अपने से पीछे चलने वाले किसी एक आदमी का भी चलते-चलते हाथ थाम ले तो बहुत बड़ा सुधार हो सकता है। नारेबाज़ी से आज तक न किसी जाति का सुधार हुआ है और न होगा। उसके लिए अपने भीतर जज़्बा पैदा करना होता है।

मैं जब रात में रॉयल होटल से चलने लगा तो सुबह सिंह जी ने यह कहते हुए कि समय निकाल कर इन्हें भी पढ़ लेना, कुछ पेपर्स मेरे हाथ में थमा दिये थे। सोने से पहले लाइट ऑन कर मैं पढ़ने लगा। आजीवन अविवाहित रहने का उन्होंने निश्चय किया था। दूसरे विधायक होने के नाते जो पैसा मिलता था उसका आधा वे गाँव में चल रहे स्कूल को दे दिया करते थे। तीसरे रॉयल होटल यानी विधायक निवास की जब नयी बिल्डिंग बनने लगी तो मनसा की चाय की दुकान को हटाया जाने लगा। उसके प्रतिरोध में सिद्धान्तकार जी ने उ.प्र. सरकार पर केस दायर किया। वह केस अभी भी अदालत में है। हालाँकि कई बार उन्हें विधान परिषद में लिए जाने का ऑफर भी मिला। अन्य पद और सुविधा देने की भी पेशकश हुई, लेकिन उन्होंने सभी को यह कहते हुए ठुकरा दिया जहाँ मनसा रहेगा वहीं सुबह सिंह। यह सब पढ़ते हुए मेरे मन में उनके प्रति श्रद्धा उमड़ पड़ी।

('सुसम्भाव्य', हिन्दी त्रैमासिक, बिहार)

वज़न

डाकिया हैरान था और परेशान भी। हैरान इसलिए कि गाँव में रहने वाले के पास इतनी सारी डाक क्यों आती है? परेशान इसलिए कि कभी-कभी चिट्ठियों के साथ किताबें और पत्रिकाएँ इतनी अधिक आ जातीं कि डाक के थैले का वज़न बढ़ जाता। वज़न बढ़ता तो थोड़ी बहुत दिक़्क़त तो होती ही। हालाँकि डाकिया ने डाक के वजन को कभी महसूस न किया था। हँसी-हँसी वह सब ढोते हुए तथा एक गाँव से दूसरे गाँव वह डाक बाँटता। वैसे अधिक उम्र के लोग ज़रूर टोक देते।

"डाक बाबू कब तक चिट्ठियों/पत्रियों का बोझ लिए घूमते रहोगे?"

जवाब में उनके मुँह से कोई शब्द नहीं निकल पाता। वे सिर्फ़ हँस देते। और साइकिल के पैडल पर पाँव का दबाव बनाते हुए आगे निकल जाते। गाँव-गाँव में उन्हें डाक बाबू के नाम से ही जाना जाता था। बड़े-बूढ़े हों या फिर बच्चे। सभी उनकी साइकिल की घण्टी की आवाज़ सुनकर समझ जाते थे कि गाँव में डाक बाबू आ गया है। वैसे भी डाक बाबू रिटायरमेंट के नज़दीक थे। दस बरस पहले तक वे शहर् में डाक बाँटा करते थे। बाद में उन्हें गाँव की डाक बाँटने की ज़िम्मेदारी दे दी गयी जिसे उन्होंने खुशी-खुशी स्वीकार कर लिया। वे स्वयं भी गाँव में ही रहते थे। नाम था उनका राजनारायण। डाक खाने में उन्हें सिर्फ़ नारायण नाम से साथी कर्मचारी पुकारते थे। वह बात अलग थी कि कोई उन्हें चाचा कह कर पुकार लेता तो कोई ताऊ कह देता। उम्र के हिसाब से रिश्ते बदलते। उन रिश्तों की पहचान भी बनती। तब डाकखाना के कर्मचारी किसी परिवार के सदस्यों में परिवर्तित हो जाते।

आज जैसे ही वे बाहर के मुख्य डाक खाना आये। सबसे पहले उन्होंने मेज़ पर पड़े रजिस्टर में अपने नाम के आगे हस्ताक्षर किये। फिर घड़े से गिलास में पानी लेकर पिया। गर्मी का मौसम था। छत पर कड़ी के सहारे लटका पंखा खरड़-खरड़ की आवाज़ें कर चल रहा था। उन्होंने एक पल के लिए आवाज़ करते हुए पंखे की ओर देखा। तत्पश्चात ही दीवार के सहारे बने लकड़ी के खानों के सामने कुर्सी खींच कर बैठ गये। और अपने क्षेत्र की डाक छांटने लगे। पहला ही पत्र भानु के नाम से था। उसे पढ़ कर अच्छा लगा। फिर दूसरा पत्र देखा तो वह भी उसी के नाम से था। अनायास ही वे बुदबुदा उठे, "सारी डाक एक तरफ़ और भानु की चिट्ठी-पत्री दूसरी तरफ़। पलड़ा भानु का ही भारी होगा।" नज़दीक ही डाक छँटाई करते हुए साथी ने सुना तो पूछ बैठा—

"क्या हुआ नारायण?"

सहज भाव से उनका स्वर उभरा, "कुछ नहीं, छंटाई करते हुए भानु की दो चिट्ठियाँ आ गयी।"

कह कर वे पुनः अपने कार्य में लग गये। थोड़ी देर बाद चाय वाला चाय के दो गिलास अगल-बगल रख कर चला गया। छँटाई का कार्य करते-करते राज नारायण गिलास से चाय पीते जाते थे। तभी बगल में बैठे हुए उसी साथी ने कहा, "चाचा चाय पी लो पहले आराम से। यह सब तो होता रहेगा।"

कहने के बाद वही साथी पत्रों तथा लिफ़ाफ़ों के बण्डल को एक तरफ़ रख फुर्सत से चाय पीने लगा। राजनारायण ने उसे चाय पीते हुए देखा तो गिलास की शेष चाय दो-तीन घूँट में समाप्त कर वे बोले, "ले भई चाय पी ली मैंने तो।"

गिलास एक तरफ़ रख वे काम पर लग गये। थोड़ी देर बाद उन्हें फिर दो पत्र भानु के नाम से मिले। एक पत्र बम्बई से आया था तो दूसरा बरेली से। लगभग आधा घण्टे बाद एक लिफ़ाफ़ा उन्होंने देखा। अशोक की मुहरवाला बड़े साइज़ का पीले रंग का लिफ़ाफ़ा था। ध्यान से पढ़ा। वह राष्ट्रपति भवन से था। उन्होंने दोबारा भानु का नाम और गाँव का पता पढ़ा। उन्हें विश्वास ही न हुआ था कि गाँव में रहने वाले भानु के नाम भी राष्ट्रपति भवन से पत्र आ सकता है। भानु प्रताप समीर, गाँव सुखाड़ा,

तहसील जानसठ, ज़िला मुज़फ़्फ़रनगर, उ.प्र.। सारा पता स्पष्ट शब्दों में टाइप किया हुआ था। उसने भानु के चार-पाँच पत्र एक खाने में रख दिये और सुस्ताने के लिए अपनी दोनों टाँगें फैला दीं। छत से झूलता पंखा वैसे ही खरड़-खरड़ आवाज़ करते हुए चल रहा था। परिवेश में ताप था। लंच तक उन्हें घुठ-दस पत्र और मिले, जो पास के गाँव के थे।

गाँव सुखाड़ा उनके गाँव से दस किलोमीटर था। फिर अगला गाँव किशनपुर जो दो किलोमीटर दक्षिण दिशा में था। उसके बाद रघुपुर, वह एक किलोमीटर आगे था। सुबह सात बजे नाश्ता कर उन्होंने डाक का थैला हैंडल पर लटकाया और साइकिल को स्टैंड से उतार कर आगे बढ़ाया। लगभग आधा घण्टे में वे सुखाड़ा गाँव के नज़दीक पहुँच गये। भानु प्रताप का घर गाँव शुरू होते ही था। नज़दीक पहुँच कर उन्होंने पहले साइकिल की घण्टी बजाई। फिर आवाज़ दी "भानु......,भानु.......।"

दो-तीन बार पुकारने पर जैसे ही भानु प्रताप समीर जल्दी में कमीज़ पहनते हुए बाहर आये। उन्हें देख झट से वे बोले, "तूने तो कमाल ही कर दिया भानु।"

सुनकर पूछा उन्होंने, "क्यों क्या हो गया चाचाजी?"

सुनकर उन्हें अच्छा लगा। गद्गद होते हुए राज नारायण पुनः बोले, "अरे तूने तो कमाल ही कर दिया। न जाने कहाँ-कहाँ अपनी कलम से दस्तक दे दी।"

इस बीच भानु कुछ पूछता, उन्होंने राष्ट्रपति भवन से आया लिफ़ाफ़ा आगे करते हुए कहा, "राष्ट्रपति भवन से तेरे नाम पत्र आया है।"

सुनकर जैसे खुशी का फौव्वारा भानु के भीतर फूटा था। उसका स्वर उभरा—

"ठहरो चाचाजी पहले मुँह मीठा तो कर लो...।" कहते हुए लपकते हुए भानु भीतर गये और पलक झपकते ही एक प्लेट में गुड़ और गिलास में मटके का ठण्डा पानी ले आये।

"चाचाजी पहले मिठाई खाओ, पानी पियो। फिर राष्ट्रपति भवन से आया हुआ लिफ़ाफ़ा मुझे देना।"

राज नारायण ने जल्दी-जल्दी गुड़ की दो-तीन डली मुँह में डाली। फिर पानी पिया। तत्पश्चात लिफ़ाफ़े के साथ शेष डाक भी भानु के हाथ में दी।

भानु ने सावधानी से राष्ट्रपति भवन से आये लिफ़ाफ़े को खोला। अन्दर टाइप किया हुआ और राष्ट्रपति के द्वारा हस्ताक्षरित पत्र था। जिसमें स्वयं राष्ट्रपति ने एक सप्ताह पूर्व छपे आलेख पर बधाई दी थी। आलेख का मजबून था, "राष्ट्रपति गाँव में क्यों नहीं जाते हैं?"

साथ में छपे हुए आलेख की फ़ोटो कॉपी भी थी जिसे भानु ने डाक बाबू को दे दिया था। यह कहते हुए कि चाचाजी आप भी पढ़ना। उसका यह आलेख पीटीआई की हिन्दी फीचर सेवा के तहत कई अख़बारों में छपा था। इसी बारे में दो-तीन साथियों के पत्र भी आये थे।

घर पहुँचने से पहले राजनारायण ने साइकिल रोक कर पेड़ की छाँव में भानु का वह आलेख तसल्ली से पढ़ा था। उन्हें अच्छा लगा। अगले दिन समय पर वे डाकखाने पहुँच गये। पहले पोस्ट मास्टर के कमरे में गये और उन्हें आलेख का मजबून पढ़कर सुनाया। फिर साथियों के बीच आ गये। वहाँ घड़े से लेकर पानी पिया। तब तक चाय भी आ गयी थी। उन्होंने दस मिनट और इन्तज़ार किया इसलिए कि जो कर्मचारी नहीं आये थे, वे भी आ जायें। उन्होंने आलेख पढ़ा जिसे सभी ने सुना। आलेख सुनने के बाद जैसे उन्होंने एक-एक कर समीक्षा की। पहला बोला–

"भला राष्ट्रपति भी कभी गाँव जाते हैं?"

सुनकर तपाक से राजनारायण ने जवाब दिया, "क्यों नहीं जाते?" पलभर वे ठहरे फिर बोले, "अगर नहीं जाते तो जाना चाहिए।"

उनकी बात पूरी होते-होते दो-तीन हंसे भी। उन्हीं में से दूसरा बोला, "लगता है नारायण, तू सठिया गया है। अरे तुझे पता नहीं राष्ट्रपति तो राजा होवै है राजा।"

तभी राजनारायण के मुँह से निकला, "तो क्या हुआ ?"

इस बार तीसरा कर्मचारी बोला, "लो सुनो इसकी बात।"

राजनारायण ने फिर तर्क किया, "अच्छा एक बात बतलाओ। राजा क्या आदमी नहीं होता?"

वहीं बैठा चौथा कर्मचारी, जो अब तक चुप था, बोला, "होता है आदमी, लेकिन खास आदमी, खास में भी खासम-खास।" कह कर उसने बारी-बारी से चारों की तरफ़ देखा फिर कहा,

"और वही खासमखास आदमी आम आदमी की परछाईं से भी दूर रहवै है।"

राजनारायण को यह बात हज़्म नहीं हो रही थी वे अभी भी अपनी बात पर कायम थे। वे अपनी बात मज़बूती से रखते हुए बोले, "ठीक है ठीक है भाई सुगन चन्द, पर ज़माना बदल रहा है। राष्ट्रपति खासमखास हैं। इसलिए कि उनका पद ही ऐसा है। पर हमारे क़ाबिल लेखक भानु ने अपने आलेख में महत्त्वपूर्ण बात तो उठाई है।"

अब तक उनकी बहस में पाँचवें ने भी हिस्सेदारी निभाई, "देख चाचा नारायण के सुझाव में तो दम है। उनका तर्क अच्छा ही है, पर ऐसा हो तब ना।"

उसकी बात सुनकर सभी ने उसकी तरफ़ देखा। तत्पश्चात राजनारायण बोले, "ऐसा होगा एक-ना-एक दिन।"

सुनकर सभी ने राजनारायण की ओर देखा। जो बहस में शामिल नहीं थे, वे भी उसके पास आ गये थे। कभी वे राजनारायण की ओर तो कभी एक-दूसरे की तरफ़ देखने लगे थे। ज़ोरदार बात कही थी राजनारायण ने। उन सभी के भीतर भी तेज़ी के साथ यही सवाल उभरा था। आख़िर राष्ट्रपति किसी गाँव में क्यों नहीं जा सकते? बहस समाप्त हो गयी। राजनारायण ने जैसे निर्णय दे दिया था। वह निर्णय था समय के बदलाव का। संकेत भी था सामाजिक परिवर्तन का।

राजनारायण ऐसे ही गाँव-गाँव जाकर बदस्तूर डाक बाँटते रहे। मौसम बदलते रहे। गर्मी में वे तपते, सर्दी में ठिठुरते और बरसात में भीगते। पर उनसे विचलित हुए बिना उनका डाक बाँटने का कार्य बदस्तूर जारी रहा। इस बीच कई बार वे भानु के गाँव भी गये। उनकी डाक बढ़ती ही जा रही थी। एक-दो बार डाकखाने में साथियों ने भी पूछा, "कब आ रहे हैं तुम्हारे राष्ट्रपति गाँव में?"

उनकी बात सुनकर राजनारायण इतना ही कहते, "समय आने पर ज़रूर गाँव में आयेंगे।"

फिर कोई पूछता, "पर समय कब आयेगा?"

वे तुरन्त उत्तर दे देते, "इन्तज़ार करो।"

वे कह तो देते, पर उन्हें स्वयं भी इन्तज़ार रहता। उनके भीतर बेचैनी उभरने लगती। और वे सचमुच राष्ट्रपति भवन से आने वाले लिफ़ाफ़े की इन्तज़ार करते। पहले सप्ताह बीते, फिर पखवाड़े और अन्त में माह। इस दौरान न जाने क्यों उनकी निगाहें घर की दीवार पर लटके कैलेण्डर पर चली जाती। आख़िर एक दिन वही अशोक की मोहरवाला पीला लिफ़ाफ़ा आ ही गया। जैसे लिफ़ाफ़ा देखकर मजबून भांप लिया था उन्होंने। उसमें वही था जो वे चाहते थे। बदलता समय भी यही चाहता था।

('आजकल', नयी दिल्ली, जुलाई, 2016)

प्यास

मीरा नाम था उसका। अमेरिकन मूल की गोरी-चिट्टी महिला, उम्र होगी यही छब्बीस के आसपास। अच्छी हिन्दी बोल लेती थी वह। रमानाथ पाण्डे ने मिलवाया था। दिन के बारह बजे थे। वह रोज़गार कार्यालय से लौटा ही था। बाहर कुछ आवाज़ हुई तो माँ ने नज़दीक खड़े बेटे को कहा था, "देख तो इंगले बाहर कोई है।"

इंगले ने दरवाज़े पर देखा, पाण्डे था। साथ में कोई लड़की थी। वही चिरपरिचित मुस्कान, परिचय कराया पाण्डे ने, "माई फ्रेंड अनिल इंगले, मिलिटेंट दलित पैन्थर।"

इंगले ने सुना तो जैसे उसके भीतर ऊर्जा भर गयी। उसने हाथ बढ़ाते हुए विदेशी महिला से हाथ मिलाना चाहा, पर लड़की ने गाँधी स्टाइल में हाथ जोड़ते हुए कहा था, "नमस्कार, मेरा नाम मीरा है।" स्वयं परिचय दिया था उसने। जवाब में इंगले ने जय भीम कहा था। तभी भीतर से माँ की आवाज़ आयी थी, "इंगले कौन है बाहर?"

पाण्डे बोला, "देख लेना ज़रा।"

वैसे यह कोड वर्ड था पाण्डे का। जब भी कोई विदेशी महिला दलितों पर रिसर्च के लिए आती, वह चार-पाँच दलित युवकों से अवश्य ही मिलवाता था। इंगले उनमें एक था।

पाण्डे जाने लगा तो उसने कहा, "चा पीकर जाते।"

"शाम को आना, कुछ और पियेंगे।"

जाते हुए वह मुस्कुराया। मीरा ने हल्के से हाथ हिलाते हुए पाण्डे को अभिवादन किया। वह भी मुस्कुरायी थी। तभी भीतर से माँ का स्वर फिर उभरा, "इंगले कौन है बाहर, तू बतलाता काए नई?"

माँ के बार-बार पूछने के कारण इंगले को झुंझलाहट-सी हुई, पर वह चुप ही रहा।

पाण्डे के जाने के बाद वे दोनों आँगन में ही बैठ गये। आँगन यानी चार बाई तीन फ़ीट की छोटी-सी बैठने की जगह। ऊपर नीम का पेड़ और नीचे पत्थर की बेंच पर बैठे वे दोनों। विदेशी महिला को चाल में रहने वाले बच्चों ने देखा तो उनकी आँखों में सुखद आश्चर्य के भाव उतर आये। वे बारी-बारी से आकर मीरा को देखने लगे। तभी मीरा ने जैसे पूछा था, "हम बात शुरू करें।"

"ओह श्योर।"

फिर भीतर से आवाज़ आयी थी, "इंगले बाहर कौन है, तू बोलता काए नई?"

माँ का स्वर अनसुना कर इंगले ने पूछा, "यू वांट टू टेक टी।"

सुनकर मीरा ने तत्काल जवाब दिया, "ओह श्योर।"

इंगले को सुनकर अच्छा लगा था। भीतर से पुनः आवाज़ आयी थी।

"बाहर कौन है?"

इंगले का झुँझलाया स्वर उभरा, "तू देख ले न खुद आकर।"

भीतर से पचास वर्षीय औरत स्वयं उत्सुकतावश बाहर आ गयी। उसने देखा बेटे के साथ कोई गोरी चिट्टी सुन्दर लड़की बैठी है। देखकर अच्छा लगा। कुछ समय तक वह टकटकी लगाकर देखती रही फिर वापस जाते हुए बोली, "चांगली (सुन्दर और अच्छी) है।"

इंगले के कानों तक आवाज़ पहुँची। उसके कानों में जैसे मिश्री घुल गयी। वह भीतर गया चाय के लिए। माँ की आवाज़ में तुर्शी थी, "दूध खलास हो गया है।"

सुनकर ज़रा भी बुरा नहीं लगा इंगले को। यह तो रोज़ ही होता है। आज कोई नयी बात नहीं थी। दूध ख़त्म होने के बाद माँ-बेटे काली चाय पीते थे। अनमने भाव से वह बाहर आया। "ब्लेक टी चलेगा?"

"नो प्रॉब्लम।" मीरा ने उत्तर दिया था।

घर में गैस नहीं थी। स्टोव था। माँ ने चलाया तो मिट्टी के तेल की गन्ध परिवेश में फैल गयी। थोड़ी देर बाद इंगले स्वयं दो प्यालों में चाय ले आया। चाय पीते हुए पूछा मीरा ने, "आपके अलावा घर में और कौन हैं?"

इंगले ने संक्षेप में कहा था, “माँ है।”

सुनकर अच्छा लगा मीरा को। उसके भीतर से उत्सुकता भरा स्वर उभरा, “क्या मैं माँ....को मिल सकती हूँ?”

“यस व्हाई नॉट!”

इंगले की ओर से सहमति थी। चाय समाप्त हुई तो वह उठ खड़ी हुई। इंगले आगे और वह पीछे।

“माँ तेरे को मिलना चाहती है यह।”

माँ ने सुना तो उसके भीतर हिलोरें उभर आयी थीं। तत्पश्चात ही उसकी आँखों ने देखा। उसके सामने हाथ जोड़े गोरी मैम खड़ी थी। अमेरिकन युवती का स्वर उभरा, “नमस्ते माँ जी।”

सुनकर उसे अच्छा लगा। वह तत्काल बोल उठी, “जय भीम।”

मीरा ने दोहराने की कोशिश की, “ज....य....भी....म।”

तभी मीरा की नज़र दीवार पर लगे एक चित्र पर पड़ी तो वह अँगुली से संकेत कर पूछ बैठी, “हू इज़ ही?”

इंगले ने गर्व के साथ कहा, “आवर सेवियर बाबा साहब डॉ. अम्बेडकर।”

“ओह, बाबा....साहब....डॉक्टर अम्बेडकर....” कहकर वह पलभर ठहरी थी। फिर कहा था, “मैं तो सिर्फ़ गाँधीजी के बारे में ही जानती थी।”

गाँधी का नाम सुनकर इंगले जैसे भड़क उठा, “यू नो, सवर्ण जाति के लोग आप सभी को पूरी जानकारी नहीं देते।”

“बट व्हाई।”

“इसलिए कि वे बहुत कुछ छुपाते हैं, हमारा इतिहास, हमारी अस्मिता और हमारी पहचान।”

इंगले को नाराज़ होते देख वह कुछ समझ नहीं सकी। उसके मुँह से अनायास निकला, “मेरी कुछ समझ नहीं आ रहा है आप गाँधी के बारे में...।”

व्यंग्य था इंगले के स्वर में, “सब कुछ समझ आ जायेगा धीरे-धीरे।”

तभी मीरा कह उठी, “कुछ और लोगों से मिलना चाहती हूँ।”

“हाँ-हाँ क्यों नहीं।”

कहते हुए इंगले चाल के बाहर आ गया। सँकरी गली, उसी के दोनों तरफ़ बेतरतीब से बने कच्चे घर। उन घरों में लड़ते-झगड़ते बच्चे, रास्ते में बैठी महिलाएँ। मीरा सब कुछ ध्यान से देख रही थी। उसके एक हाथ में कैमरा था तो दूसरे हाथ में टेप। कन्धे पर भारी बैग लटका था। बस्ती की एक लड़की को देख वह ठिठक गयी और पूछ बैठी, "क्या नाम है तुम्हारा?"

बीच में कोई बच्चा बोल पड़ा "लँगड़ी।"

सुनकर अजीब-सा लगा था मीरा को। पूछा था उसने, "व्हाट, लं.... ग....ड़ी?"

इंगले ने समझाया था, "हैंडीकेप्ट।"

इस बार इंगले के मुँह से सुनकर उसे और भी आश्चर्य हुआ था।

"क्या इसका कोई नाम नहीं है।"

इंगले ने जवाब में कहा था, "बस्ती में बिना नाम के ही काम चल जाता है।"

मीरा की कुछ समझ नहीं आ रहा था। उसे अजीब-सा लगने लगा था। उसका आश्चर्य मिश्रित स्वर उभरा था, "आई कांट अंडर स्टैंड।"

इंगले ने तत्काल जवाब दिया, "भारत में ऐसा ही होता है।"

"व्हाई...?"

"आप तो रिसर्च कर रही हैं। धीरे-धीरे सब कुछ पता लग जायेगा।"

इस बार मीरा जैसे कुछ कहना चाहती थी। उसके सामने सोलह वर्षीय लड़की ज़मीन पर बैठी थी। बिखरे बाल, गन्दे कपड़ों में लिपटा उसका शरीर और शरीर से आती जानी-पहचानी गन्ध। मीरा की निगाहें उसी पर थीं। कुछ समय तक वह कुछ सोचती रही। फिर बोली, "सुनीता नाम रख सकते हैं इसका।"

उस लड़की ने सुना तो अच्छा लगा। फिर से कहा था मीरा ने, "सुनीता नाम भी अच्छा है।" लड़की को इस बार और भी अच्छा लगा। उसके भीतर से जैसे उमंगों का फव्वारा फूटने लगा। मीरा ने उसके चेहरे पर आयी चमक को महसूस किया। उसी समय इंगले बोला, "चांगला नाम है रे, रख ले, रख ले। नहीं तो कोई और यह नाम रख लेगा।"

"तुमको अच्छा लगता है सुनीता नाम।"

इस बार पूछा था मीरा ने। लड़की ने सिर हिला कर सहमति जताई। मीरा को भी अच्छा लगा। तभी मीरा ने कैमरा दायें हाथ में थोड़ा ऊपर कर फ़ोटो लेने के लिए पूछा। लड़की की आँखों में चमक आ गयी थी। उसने तीन-चार चित्र लिए थे।

मीरा के सामने बस्ती खुलने लगी थी। बस्ती के लोग, पेड़, घर और घर के भीतर से उभरते कंगाली के चित्र। जैसे वह किसी नयी दुनिया में प्रवेश कर गयी हो। वैसी दुनिया जहाँ के रीति-रिवाज़, बोल-चाल, खान-पान शेष दुनिया से अलग थे। जैसे वह कोई द्वीप हो, बिल्कुल अलग-थलग।

थोड़ी देरी बाद मीरा चली गयी थी। इंगले बाहर सड़क तक आया उसे विदा करने। जल्दी ही टैक्सी मिल गयी। इंगले दूर होती टैक्सी को काफ़ी देर तक देखता रहा।

उसे शाम होने का इन्तज़ार था। इन्तज़ार तो पाण्डे को भी था। दोनों एक ही समय पर अपने पुराने अड्डे पर पहुँचे। अड्डा यानि इलाके का बार। यह दूसरे अड्डों से थोड़ा सस्ता था। अँधेरा घिरने लगा था। वे दोनों आमने-सामने बैठे थे। अभी पीने वालों के आने का सिलसिला शुरू नहीं हुआ था। हॉल में न बैठ कर वे खुले में आ गये थे। पाण्डे ने जानकारी दी। वह भी आने वाली है।

"पर यहाँ...?"

उसका स्वर सवालिया था।

"वह अमेरिकन है, भारतीय नहीं।"

पाण्डे ने विवेचना की थी। इंगले का स्वर, "पर हमारे साथ दारू पिएगी....।"

पाण्डे हँसते हुए बोला, "यार इंगले, कैसी बातें कर रहे हो। मैंने कहा न, वह अमेरिकन महिला है भारतीय नहीं।"

इंगले जैसे आश्वस्त हो गया था। सुनकर अच्छा भी लगा था उसे। कोई विदेशी महिला उसके साथ बैठ कर जाम से जाम टकराएगी। तभी दोनों ने देखा। मीरा धीरे-धीरे चलते हुए आ रही थी। आज उसने ढीला-ढाला जामुनी रंग का स्कर्ट पहना हुआ था। बिल्कुल बच्चों जैसा। ख़ूब फ़ब रहा था उसके बदन पर। पास आकर उसने नमस्ते की थी।

पाण्डे ने प्रत्युत्तर में नमस्ते कहा जबकि इंगले ने जय भीम। उन दोनों के सामने दो कुर्सियाँ खाली थीं। वह उनमें से एक पर बैठ गयी। उसके बाद पाण्डे ने पूछा, "ड्रिंक मँगाएँ।"

मीरा ने जेब से क्लासिक का पैकेट निकालते हुए सहमति देते हुए कहा, "ओह श्योर।"

पाण्डे ने रॉयल च्वाइस के तीन लार्ज पेग, सोडा और नमकीन लाने का ऑर्डर दिया। मीरा ने पैकेट से सिगरेट लेते हुए कहा, "यू टेक।"

दोनों ने एक-एक सिगरेट लेकर सुलगाई। थोड़ी देर में बेयरा सभी कुछ मेज़ पर रख चला गया। तीनों ने जाम से जाम टकराये। मीरा के मुँह से निकला था, "फॉर द नाइस मीटिंग।"

मीरा ने हल्के से सिप किया। जबकि उन दोनों ने एक ही साँस में आधा पेग खाली कर दिया। मीरा की उंगलियों में फंसी सिगरेट ख़त्म होने को थी तो उसने लंबा कश लेकर सिगरेट के बचे हुए टुकड़े को एस्ट्रे में डाल कर दूसरी सिगरेट सुलगा ली थी। इस बीच पाण्डे तथा इंगले ने अपने-अपने गिलास खाली कर दिये थे। फिर दोनों ने क्लासिक के बड़े पैकेट से एक-एक सिगरेट लेकर सुलगाई थी। यह पहला दौर था। उनकी आँखों में धीरे-धीरे लाली तैरने लगी थी। सामने सिगरेट पीते हुए मीरा और अधिक सुन्दर लगने लगी थी। तभी पाण्डे ने अगला ऑर्डर देने के लिए बेयरा को बुलाया। बेयरे के आने पर इस बार स्वयं मीरा ने कहा, "टू मोर पेग।"

"व्हाई नॉट थ्री?" पाण्डे ने उसकी आँखों में झाँकते हुए पूछा था।

"नो मोर, यू टेक।"

इस बार इंगले बोला, "अभी तो मीराजी शुरुआत ही है।"

मीरा ने सिप करते हुए जवाब में कहा, "यही शुरुआत और यही आ... खि...री भी।"

सुनकर दोनों ने एक-दूसरे की ओर देखा। वे आगे कुछ न कह सके। पाण्डे ने अगला ऑर्डर दिया था। जल्दी ही बेयरा दो गिलास, सोडा और नमकीन ले आया। वे दारू पीने में मस्त थे, तभी चुप्पी तोड़ते हुए इंगले से पूछा मीरा ने, "आप कुछ और भी करते हैं?"

सुनकर अजीब-सी नज़रों से देखा था इंगले ने मीरा की तरफ़। फिर बोला, "मैं समझा नहीं मीरा जी...।"

मीरा ने पुनः कहा था, "आई मीन, आप सरविश में...।"

संक्षिप्त और रूखा उत्तर दिया इंगले ने, "मैं बेरोज़गार हूँ।"

सुनकर आश्चर्य के स्वर में पूछा था मीरा ने, "मैंने तो सुना है कि भारत में दलितों को आरक्षण मिलता है।"

इस बार बेबाकी से उत्तर दिया था इंगले ने, "सिर्फ़ काग़ज़ों पर।"

बीच में बोल उठा था पाण्डे, "नहीं मीरा जी, मिलता है लेकिन...।"

मीरा के होंठों से सहसा ही निकला था, "व्हाट डू यू मीन लेकिन...।"

कहकर उसने उन दोनों की तरफ़ बारी-बारी से देखा था। कुछ पल के बाद धीरे-से बोला था पाण्डे, "मीरा जी भारत में दलितों को आरक्षण मिलता है। लेकिन...देयर इज द स्लो प्रोग्रेस, आई मीन....।"

इससे पहले कि पाण्डे कुछ और बोलता इंगले फट पड़ा था, "सब बकवास है स्साला...।"

कहते हुए खाली गिलास मेज़ पर पटक दिया था उसने। मेज़ पर गिलास की आवाज़ हुई तो आसपास के लोग चौंक गये। स्वयं मीरा को भी अजीब लगा। बीच में कहा था पाण्डे ने, "इसमें नाराज़ होने की क्या बात है भला? मीरा जी सिर्फ़ जानकारी ही तो ले रही हैं।"

इंगले ने पुनः नाराज़गी के स्वर में कहा, "नाराज़ होने की तुम्हें ज़रूरत नहीं पाण्डे, हमें है।" पाण्डे बोला था, "मैं समझता हूँ इंगले तुम्हारी भावनाओं को।"

"तुम कुछ नहीं समझते।"

"ओफ्फ...।"

वे दोनों तेज़ी से बातें कर रहे थे जबकि मीरा महज़ सुन रही थी। बीच-बीच में वह सिगरेट के कश लेती जा रही थी अन्तिम कश ले सिगरेट की राख ऐस्ट्रे में झाड़ते हुए बोली वह, "लिसिन जस्ट एक मिनट, ऐसा होता ही है। भारत में दलितों को यूनाइट होना चाहिए लाइक ब्लेक इन अमेरिका।"

"या...।"

समर्थन किया था पाण्डे ने। इंगले ने पहले मीरा की ओर देखा था फिर पाण्डे को घूरा था। पाण्डे ने उसकी ओर देख कर भी अनदेखा किया। इंगले पहले मुस्कुराया। उसकी मुस्कुराहट भेद भरी थी। दोनों ने उसकी ओर देखा। बाद में ज़ोरदार आवाज़ में कहा उसने, "ये यूनाइट हो जायें तो बात ही क्या है।"

उन दोनों ने भी संगठन के दर्शन को महसूस किया था, पर वे कुछ बोले नहीं। मीरा ने सिगरेट के लिए पैकेट देखा। वह खाली हो गया था। पाण्डे ने अभी-अभी गिलास खाली किया था। जबकि इंगले का गिलास पहले से ही खाली हो गया था। पाण्डे ने बेयरा को बुलाकर दो लार्ज पेग लाने के लिए कहा। जल्द ही खाली गिलास शराब और सोडे से भर दिये गये। दोनों ने अपने-अपने गिलास आधे खाली कर दिये।

दोनों ने छक कर पी। फिर ज्वार की रोटी के साथ मटन। उनकी आँखों में लाली उतर आयी थी। मीरा ने पेमेंट की। बार से बाहर आये तो उनके क़दम डगमगा रहे थे। विदेशी बाला चतुर थीं और सावधान भी। स्वयं शराब पीकर दो पियक्कड़ों के साथ टैक्सी में नहीं जाना चाहती थीं। एक टैक्सी सामने से आयी तो उसने हाथ दिया। टैक्सी रुकी तो फुर्ती से दरवाज़ा खोलकर पिछली सीट में धंस गयी फिर खिड़की से हैलो किया। टैक्सी आगे बढ़ गयी।

रात अधिक हो गयी थी। सड़क पर वे दोनों अकेले रह गये थे। थोड़ी देर में एक ऑटो मिला। ऑटो में बैठते हुए पाण्डे बोला, "एडजस्ट करो यार। तुम बेकार ही उखड़ पड़ते हो।"

"क्या एडजस्ट करूँ? दूसरों की तरह भड़वा बन जाऊँ, दलाली करने लगूँ।"

"ओफ्फ, तुम्हें तो बस...।"

"बस कर, ज़्यादती नयी बोलने का। तेरी गाड़ी तो पटरी पर दौड़ रही है ना।"

इंगले के स्वर में अभी भी नाराज़गी थी। पाण्डे ने कहा, "ठीक है मेरे चुप रहने से और तेरे बोलने से अगर समस्या ख़त्म हो जाती है तो मैं आगे नहीं बोलूँगा।"

इंगले ने पाण्डे की ओर देखा, पर बोला कुछ नहीं।

कुछ देर बाद इंगले ने ऑटो ड्राइवर को संकेत दिया। ऑटो एक गली के सामने रुक गया। "ओ.के. पाण्डे, फिर मिलेंगे।"

जैसे कुछ याद आ गया हो उसे, "यह विदेशी बाला कब जा रही है?"

"कल बताऊँगा आराम से।" पाण्डे का जवाब लापरवाही से भरा था।

"अभी नहीं बतायेगा।" जबकि उसके सवाल में तुर्शी उभर आयी थी।

पाण्डे ने बिना कुछ जवाब दिये ड्राइवर को चलने के लिए इशारा किया। ऑटो आगे बढ़ा तो इंगले बड़बड़ाया, "स्साला!"

बस्ती में अधिकांश लोग सो गये थे। कहीं-कहीं किसी खोली से बोलने-बतियाने के स्वर सुनाई दे रहे थे। अलबत्ता कुत्ते अभी जाग रहे थे। इंगले के बस्ती में प्रवेश करने के बाद दो कुत्ते तेज़ी के साथ उसकी ओर आये। फिर सूँघते हुए कुछ दूरी तक पीछे-पीछे चलते रहे। उसने उन्हें हड़काया तो वहीं ठहर कर निहारने लगे।

पार्वती ने जाने पहचाने क़दमों की आहट सुनी तो कह उठी, "आ गया तू इंगले।"

सुनकर भी उसने कोई जवाब नहीं दिया। पार्वती फिर बोली, "दारू पिया होगा, मटन भी खाया होगा।"

इंगले फिर भी चुप रहा। पार्वती ने पुनः कहा, "तू बोलता काय को नयी?"

इस बार लड़खड़ाते शब्द उसके मुँह से बाहर आये, "सब कुछ तो तूने बोल ही दिया अब मैं क्या बोलूँ?"

इस बार माँ का स्वर नाराज़गी भरे लहजे में उभरा, "फिर भी कुछ तो बोल, तू तो बाबा साहेब का सिपाही है न! सारे सपने तू ही तो पूरा करेगा उनके।"

"आई (माँ), मैं क्या किसी के सपने पूरे करूँगा? मेरे खुद के सपने ही...।" जैसे कुएँ से आवाज़ आयी थी। माँ ने बेटे के दर्द को महसूस किया था। उसने बेटे को समझाया, "देख इंगले बहुत हो गया। मेरा भी कुछ पता नहीं। कोई चांगली-सी छोकरी से शादी बना ले।"

जैसे उखड़ा हुआ स्वर उभरा था इंगले के भीतर से—

"तू तो जानती है आई। नौकरी नहीं तो छोकरी कहाँ से मिलेगी?"

पार्वती ने पुनः समझाया, "तू कोशिश तो कर...।"

"पर आई...।"

"तेरे बाप ने क्या कमाया रे। सिर्फ़ यह एक खोली, घर में ढंग के दो बर्तन नहीं। पहले उसने बाबा साहेब की विरासत को ढोया फिर मैंने। अब तू ढो रहा है। हमारे नसीब में क्या है?"

कहकर डबडबायी आँखों से देखा माँ ने बेटे की ओर। बेटे ने भी तत्काल जवाब दिया, "हमारे नसीब में बाबा साहेब हैं आई। लोग महल बना लेते हैं। उनके पास और क्या है?" कहते हुए दो पल ठहरा था इंगले। फिर बोला था वह, "तुझे तो मालूम है आई, इसी खोली में अम्बेडकर आये थे बाबा के साथ।" कहते हुए दीवार पर टँगे बाबा साहेब के चित्र की ओर इंगले ने देखा। खोली में मद्धम प्रकाश था। इस बार पार्वती ने भी अपने पति के साथ बाबा साहेब के चित्र को गौर से देखा। उसके भीतर स्मृतियाँ लौट आयी थीं। जैसे वह उनमें खो गयी थी। खोना ही था आख़िर। जोश और उत्साह से भरे वे दिन। उनके भीतर-बाहर आन्दोलन था। पार्वती आठवीं पास थी और इंगले के बाबा दसवीं। न इंगले के बाबा ने नौकरी करने की ज़रूरत महसूस की। और न ही उसने कोई काम-धन्धा ढूँढ़ा। बाद में दोनों ने विवाह कर लिया था। विवाह के बाद भी वे आन्दोलनरत रहे।

"आई, प्यास लगी है। पानी तो दे।"

पार्वती बेटे की आवाज़ सुनकर अपनी स्मृतियों से बाहर आयी।

"पानी नहीं है रे। सारी बस्ती को प्यास लगी है।"

सुनकर अजीब-सा लगा इंगले को। अनायास ही उसके मुँह से निकला, "मैं कुछ समझा नहीं आई।"

"तू समझेगा भी नहीं। बस्ती से बाहर रहता है न।"

"आई, तू पहेली में बात बहुत करती है। साफ़-साफ़ बता ना, पानी काए कू नहीं है रे बस्ती में?"

जवाब में बोली पार्वती, "बस्ती के बाहर पानी की सप्लाई वाला पाइप फट गया था दिन में। लोगों ने हल्ला किया जाकर उधर। तेरे कू भी पूछ रहे थे बस्ती वाले।"

"क्या कह रहे थे?"

"बोल रहे थे कहाँ गया इंगले, बहुत अम्बेडकर बना घूमता है बाहर।"

इंगले ने सुना। पर कुछ बोला नहीं वह। गले में खुश्की थी। प्यास बढ़ने लगी थी। कुछ देर उनके बीच चुप्पी रही। तब पूछा पार्वती ने, "सो गया क्या इंगले?"

इंगले ने सुनकर भी जवाब नहीं दिया। पार्वती फिर बोली, "तू बोलता काए नई?"

इंगले चुप था। बस्ती चुप थी। पार्वती के भीतर फिर से हाहाकार मचने लगा था। बेटे ने एम.ए. किया था खुशी खुशी। कहता था अम्बेडकर की तरह ख़ूब पढ़ूँगा। पिता का साया सर से उठ गया। पढ़ाई बन्द हो गयी।

पार्वती बोली थी, "प्यास बहुत लगी है रे।"

वह मौन था। जुझारू इंगले को क्या हो गया था। एक दशक पहले की यादें बादलों की तरह उसके चारों ओर घिर आयी थीं। सी.आर. पाण्डे और उसने साथ-साथ एम.ए. किया था। पाण्डे को एक प्रोजेक्ट मिल गया। इंगले खाली रहा। पर उसके भीतर आन्दोलन था। पाण्डे अमेरिका भी हो आया। वह अपने देश में ही रहा। और ज़मीन की गन्ध में रमा रहा।

पार्वती ने फिर पुकारा–

"इंगले।"

माँ बेचैन हो उठी थी। नज़दीक जाकर बेटे को छुआ। वह बड़बड़ायी, "दलित पैन्थर सो गया।"

('जन विकल्प', साहित्य वार्षिकी-2008, पटना, बिहार)

टोकरी की नौकरी

दोपहर के बारह बजे थे। परिवेश में नारों की गूँज थी। आन्दोलनकारियों के भीतर जोश और उत्साह था। पंचकुइया से आरम्भ हुई रैली संसद मार्ग के नज़दीक आ गयी थी। पटेल चौक पार करते-करते प्रदशर्नकारियों के बीच सामूहिकता का बोध कुछ अधिक होने लगा था। उनकी आवाज़ में भी तेज़ी आ गयी थी। बीच-बीच में ट्रैफ़िक का क्रम टूट नहीं रहा था। वे सजग थे और सावधान भी। पुलिस के दो सब-इंस्पेक्टर और बीस सिपाही साथ-साथ चल रहे थे। उनके पास डंडे थे और राइफल भी। वे भी सजग और सावधान थे। सर्किल ऑफ़ीसर ने पुलिस की उस टुकड़ी को उनके रवाना होने से पूर्व आदेश दिया था। किसी भी सूरत में गड़बड़ न होने पाये। संयम रखें। आज गाँधी जी का जन्मदिन है। न गोली चले और न डंडा। आन्दोलनकारियों की संख्या अधिक न थी। होंगे यही डेढ़-दो सौ के क़रीब। उनमें बूढ़े कम और जवान अधिक। जवानों में टीनेजर्स लड़कियाँ थीं। उनके पीछे खादी का कुर्ता-पाजामा पहने पूर्व विधायक थे। विधायक के बराबर में स्वयं फ़ैज़वाड़ा थे। उनके साथ उनकी महिला साथी सोनिया थी। फ़ैज़वाड़ा ने पैंट बुशर्ट पहनी हुई थी जबकि सोनिया ने नीले रंग की साड़ी। नारे बोलने वालों में क्रम था। जब लड़के किसी नारे की शुरुआत करते तो लड़कियों के साथ सभी आगे का वाक्य पूरा करते और जब लड़कियाँ शुरुआती नारे कहतीं तो लड़कों के साथ अन्य उसे पूरा करते। मौसम खुशगवार था, लेकिन रैली में शामिल सफ़ाई कर्मियों में बेचैनी।

"मैला उठाना छोड़ दो।
छोड़ दो, छोड़ दो...।"

"सर पर टोकरा रखना छोड़ दो...।

छोड़ दो, छोड़ दो।"

फिर बीच में अन्य नारे उभरते—

"भूल गयी गाँधी को सरकार

अब नहीं सफ़ाईकर्मियों की दरकार...."

तभी फ़ैज़वाड़ा की आवाज़ गूँजी,

"आवाज़ दो।"

"हम एक हैं।"

इस नारे को शेष साथियों ने दोहराया।

फ़ैज़वाड़ा के बराबर में चल रहे पूर्व विधायक ने दोनों हाथ ऊपर कर तेज़ आवाज़ में कहा—

"इंकलाब...।"

अन्य की सामूहिक आवाज़ गूँजी—

"ज़िन्दाबाद....।"

विधायक महोदय ने फिर से ऊंची आवाज़ में कहा,

"इंकलाब।"

शेष साथियों की आवाज़ गूँजी,

"ज़िन्दाबाद।"

तभी किसी लड़की ने नारा दिया,

"जो हमसे टकराएगा....।"

अन्य साथियों ने उसे पूरा किया—

"चूर-चूर हो जायेगा।"

संसद मार्ग पर पहले से ही बेरिकेड रखे हुए थे। उनके पीछे की तरफ़ पुलिस के सिपाही। वायरलैस पर सन्देश देते हुए सीनियर इंस्पेक्टर। अब तक यहाँ एस.पी. भी आ चुके थे। प्रदर्शनकारियों को वहीं रोक दिया गया था। अंग्रेज़ी और हिन्दी अख़बारों के संवाददाताओं ने अपने-अपने कैमरे संभाल लिए थे। टी.वी. चैनल से भी दो-तीन प्रतिनिधि मौजूद थे।

"देखिए हमने पहले भी होम मिनिस्टर को मेमोरेंडम दिये हैं। पर कोई सुनवाई नहीं होती है। हम पूछना चाहते हैं, सफ़ाईकर्मियों के साथ ऐसी बेइंसाफ़ी कब तक चलती रहेगी?"

फ़ैज़वाड़ा ने सीधे-सीधे एस.पी. को मेमोरेंडम देते हुए कहा था। उधर एस.पी. का शालीनता से भरा स्वर उभरा था।

"नहीं, नहीं ऐसा नहीं होगा। इस बार अवश्य ही कोई-न-कोई रास्ता निकलेगा।"

तभी टी.वी. चैनल से आयी एक युवा संवाददाता ने पूछा था, "मेमोरेंडम देने वाले कौन हैं ये?"

नज़दीक खड़े साथी ने जवाब दिया था, "सफ़ाईकर्मी एसोसिएशन के अध्यक्ष, फ़ैज़वाड़ा।" उसी लड़की के मुँह से निकला था, "ओह...!"

उसने अपने कैमरे के फोकस में फ़ैज़वाड़ा तथा एस.पी. को ले लिया था। विधायक कहीं नहीं थे। धक्कामुक्की में वे पीछे रह गये थे। जितना वे आगे बढ़ने की कोशिश करते, उन्हें पीछे धकेल दिया जाता। तभी उन्होंने ऊँची आवाज़ में कहा–

"हमारी माँगें गृहमन्त्री को माननी पड़ेंगी। अगर माँगें नहीं मानी गयीं तो हम सड़कों पर झाड़ू-पंजर लेकर निकल आयेंगे।"

धीरे-से एस.पी. ने पूछा था "ये सज्जन कौन हैं?"

जवाब दिया था स्वयं फ़ैज़वाड़ा ने "पूर्व विधायक हैं।"

एस.पी. के मुँह से निकला था "ओह।"

विधायक महोदय ने फिर हुंकार की थी–

"हम ईंट से ईंट बजा देंगे।"

फ़ैज़वाड़ा ने पीछे मुड़कर देखा। और समझाने की कोशिश की। बावजूद इसके विधायक सुलगते जा रहे थे। वे पुनः ऊँची आवाज़ में बोले–

"अगर हमारी माँगें पूरी नहीं मानी गयीं तो हम दिल्ली में सड़कों पर मैला डाल देंगे।"

उनके स्वर में स्वर मिलाया था कुछ लौंडे-लपाड़ों ने। उन्हीं में से कुछ एस.पी. तक पहुँचना चाहते थे। धक्का-मुक्की फिर से शुरू हो गयी। तभी एस.पी. बोले थे, "देखिए, आप सभी राष्ट्रपिता महात्मा गाँधी जी को मानते हैं। आज उनका जन्मदिवस है। कम-से-कम उनका सम्मान तो करें।" तभी किसी ने नया नारा उछाला था।

"सम्मान के बदले।"

साथियों के बीच से ऊँचे स्वर में यह सब दोहराया गया था—

"सम्मान चाहिए।"

कम उम्र के कुछ साथी बेरिकेड के पास पहुँच गये थे। उनमें कुछ उछलकर बेरिकेट को पारकर उस तरफ़ जाना चाहते थे। जहाँ एस.पी. पुलिस बल के साथ मौजूद थे। एस.पी. को पुनः कहना पड़ा।

"देखिए आज दो अक्टूबर है। आप सभी शान्ति बनाये रखिए। आपकी ओर से जो मेमोरेंडम दिया गया है, एक घण्टे के भीतर वह होम मिनिस्टर तक पहुँच जायेगा।"

सुनकर कुछ ने तालियाँ बजाले थीं। प्रिंट और इलेक्ट्रोनिक मीडियाकर्मी अपने-अपने कैमरे तथा नोट्स बुक सँभाले जाने लगे थे। फ़ैज़वाड़ा ने एस.पी. से हाथ मिलाते हुए धन्यवाद कहा था। सफ़ाईकर्मी एसोसिएशन के अध्यक्ष से हाथ मिलाते हुए एस.पी. ने राहत की साँस ली थी।

आन्दोलनकारियों के पाँव संसद मार्ग से वापस मुड़ने लगे थे। बैनर मोड़कर बगल में दबा लिए गये थे और नारे लिखी गयी तख्तियों को इकट्ठा कर लिया गया था। जहाँ अभी कुछ समय पूर्व तक परिवेश में नारों की गूँज थी वहीं सब कुछ शान्त हो गया था। उनके क़दमों में ढीलापन आ गया था। छोटे-छोटे समूह में आज के प्रदर्शन की सफलता और असफलता के बारे में परस्पर बतियाते साथी अपने-अपने घर लौटने लगे थे।

सुबह चाय पीने के तुरन्त बाद अजय वाल्मीकि घर से निकल पड़ा था। सफ़ाईकर्मी एसोसिएशन का ऑफ़िस जहाँ था, उसके पास ही बाज़ार में फ़ुटपाथ पर दो लोग अख़बार बेचते थे। हिन्दी-अंग्रेज़ी के सभी अख़बार उसने ख़रीद लिए थे। उन्हें बगल में दबाते हुए उसने ऑफ़िस की राह ली। वह उसी ऑफ़िस में पिछले दो वर्षों से कॉर्डिनेटर के रूप में कार्यरत था। फ़ैज़वाड़ा उसके बॉस ही नहीं थे बल्कि वह उनका फैन भी था। इसलिए सरकारी नौकरी में न जाकर उसने एन.जी.ओ. ज्वाइन कर ली थी। एन.जी.ओ. यानी सफ़ाईकर्मी एसोसिएशन। वह पूरी तरह से एक समर्पित कार्यकर्त्ता था।

आज आधा घण्टा पहले ऑफ़िस पहुँचा तो बुलाकी चपरासी ने पूछ लिया, "अजय भैया, आज सुबह-सुबह कैसे?"

अजय वाल्मीकि का जवाबी स्वर उभरा था, "कल संसद मार्ग पर प्रदर्शन था ना! उसी कार्यक्रम की ख़बर अख़बारों में छपी या नहीं, वे ही बाज़ार से ले आया था। सोचा कि अब वापस घर क्या जाऊँ?"

इस बार बुलाकी ने पूछा था, "पर क्या म्हारे कार्यक्रम की रिपोर्ट छपी अख़बार में?"

जवाब दिया था अजय वाल्मीकि ने "हाँ छपी तो है।"

कुछ पल उनके बीच चुप्पी रही जिसे स्वयं बुलाकी ने तोड़ा था "अजय भैया, एक बात तो बतलाओ।"

अजय वाल्मीकि का स्वर उभरा था, "पूछो बुलाकी जी।"

संजीदगी से बुलाकी बोला था "चलो ठीक है। अख़बार में ख़बर भी छप गयी। पर हमारी समस्या तो वहीं की वहीं रही।" बुलाकी की बात सुनकर अजय वाल्मीकि ने उसकी तरफ़ देखा था। उसके पास सच कोई जवाब नहीं था। कार्डिनेटर के नाते ऑफ़िस में उसका काम यह भी था कि संस्था के कॉर्यक्रमों, प्रदर्शनों तथा सफ़ाईकर्मियों की समस्याओं से सम्बन्धित स्पेशल रिपोर्ट को किस अख़बार में कितना स्पेस दिया है। ऐसी कितनी ही फ़ाइलों के ढेर लग गये थे, जिनमें दस-बीस, सौ-पचास नहीं बल्कि हजारों रपट छप चुकी थीं, लेकिन सवाल वही, कि आख़िर समस्या का समाधान कितना हुआ?

काफ़ी देर तक अजय वाल्मीकि इसी उधेड़बुन में खोया रहा। तभी सोनिया आयी तो उसकी विचार तन्द्रा टूटी। आते ही उसने पूछा, "अरे कहाँ-कहाँ छपी रिपोर्ट अजय।"

अजय का जवाब में स्वर उभरा, "काफ़ी अख़बारों ने कवर किया है कार्यक्रम।"

सोनिया ने तुरन्त कहा, "गुड।"

उसने पुनः पूछा, "तुम कल क्यों नहीं आये?"

जवाब दिया था अजय वाल्मीकि ने, "सोनिया जी, मेरी मदर की तबीयत ख़राब थी।"

उसके मुँह से निकला था, "ओह।"

तभी रंजना और कुमकुम भी आ गयी थी। दोनों संस्था में कार्यरत थीं। एक क्लर्क थी तो दूसरी चाय आदि बनाने के लिए रखी हुई थी। उनके बाद फ़ैज़वाड़ा भी ब्रीफकेस सँभाले आ गये। आते ही बाहर बैठे कर्मचारियों ने नमस्ते की। जवाब में नमस्ते करते हुए वे अपने कक्ष में दाख़िल हो गये। उनके कक्ष में पहले पानी लेकर कुमकुम ने प्रवेश किया फिर अजय वाल्मीकि ने। अजय को देखते ही फ़ैज़वाड़ा ने सवाल किया–

"तुम कल नहीं थे अजय, क्या बात हो गयी?"

अजय बाल्मीकि ने धीरे-से कहा था, "सर मेरी मदर की तबीयत ख़राब हो गयी थी।"

तत्काल ही उनकी ओर से दूसरा सवाल आया– "तो फिर।"

अजय वाल्मीकि ने अपने स्वर को और भी सॉफ्ट करते हुए कहा, "सर उन्हें लेकर मुझे हॉस्पिटल जाना पड़ा।"

हॉस्पिटल का नाम सुनकर फ़ैज़वाड़ा के स्वर में थोड़ी नरमी आयी थी। अब तक अजय वाल्मीकि उनके सामने खड़े ही थे। जबकि फ़ैज़वाड़ा पानी पीते हुए बैठ गये थे। उन्हें जैसे कुछ ध्यान आया। उन्होंने अजय को बैठने के लिए कहा। अजय धीरे-से नज़दीक पड़ी कुर्सी पर बैठ गया। इस बीच उनका मोबाइल बज उठा। ऑन कर उन्होंने सुना। दूसरी तरफ़ से विधायक महोदय की आवाज़ थी। वे उन्हें बधाई दे रहे थे। बता रहे थे। काफ़ी अख़बारों ने कवरेज किया है। वे ऑफ़िस आना चाहते थे। फ़ैज़वाड़ा ने हामी भरी थी। मोबाइल बन्द हुआ तो वे पूछ बैठे, "कैसा कवरेज रहा अजय?"

अजय का जवाब था, "अच्छा रहा सर। काफ़ी अख़बारों ने कवर किया है। टाइम्स ऑफ इंडिया ने तो फ्रंट पेज पर न्यूज दी है। आपकी फ़ोटो भी छपी है।"

कहते हुए अख़बार का ताजा अंक अजय ने मेज़ पर रखा था। फ़ोटो के साथ न्यूज देखकर उनके मुँह से निकला, "गुड।"

दूसरे अख़बारों में भी कल की छपी ख़बरें उन अख़बारों के साथ अजय ने दिखलाई थीं। फ़ैज़वाड़ा के चेहरे पर आयी सलवटें ग़ायब हो गयी थी। जहाँ उनका चेहरा अभी तक उदास था, वहीं अब वह चमकने लगा था।

अनायास उनके मोबाइल की बैल फिर बज उठी थी। कान के पास ले जाते हुए उन्होंने सुना। कल के प्रदर्शन की सफलता के लिए कोई बधाई दे रहा था। फ़ैज़वाड़ा के होंठों से निकला, "थैंक्स।"

फिर उन्होंने मोबाइल बन्द कर दिया। तब उन्होंने अजय से सोनिया को भेजने के लिए कहा। सुनकर वह बाहर चला गया था। जैसे ही सोनिया ने अजय को बाहर आते देखा, वह स्वयं दरवाज़े को ठेलते हुए अन्दर चली गयी थी। कुछ अन्य साथी भी बाहर अजय का इन्तज़ार कर रहे थे। अजय को देखते हुए उन्होंने भी बधाई दी। अजय ने मुस्कुराते हुए उनकी बधाई स्वीकार की।

थोड़ी देर में अजय वाल्मीकि को अन्दर बुलवा लिया गया। सोनिया पहले से ही वहाँ मौजूद थी। कुमकुम ने चाय के प्यालों के साथ बिस्किट भी रख दिये थे। तभी दरवाज़ा खोलकर विधायक महोदय ने प्रवेश किया। चाय पीते देख व्यंग्य से बोले वे, "प्रदर्शन की सफलता में चाय पी जा रही है। मुझे अगर मालूम होता तो मैं मिठाई का डब्बा साथ में ले आता।" सुनकर सहज भाव से बोले थे फ़ैज़वाड़ा।

"अब तो पता चल गया। ले आइए मिठाई का डिब्बा।" विधायक महोदय को तुरन्त ऐसे जवाब की उम्मीद न थी। फिर भी उन्होंने मुस्कुराते हुए कहा, "चलिए अभी तो बिस्किट से ही काम चला लेते हैं।"

कक्ष में बैठे हुए उन तीनों ने एक तेज़ तर्रार पॉलिटिशियन की तरफ़ देखा था। इससे पहले कि कोई कुछ बोलता, कुमकुम ट्रे में चाय बिस्किट के साथ गिलास में पानी भी ले आयी थी। विधायक महोदय ने प्लेट से बिस्किट का पीस उठाते हुए कहा, "वैसे फ़ैज़वाड़ा जी आज तो आप अख़बारों में छा गये।"

सुनकर फ़ैज़वाड़ा बोले "देखिए विधायक महोदय, यह तो हम सबकी सामूहिक लड़ाई है। इसलिए सवाल किसी एक व्यक्ति के छा जाने का नहीं है। सभी साथियों के बारे में प्रेस ने छापा है।

तुरन्त बोले थे विधायक, अब यह भी कोई छापना हुआ। किसी को कोने में डाल दिया तो किसी को फ्रंट पेज पर मुखरता से फ़ोटो के साथ छापा।"

सहज भाव से बोले थे फ़ैज़वाड़ा "यह तो प्रेस पर निर्भर है। किसको वे कहाँ स्पेस दें।" असल में विधायक महोदय के भीतर बहुत कुछ खदबदा रहा था। उन्हें मौक़ा मिला और वे बोल पड़े।

"प्रेस पर क्या निर्भर होगा फ़ैज़वाड़ा जी, जब आप के ही लोग किसी को धकियाना शुरू करेंगे तो।"

अब तक फ़ैज़वाड़ा विधायक के भीतर की चुभन को समझ गये थे। फिर भी अपने स्वर को संयत करते हुए बोले वे, "ऐसी कोई बात नहीं हैं विधायक जी।"

तत्काल बोले विधायक जी, "ऐसी ही बात है। यह तो प्रिप्लांटेड होता है।"

तभी सोनिया बोलना चाहती थी। फ़ैज़वाड़ा ने चुप रहने का संकेत किया।

"देखिए विधायक जी, जैसा आप कह रहे हैं। ऐसा कुछ भी नहीं और बहुत-से साथी भी इसमें शामिल हुए।" सुनकर वे रोष भरे स्वर में बोले थे।

"पर हुआ क्या आख़िर। होममिनिस्टर के पास मेमोरेंडम चला गया। और वह फ़ाइल में दबा दिया जायेगा।" फ़ैज़वाड़ा ने भी जवाब देने में देर नहीं लगाई थी।

"विधायक जी, कोशिश करना हमारा काम है। अब सफ़ाईकर्मियों के बारे में सरकार क्या करती है, यह उस पर निर्भर है।" विधायक फिर जोश में बोले थे।

"फ़ैज़वाड़ा जी, आप कब तक सरकार पर निर्भर रहेंगे?" सीधा जवाब दिया था उन्होंने।

"तब तक सरकार कुछ ठोस कार्य नहीं करेगी।"

"देखिए यह गाँधीवादी तरीक़े से शुरू होने वाला नहीं है।" विधायक का शिकायती स्वर उभरा था। तभी बोले थे फ़ैज़वाड़ा।

"तो आप अम्बेडकरवादी तरीक़े से समस्या को सुलझा लीजिए।" इस बार तैश में बोले थे विधायक।

"न गाँधीवादी तरीक़े से कुछ होने वाला है और न अम्बेडकरवादी विचार से।"

अब तक फ़ैज़वाड़ा का स्वर भी गर्माने लगा था। "तो कौन-सा तरीक़ा अपनायेंगे आप?"

जैसे विधायक ने सुनाया था, "आर-पार की लड़ाई का। सड़क पर निकले बिना काम नहीं चलेगा। बन्द कमरों में काग़ज़ काले करने से कुछ नहीं होगा।"

तभी फ़ैज़वाड़ा का स्वर उभरा, "हमारे लिए गाँधी और अम्बेडकर दोनों ही सम्मानित महापुरुष हैं।"

बराबर में बैठे अजय वाल्मीकि ने कुछ कहना चाहा था। तुरन्त उसे टोकते हुए बोले थे विधायक, "आप अपनी नौकरी करते रहिए अजय जी आपको तो हर माह तनख्वाह मिल जाती है ना।"

पर अजय बिना बोले रह नहीं सके, "विधायकजी, आप कुछ करें न, आपको कौन रोकता है?"

"हम तो कर ही रहे हैं।"

इस बार फ़ैज़वाड़ा बोले थे, "क्या कर रहे हैं आप। मुझे बतायें। आप एन.डी.एम.सी. में सदस्य रहे, फिर विधायक जी बन गये। आपकी सरकार में हमारे सफ़ाईकर्मी गटर में काम करते हुए मरते रहें। आपने उनके लिए क्या कुछ किया?"

तुरन्त जवाब दिया था विधायक ने, "हमने उनके बारे में आवाज़ उठाई।"

"और आपकी ही पार्टी की सरकार ने आपकी यानी एक वाल्मीकि विधायक की आवाज़ को सुनकर भी अनुसना कर दिया।"

इस बार सँभलकर बोले थे विधायक, "ऐसी बात नहीं, योजना बनी, लेकिन उच्च अधिकारियों की सुस्ती की वजह से वे आगे नहीं बढ़ सकी।"

अब सोनिया बोली थी, "बात तो वही हुई ना विधायक जी। सरकार हो या प्रशासन अमल के लिए कुछ हुआ नहीं।"

सुनकर विधायक जी को बुरा लगा था। उन्होंने बारी-बारी से उन तीनों की तरफ़ देखा था। उनके बीच परिवेश में कुछ पलों के लिए चुप्पी छा गयी। जो खलने लगी थी।

"देखिए फ़ैज़वाड़ा जी हमें अब सीधी लड़ाई लड़नी होगी।" विधायक की बात सुनकर फ़ैज़वाड़ा ने पूछा, "सीधी लड़ाई से आपका क्या मतलब?"

विधायक के स्वर में उग्रता थी, "तो मैं कहता हूँ। सड़कों पर हमें मैला डाल देना चाहिए। ससुरे एक दिन में ही परेशान हो जायेंगे।"

सुनकर बोले थे फ़ैज़वाड़ा, "विधायक जी कीचड़ से कभी कीचड़ साफ़ होती है क्या?"

तभी विधायक अपनी कुर्सी से उठे और यह कहते हुए कमरे से बाहर हो गये, "तो फिर आप इन फ़ाइलों के द्वारा ही करते रहिये सफ़ाईकर्मियों का सुधार।"

उन्होंने दरवाज़ा एक झटके से खोला और तैश में आकर चले गये थे। अब उन तीनों ने एक-दूसरे की ओर देखा था कोई कुछ कह नहीं सका था।

फ़ैज़वाड़ा के चेहरे पर चिन्ता की रेखाएँ उभर आयी थीं। उन दोनों ने उन्हें चिन्तन में डूबे महसूस किया तो वे बाहर आ गये थे। अकेले रह गये थे अपने कमरे में फ़ैज़वाड़ा। फ़ैज़वाड़ा यानी सुमेद सिंह फ़ैज़वाड़ा। अब वे एस.के. फ़ैज़वाड़ा ही लिखते हैं। उनके आरम्भिक दिन बड़ी मुश्किल में कटे थे। स्वयं वाल्मीकि जाति में पैदा हुए, पर उसमें मरना नहीं चाहते थे, इसलिए ईसाई धर्म स्वीकार कर लिया। कानपुर में जहाँ रहते थे, वहाँ आज़ादी से पूर्व फ़ौजियों के कैम्प थे। इसलिए उनका यह सरनेम बन गया। ईसाई तो बन गये लेकिन सरनेम नहीं बदला। न वे पीटर बने न जोहन। गिरजाघर में ज़रूर जाते थे। संघर्ष करते-करते कानपुर से दिल्ली आ गये और एन.जी.ओ. बना लिया। दो वर्षों से टोकरी में मैला ढोने वालों को चिह्नित करते रहे। सरकारी काग़ज़ों का पेट भरता रहा, सफ़ाईकर्मी वैसे ही टोकरी की नौकरी करते रहे।

अगले दिन उन्होंने शास्त्री भवन जाना था। अजय और सोनिया को उन्होंने सम्बन्धित फ़ाइल में पेपर पूरे करने के लिए कहा।

"देखो फ़ैज़वाड़ा जी नयी उमर के कुछ लड़के-लड़कियों को लगाये रखें और स्वयं भी लगे रहो।"

धीमा स्वर उभरा था फ़ैज़वाड़ा के भीतर से, "मैं समझा नहीं सर।"

इस बार थोड़ा मुस्कुराते हुए वे बोले, "अरे कुछ लड़के-लड़कियों का मन लगाये रखो भई...।"

"मैं अभी भी नहीं समझा सर।"

संयुक्त सचिव अब थोड़ा गम्भीर हुए थे। गम्भीर तो फ़ैज़वाड़ा भी थे। दोनों के बीच कुछ देर चुप्पी रही। यह मौन उन्होंने ही तोड़ा।

"कॉफ़ी पियोगे।"

दूसरी तरफ़ अभी भी चुप्पी थी। तभी उन्होंने फ़ोन पर दो कॉफ़ी लाने के लिए कहा। थोड़ी देर में चपरासी ट्रे में दो प्यालों में कॉफ़ी ले आया।

"कॉफ़ी पियो फ़ैज़वाड़ा।"

फ़ैज़वाड़ा के कॉफ़ी सिप करने की इन्तज़ार किये बिना वे प्याला उठा कर कॉफ़ी पीने लगे थे। मन न करते हुए भी फ़ैज़वाड़ा को कॉफ़ी पीनी पड़ी।

"देखो फ़ैज़वाड़ा यह हम सबके भीतर है ना बड़ी आग होती है।"

"जी...।"

जैसे हुंकारा भरा हो फ़ैज़वाड़ा ने।

"पर कुछ अपनी ही आग से हरदम झुलसते रहते हैं। स्वयं परेशान रहते हैं और दूसरों को भी परेशान करते हैं।" अपनी बात ख़त्म कर उन्होंने देखा। फ़ैज़वाड़ा की आँखों में सवाल-दर-सवाल थे। वे कुछ कहना चाहते थे।

"लेकिन सर अगर हमने पिछले प्रोजेक्ट के विषय के स्थान पर नया विषय स्वीकार कर लिया तो हम अपने उद्देश्य से भटक जायेंगे।"

संयुक्त सचिव के होंठों पर अभी भी कुटिल मुस्कान थी जबकि फ़ैज़वाड़ा के चेहरे पर उदासी घिर आयी थी। वे पुनः बोले, "देखो फ़ैज़वाड़ा जी, उद्देश्य से भटकना कहाँ हुआ? भई प्रोजेक्ट का नया विषय अब हो गया है सफ़ाईकर्मियों के स्वास्थ्य की समस्या।"

फ़ैज़वाड़ा के मुँह से निकला था, "वह तो ठीक है सर...।"

संयुक्त सचिव ने उन्हें समझाया था, "फ़ैज़वाड़ा जी, इस नये प्रोजेक्ट को स्वीकार करने से तुम्हारे एन.जी.ओ. को एक और फ़ायदा यह हो जायेगा कि वर्ल्ड हेल्थ ऑर्गनाइजेशन से भी तुम्हें कुछ अतिरिक्त फंड मिल सकता है।"

शास्त्री भवन के एक वातानुकूलित कक्ष में बैठे हुए भारत सरकार के उच्च अधिकारी ने अपने सामने बैठे साठ वर्षीय व्यक्ति को जैसे प्रशासकीय तराजू में तोला था। भारी मन से फ़ैज़वाड़ा को संयुक्त सचिव के प्रस्ताव को मानना पड़ा। धीमा स्वर उभरा था उनका, "ठीक है श्रीवास्तव साहब, आप जैसा कहते हैं...।"

तुरन्त वे शास्त्री भवन की सीढ़ियाँ उतरते हुए नीचे आ गये थे। कार में बैठने के बाद रास्ते में वे यही सोच रहे थे कि अगर प्रोजेक्ट के तहत नये विषय को नहीं स्वीकार करते तो दस-बारह कर्मचारियों की तनख्वाह कौन देगा? फिर ऑफ़िस का किराया, ड्राइवर की पे, कार का ख़र्च, उनके अपने मकान का किराया। सब मिलाकर लगभग सात लाख रुपये महीना कहाँ से आयेगा? कार की पिछली सीट पर धँसे हुए उन्हें महसूस हुआ कि वे स्वयं भी एन.जी.ओ. की दलदल में धँसते चले जा रहे हैं। वे सोचने लगे कि कितने गाँवों, क़स्बों और शहरों में जा-जा कर, वहाँ के सफ़ाईकर्मियों का सर्वे कर कितनी रिपोर्ट मन्त्रालय को दी थी। आख़िर क्या हुआ? सरकारें बदलती, सत्ता के घोड़ों पर सवार हो नये लोग आ जाते। जो सत्ता के मोह में वैसे ही फँसते चले जाते। सरकारी विज्ञप्तियाँ निकलती, नये टेंडर भरे जाते, दलितों की भलाई के लिए पत्र-पत्रिकाओं में विज्ञापन छपते। सब कुछ वैसे ही चलता रहता। दूसरी तरफ़ परिवर्तन की चाह रखने वाले दम तोड़ देते या फिर घिसटते हुए दिखाई देते।

उस दिन फ़ैज़वाड़ा का मन नहीं हुआ ऑफ़िस जाने का। सोनिया को फ़ोन कर बता दिया। अगले दिन वे समय पर ऑफ़िस गये। जैसे ही अपने कमरे में गये। पीछे से कुमकुम पानी लेकर आयी। अजय वाल्मीकि और सोनिया दोनों ने साथ-साथ कमरे में प्रवेश किया। अजय ने आज का अख़बार मेज़ पर रखते हुए कहा,

"सर विधायक महोदय ने वही कर दिखाया।"

पूछना चाहते हुए भी फ़ैज़वाड़ा ने चर्चा नहीं की। अख़बार की हेड लाइंस पढ़ी और पढ़ते चले गये।

"कनॉट प्लेस और संसद मार्ग पर रात में किसी ने मैला डाला। बड़ी मात्रा में कूड़ा फैलाया। सफ़ाईकर्मियों की बस्तियों में पुलिस द्वारा धरपकड़।"

कमरे में पिन ड्रॉप साइलेंस। तीनों ने एक-दूसरे की ओर देखा। उनकी आँखों में ढेरों सवाल थे, पर जवाब किसी के पास नहीं था।

('युद्धरत आम आदमी', नयी दिल्ली, दिसम्बर, 2014)

फ़ेसबुकिया

वह एक सीधा और सरल युवक था। दाढ़ी-मूँछ अभी सलीके से आनी शुरू भी नहीं हुई थी। उसके बाल हमेशा बिखरे होते। आँखों में एक अजीब-सी भूख रेंगती होती। हम सभी उसे किताब चाटू कहा करते थे। लाइब्रेरी में वह जाता तो घण्टों-घण्टों अख़बारी न्यूज़ और व्यूज़ में खोया रहता। तब तक सब कुछ निचोड़ नहीं लेता, वह अख़बार छोड़ता नहीं था। इस बाबत कई पाठक उससे परेशान रहा करते। पर वह किसी की चिन्ता नहीं करता था। बल्कि वह जवाब में कहता भी, मैं यहाँ अख़बार देखने नहीं पढ़ने आता हूँ। कभी-कभी वह ज्योतिबा तूले और डॉ. अम्बेडकर की बातें भी किया करता। हमें अच्छा लगता। चलो कोई तो हमारे महापुरुषों के नक्शे क़दम पर चल रहा है। वरना आज तो सब भागे चले जा रहे हैं। अपने उद्देश्य से भटक गये हैं। हमारे सामाजिक विश्लेषण में उसका नाम हमेशा टॉप पर होता। उसके ज़िक्र करने से विमर्श की नयी धाराएँ हमारे भीतर से बाहर आतीं। जब वह बहस में होता तो हमारे बीच गर्माहट आ जाती। वह अम्बेडकर के साथ मार्क्स और लेनिन का जिक्र करना नहीं भूलता। असल में वह दलित विमर्श का दौर था। सुई भी ज़मीन पर गिरती थी तो आवाज़ होती थी। दलित क़लमकारों ने अपनी-अपनी कलम को तलवार बना लिया था। आन्दोलन के गर्भ से तेज़ी के साथ दलित आन्दोलन उभर रहा था।

नाम था उसका अभिनव। सिर्फ़ अभिनव, जाति के प्रतीक सरनेम लगाने के वह सख़्त ख़िलाफ़ था। इस मुद्दे पर जब बोलने लगता था तो घण्टों-घण्टों बोलता था। अभिनव की नियुक्ति दिल्ली में पिछले वर्ष क्लर्क के पद पर हुई थी। दिल्ली सरकार के अन्तर्गत प्रतियोगी परीक्षा पास की थी उसने।

अच्छे नम्बर आये थे। तुरन्त सलेक्शन हो गया था। उसका ऑफ़िस दिल्ली गेट के पास था यानी पुरानी और नयी दिल्ली को जोड़ने वाला ऐसा बिन्दु जहाँ से वह न सिर्फ़ बदलती हुई दिल्ली को पढ़ ही नहीं सकता था बल्कि अन्य जगहों पर आने-जाने में भी आसानी रहती थी। जिस सेक्शन में उसकी नियुक्ति हुई थी, उसमें कुल सात लोग कार्यरत थे। बड़े बाबू आर.के. गुप्ता, सेक्शन ऑफ़ीसर सूरजप्रकाश शर्मा, टाइपिस्ट नीलम अग्निहोत्री, ख़ज़ांची मनोज द्विवेदी, स्टेनोग्राफ़र सुमित चौधरी, एक अन्य क्लर्क चन्दन कुमार कुलश्रेष्ठ, और चपरासी छेदीलाल वर्मा।

ऑफ़िस में पहले दिन अभिनव ने ज्वाइन किया तो उसे बहुत अच्छा लगा था। सेक्शन में उसके स्वागत में चाय पार्टी हुई। साथियों ने हँस-हँस कर बातें भी कीं। कुछ ने दो-चार सवाल पूछे, जिनका जवाब सहजता से उसने दिया था। कोई भी बात कुरेदने का जैसे अभी समय नहीं आया था। पहले दिन हल्की-फुल्की बातें होती रहीं। हाँ यह सवाल अवश्य उठा था कि वह विवाहित है या अविवाहित। जिसका जवाब अभिनव ने दे दिया था।

एक गुमनाम क़स्बे से आया अभिनव शहर में गुमनाम नहीं रहना चाहता था। शहर में आना उसके लिए जैसे चुनौती था। शहर की ऊँची-ऊँची इमारतें जैसे उसे कुछ करने के लिए आह्वान करती थीं। ऑफ़िस से छुट्टी होती तो सीधे लाइब्रेरी चला जाता। चाय ज़रूर पीता था, पर सिगरेट नहीं। शराब को तो छूता तक नहीं था। लाइब्रेरी में तब तक पढ़ता रहता, तब तक चपरासी आकर उसे लाइब्रेरी बन्द होने की सूचना नहीं दे देता। उसके भीतर जुनून था कुछ कर गुज़रने का। उसका कहना था भूखे रहो, प्यासे रहो, लेकिन पढ़ते रहो। उसके लिए अध्ययन में न भूख बाधा रही और न प्यास। कभी-कभी ऑफ़िस से लीव एप्लीकेशन देकर वह लाइब्रेरी में सारा-सारा दिन पढ़ता रहता। उसके भीतर बहुत कुछ विस्तार हो रहा था। सच कहा जाये तो समूचा दलित आन्दोलन उसके भीतर धड़कता था।

एक दिन हमारे बीच के ही एक साथी ने उससे कहा था, "तुम आत्मकथा क्यों नहीं लिखते हो?"

तब उसने सहजता से जवाब दिया था, "आत्मकथा, विशेष लोगों की होती है। मैं तो आम आदमी हूँ।"

कहने भर को वह आदमी था। लेकिन उसके भीतर से कुछ असाधारण बातें उभरने लगी थीं। आत्मकथा न सही, डायरी वह ज़रूर लिखता था। जब शहर सोने लगता तो वह डायरी लिखना शुरू करता। डायरी में एक-एक बात वह दर्ज करता। बीच-बीच में उसका अपना विचार होता, दर्शन होता। वह देश और समाज में होने वाली उथल-पुथल को भी दर्ज किये बिना न रहता।

अब तक उसने किराये का मकान पाने में भी सफलता हासिल कर ली थी। तिलक ब्रिज के नज़दीक महादेव रोड पर एक अदद कमरा और रसोई। साथ में आँगन भी। गृहस्थी का थोड़ा-बहुत सामान भी घर में आ गया था। लेकिन गृटिणी अभी नहीं आयी थी। हम मज़ाक़ करते तो वह टाल जाता। और जवाब में कहता, "अभी विवाह की ज़रूरत ही क्या है? और फिर विवाह से बाधा भी होती है।"

निश्चित ही वह पढ़ने-लिखने में जुटा होता। कई-कई दिनों तक दाढ़ी तक नहीं बनाता। कभी-कभी कपड़ों पर प्रेस भी न करता। ऐसे ही कपड़े पहन लेता। वह अक्सर कहा करता था, "दलित समाज के व्यक्ति को अन्य जाति के लोगों से अधिक मेहनत करनी चाहिए। इसलिए कि दलित को अपनी योग्यता को साबित करना होता है। दूसरा तो है ही योग्य, ऐसा पहले से ही मान लिया जाता है।"

उसके हर वाक्य में कोई-न-कोई सन्देश छुपा होता था। कम उम्र में वह बहुत दूर की सोचता था। कभी-कभी हम उससे जब मज़ाक़ करते तो वह संजीदगी से उत्तर देता। और तुरन्त हमें कोई-न-कोई किताब पढ़ने की सलाह दे देता। कभी-कभी तो किसी विशेष किताब का टाइटल बता देता और लेखक का नाम भी।

महीने में एक दिन हम मोहन सिंह पैलेस के कॉफ़ी हाउस में मिलते। कुछ घर की बात होती तो कुछ बाहर की। दलित आन्दोलन के साथ राजनीति पर भी चर्चा होती। उसके भीतर पॉलिटीशियन के लिए हमेशा आक्रोश होता, लेकिन भाषा संयत होती। कभी भी हमने उसे किसी को अपशब्द कहते नहीं सुना था। हाँ उसकी बात कड़वी ज़रूर होती। लेकिन उसमें तर्क होता। पिछले माह वह कॉफ़ी हाउस में नहीं आया।

न आने की उसने कोई सूचना भी नहीं दी। ऐसा पहली बार हुआ। अगले दिन हमने उसके ऑफ़िस फ़ोन किया। वहाँ से पता चला कि वह गाँव चला गया है दो दिन की अर्ज़ी देकर। ऐसी स्थिति में हमारे लिए दो दिन भी काटने मुश्किल थे। तीसरे दिन हमने फिर ऑफ़िस फ़ोन लगाया यह जानने के लिए कि वह गाँव से लौटा है या नहीं। बड़े बाबू का फ़ोन था। अभी नहीं लौटा है। हमारे भीतर ढेरों सवाल उभरने लगे थे। वह दिन थोड़ा बैचेनी में गुज़रा। असल में मोबाइल उसने ख़रीदा नहीं था। इस पर भी उसका तर्क होता। मोबाइल रखने से जीवन में डिस्टरबेंस बहुत होता है।

अगले दिन स्वयं उसी का फ़ोन आया था। फ़ोन कर उसने बतलाया था। साथियों के लिए एक खुशख़बरी है। हमने पूछना चाहा था। ख़ुशख़बरी के बारे में। तत्काल उत्तर मिला, "शाम को ठीक सात बजे घर पर आइए।"

हममें से जिसने भी सुना, उसी के मुँह से निकला, "अजीब बात है यार। इतना भी कटशार्ट क्या?"

हमारी जिज्ञासा और भी बढ़ गयी थी। ख़ुशख़बरी क्या होगी, इस पर विचार मन्थन शुरू हो गया था।

ठीक सात बजे हम महादेव रोड स्थित उसके घर पर पहुँच गये। दरवाज़ा बन्द था। दस्तक दी तो उसने स्वयं मुस्कुराते हुए दरवाज़ा खोला। पहली बार उसके होंठों पर हमने मुस्कान थिरकते हुए देखी थी। इससे रहस्य और भी गहरा हो गया था। घर में हम पहले भी आये थे। पर इस बार कुछ परिवर्तन महसूस हुआ। उदाहरण के लिए दरवाज़े और खिड़कियों पर परदे झूलने लगे थे। मेज़ पर सुन्दर फूलों का गुलदस्ता रखा था। घर में पहले की तरह किताबें बेतरतीब न थीं। करीने से वे रखी थीं। यहाँ तक कि अख़बार भी तह किये हुए रखे थे। इससे पहले कि हममें से कोई पूछता कि ख़ुशख़बरी क्या है? एक साँवले रंग की बीस वर्षीय महिला धोती पहने थाली में पानी के गिलास लेकर आयी। पानी के गिलास मेज़ पर रखने से पूर्व उसने जय भीम किया। सुनकर हमें अच्छा लगा। हमने भी उत्तर में जय भीम कहा। तभी फिर से मुस्कुराते हुए अभिनव ने बताया, "यही है आप सभी के लिए ख़ुशख़बरी।"

सुनकर हम सभी के मुँह से निकला, "लेकिन...।"

हमारे बीच से एक-दो का मन हुआ उसे गाली दे दे। स्साले तू इतना छुपारुस्तम निकला, बताया तक नहीं। पर हमारे मन की बात भीतर ही रह गयी।

वही महिला रसोई में चाय बनाने चली गयी तो स्वयं उसने बताया, "उसने सुमन से विवाह कर लिया है।"

सुमन उसी महिला का नाम था। हमारे बीच से सवाल उभरा, "पर इतनी जल्दी कैसे हो गया यह सब?"

उसका स्वर उभरा, "बताता हूँ, भई बताता हूँ।"

अब तक हम सभी पानी का गिलास खाली कर चुके थे। उसने पलभर रसोई की तरफ़ देखा और फिर धीरे-से कहा, "वो क्या है कि गाँव से ख़बर आयी थी कि माँ की तबीयत ख़राब है। मैंने ऑफ़िस में तत्काल लीव एप्लीकेशन दिया और बस पकड़कर गाँव चला गया।"

तभी बीच में हममें से कोई बोल पड़ा, "फिर।"

अभिनव ने पुनः बतलाना शुरू किया, "रात में गाँव पहुँचा तो माँ ने अल्टीमेटम दे दिया कि उसे तुरन्त विवाह करना है।"

मेरे मुँह से अनायास ही निकल पड़ा, "अच्छा।"

इस बीच रसोई से चाय आ गयी। चाय के साथ स्वीट्स भी थी। फिर उसने बताया।

"माँ ने यह भी कहा जब तक विवाह नहीं हो जाता वह शहर नहीं जायेगा।"

हमारे बीच से सवाल उभरा, "ऐसा कैसे हो सकता है भला?"

उसने संजीदगी से जवाब दिया, "माँ है वह। बेटे पर पूरा अधिकार होता है। वह कोई भी और कैसा भी अल्टीमेटम दे सकती है।"

हमारे बीच से फिर जिज्ञासा उभरी, "पर तूने क्या किया?"

पुनः बतलाया उसने, "मैंने माँ को समझाने की लाख कोशिश की, पर वह नहीं मानी। अगला दिन हुआ। उसकी वही रट। अगले दिन शाम को माँ ने जैसे मुझे नया रास्ता बताया था।"

हमारे बीच से दोहराया गया, "नया रास्ता।"

वह बोला, "हाँ नया रास्ता।"

उसकी पहेलीनुमा बात सुनकर हमने एक-दूसरे की तरफ़ देखा था। वह बोला "नया रास्ता यानी शहर में जैसा होता है। लड़के लड़की स्वयं प्रेम विवाह कर लेते हैं।"

हमारे बीच बेसब्री फिर सवाल के रूप में उभरी, "तो तुमने प्रेम विवाह किया क्या?"

वह तत्काल बोला, "नहीं, कुछ माह से ये घर में बर्तन माँजने आने लगी थी। सुमन इसका नाम है।"

हम जिज्ञासा से सुन रहे थे।

"ग़रीब थी और परेशान भी। कुछ उसका मन था तो कुछ मेरा भी। घर में रहते हुए अन्य काम भी ख़ुशी से करती थी। उसके और मेरे बीच हालाँकि कोई चक्कर नहीं था, लेकिन एक-दूसरे के प्रति जिज्ञासा और रुचि थी। मुझे लगा कि सुमन मेरे लिए एक अच्छा जीवन साथी साबित़ हो सकती है।"

हमारे बीच से सवाल उभरना लाजमी था, "फिर क्या हुआ?"

अभिनव ने बतलाया, "मैंने माँ से बात की। माँ ने उसकी जाति पूछी थी। तब मैंने माँ से पूछा, माँ जाति ज़रूरी है या अच्छी बहू। माँ चुप हो गयी थी। और इस तरह से गाँव के ही बुद्ध विहार में मैंने सुमन को अपना लिया।"

हमने जैसे समर्थन किया था, "चलो अच्छा ही हुआ। पर हनीमून मनाने के लिए कहाँ जा रहे हो?"

सुनकर उसके होंठों पर थोड़ी मुस्कुराहट आ गयी थी। फिर संजीदगी से जवाब दिया उसने, "हनीमून की क्या ज़रूरत है?"

हममें से किसी ने भी उसकी बात का प्रतिवाद नहीं किया। प्रतिवाद करते तो वह फिर तर्क देता और उसके तर्क का जवाब देना मुश्किल था।

दिन बीतते चले गये। उसकी माँ कभी गाँव से उसके पास चली आती तो कभी गाँव लौट जाती। सुमन को उसने मैट्रिक की प्राइवेट परीक्षा का फार्म भरा दिया था। वह अक्सर कहा करता, "बाबा साहेब डॉ. अम्बेडकर ने ही तो कहा था। जब एक महिला पढ़ती है तो पूरा परिवार पढ़ता है।" वह उससे भी मेहनत कराता और स्वयं भी करता।

फिर अप्रैल माह आ गया। डॉ. अम्बेडकर का जन्मदिन। उस दिन ऑफ़िस का अवकाश नहीं था। उसने एक दिन पहले एप्लाई किया। सेक्शन ऑफ़िसर सूरजप्रकाश शर्मा ने मना करते हुए कह दिया, "अभिनव ऑफ़िस में बहुत काम है।"

पर वह अपनी बात पर दृढ़ था। उसका स्वर उभरा, "मुझे छुट्टी चाहिए ही।"

दूसरी ओर से जवाब आया, "बाद में ले लेना, छुट्टी। कल की क्या बात है।"

तब वह सब बातें हो रही थीं तो पूरा सेक्शन सुन रहा था। अवसर मिला तो उनके भीतर की गाँठें खुलने लगीं। बड़ा रहस्य था। अनायास एक ने पूछ ही लिया, "आख़िर 14 अप्रैल को ही छुट्टी लेने की क्या ज़रूरत है?"

उसका जवाब उभरा, "इसलिए कि बाबा साहेब डॉ. अम्बेडकर का 14 अप्रैल को जन्मदिन मनाया जाता है।"

तब दूसरे ने पूछा, "पर तुम्हारा अम्बेडकर से क्या लेना-देना है भई?"

अभिनव ने तत्काल कहा, "बाबा साहेब दलितों के रहनुमा थे।"

अभिनव ने एक पल सभी की ओर देखा था। फिर कहा, "मैं स्वयं बता देता हूँ। मेरा उनसे क्या रिश्ता है। मेरे पिताजी जूतियाँ गाँठते-गाँठते मुझे आगे पढ़ाने की लालसा में चले गये। बाद में माँ ने ज़मींदार के खेत में काम करके मेरी पढ़ाई पूरी की। बाबा साहेब डॉ. अम्बेडकर हमारे आदर्श पुरुष रहे हैं और प्रेरणादायक भी।"

अभिनव ने जिस बेबाकी से अपनी जाति का खुलासा किया था, उससे सभी हतप्रभ थे। उससे आगे और पूछने का साहस न हुआ था। 14 अप्रैल की छुट्टी मंजूर हो गयी थी। अभिनव ने हम सभी के साथ अम्बेडकर जयन्ती मनायी थी। यही नहीं उसने एक दैनिक में लिखा भी था, हमें डॉ. अम्बेडकर की जयन्ती क्यों मनानी चाहिए? उसका यह सिर्फ़ सवाल नहीं था, विश्लेषणात्मक टिप्पणी भी थी। उदासीन और थके हुए दलितों की अच्छी-ख़ासी ख़बर ली थी उसने।

14 अप्रैल के बाद एक सप्ताह अभिनव से मुलाक़ात नहीं हुई थी। मोहन सिंह पैलेस भी वह नहीं आया था। पता चला, उसकी माँ सख़्त बीमार है।

वह गाँव चला गया था। साथ में सुमन भी थी। लौटा तो सुमन के लिए उसने नया कम्प्यूटर ख़रीद लिया था। उसके घर पर यह हमारी अन्तिम पार्टी थी। इस बार उसकी माँ भी उसके साथ थी। दिल्ली में अच्छे-से-अच्छा इलाज वह करा रहा था। कुछ रुपये क़र्ज़ भी लेने पड़े थे उसे।

मोहन सिंह पैलेस वह अब नहीं आता था। उसका कहना था, वहाँ बैठकर लोग ज़्यादातर साहित्यिक विलास करते हैं। विलास के लिए उसके जीवन में कोई स्थान नहीं और साधना में हर पल उसका समय रहता था। सुमन ने मैट्रिक भी कर लिया था। आगे की पढ़ाई का रास्ता जैसे खुल गया था।

एक दिन स्वयं उसका फ़ोन आया। उसने फ़ेसबुक बना ली थी। हमारे लिए यह अच्छी ख़बर थी, पर धीरे-धीरे लगा कि वह हम सभी से दूर होता चला जा रहा है। उसके ख़्वाब बढ़ने लगे थे। जिन्हें वह हक़ीक़त में देखना चाहता था। बेहद उग्र मिज़ाज हो गया था उसका। उसने शेव करना छोड़ दिया था। हर तरह की जानकारी इकट्ठा करना चाहता था। जैसे वह स्वयं एनसाइक्लोपीडिया बनता जा रहा था। लाइब्रेरी कम जाने लगा था। अख़बार भी पढ़ने में कटौती हो गयी थी। समय तो उतना ही था। और उसका अधिकांश समय कम्प्यूटर पर गुज़रता था। स्विच ऑन करते ही समूची दुनिया खुलती थी उसके सामने। एक दिन सुमन ने बतलाया। लगातार स्क्रीन के सामने बैठने से उसकी आँखें ख़राब होने लगी थीं।

एक दिन लम्बे समय के बाद वह मोहन सिंह पैलेस आया। उसकी हालत देखकर हमें ठीक नहीं लगा। सचमुच उसकी स्थिति ख़राब थी। चेहरे पर दाढ़ी उग आयी थी। बाल भी बिखरे थे। पाँव में चप्पल और ढीले-ढाले कपड़े। उसने स्वयं बताया, सुबह हॉस्पिटल में उसने आँखें टेस्ट करायी थीं। हममें से एक साथी ने कहा था, "जितना जल्दी हो, चश्मा चढ़वा लो जीनियस महोदय।"

सुनकर उसने हमारी तरफ़ देखा और कहा था, "हाँ, आँखों पर चश्मा तो लगवाना ही पड़ेगा।"

एक अन्य साथी ने मज़ाक़ भी किया, "चश्मा लग जाने के बाद तुम वाकई में जीनियस लगोगे।"

सुनकर वह चुप रहा। उसकी चुप्पी हमें खलने लगी थी। हम चाहते थे कि वह कुछ बोले। पहले की तरह हँसें-खिलखिलाएँ। अख़बारों में क्या छपा है, उस पर बात करें। संसद में किस सांसद ने किस सवाल पर क्या बोला, उसका विश्लेषण करें। विश्लेषण न सही, उसके बारे में कुछ तो कहें। उसका विचार हमें ऊर्जा देता था। वह जो कुछ भी कहता, हमें सोचने पर बाध्य करता था।

कॉफ़ी पीते हुए अभिनव ने बतलाया था। उसने अमेरिकन प्रेसिडेंट ओबामा को मैसेज किया है। फ़ेसबुक पर व्हाइट हाउस से जवाब भी आया था। उसने ब्लैक प्रॉब्लम्स के बारे में सवाल किया था। उसके सवालों के विषय झोंपड़ी से लेकर महलों तक होते थे। सवाल पूछने के दरम्यान उसकी जद्दोजहद क़ाबिलेतारीफ़ हुआ करती थी। सवाल पूछते हुए, अक्सर वह अति महत्त्वपूर्ण लोगों को टारगेट बनाता था। उसे इस बात की चिंता नहीं होती थी कि वे उससे नाराज़ भी हो सकते हैं। एक बार उसने मुख्यमन्त्री को सवाल पोस्ट कर दिया था। कृपया बतलायें कि एक दिन में वे कितने आम आदमी और कितने ख़ास आदमी से मुलाक़ात करते हैं?

एक दिन उसकी पत्नी सुमन का फ़ोन आया। और दवाई न लेने की शिकायत की। अगले दिन हम उसके घर जा पहुँचे। वास्तव में उसकी तबीयत ठीक न थी। ज़बरदस्ती डॉक्टर के पास ले गये। 103 बुख़ार था। डॉक्टर ने दवाई के साथ हिदायतें भी दीं। हम रात में वापस लौट आये। दो दिन बाद सुमन का फिर फ़ोन आया। उसने कहा, “अभिनव न दवाई लेता है और न डॉक्टर की कोई हिदायत मानता है।”

हम क्या कर सकते थे। कुछ भी तो नहीं। सच मानें तो वह ज़िद्दी हो गया था। हर बात में अपनी ज़िद करने लगा था। अपने विचारों को कभी-कभी थोपने का प्रयास करता था। पर गनीमत की बात थी कि वह बाबा साहेब डॉ. अम्बेडकर के विचारों के आगे झुकता था। झुकता ही नहीं था उनका लिखा एक-एक शब्द मानता था। और दूसरों को भी मानने के लिए मजबूर किया करता था। यही नहीं वह अपने द्वारा लिखे गये आलेख आदि में डॉ. अम्बेडकर के विचारों को अवश्य ही नोट करता था।

फ़ेसबुक के ज़रिये उसने सभी सीमाएँ पार कर ली थीं। उसके भीतर विस्तार हुआ था। समन्दर, पहाड़, नदियाँ लाँघते हुए एशिया, अफ्रीका, यूरोप आदि का गम्भीर अध्ययन वहाँ के लोगों से मेल के द्वारा परिचय। परिचय सूत्र बढ़ने लगे थे। इधर क़रीबी दोस्त घटने लगे थे। नयी जगह, नये जोश, नये लोग वह सभी कुछ शामिल करने को लालायित रहता था। उसके भीतर अजीबोगरीब भूख बढ़ती जा रही थी।

हम उसके बारे में बराबर चिन्तित रहते थे। मन में बार-बार यही विचार आता था, कहीं ऐसे कुछ हो न जाये। अचानक एक रात सुमन का फ़ोन आया। उसने जो कहा, वह सुनकर हमारा दिल धक से रह गया।

"फेस्ड टू डेथ।"

रात के दस बजते-बजते हम उसके घर पहुँचे थे। तब तक वह हम सभी को छोड़कर जा चुका था। वह मुक्त हो गया था, पर हम सभी को अजीब-सी कशमकश में डाल गया था।

(डॉ. अम्बेडकर प्रतिष्ठान, सामाजिक न्याय और अधिकारिता मन्त्रालय, भारत सरकार की पत्रिका, 'सामाजिक न्याय सन्देश', जनपथ, नयी दिल्ली, जुलाई, 2015)

गोल्ड

मेरे लिए यह अजीब-सा सम्मोहन था। मैं उनके क्लाएंट्स में से ही एक था। चारों ओर दूधिया रोशनी का सैलाब था। छत पर, झाड़फानूस लटके थे। अलग-अलग रंगों की दीवारों पर लाइट के अलग-अलग शेड बन रहे थे। जैसे उनके भीतर से सौन्दर्य का मेह बरस रहा हो। कौन कह सकता था कि महानगर में बिजली का भी कहीं संकट होगा। कहीं स्लम में अँधेरे में कोई महिला खाना बनाने को मजबूर होगी या फिर स्लम में कोई बच्चा लालटेन की रोशनी में पढ़ रहा होगा। पर यहाँ सब कुछ जीवंत था। उस जीवन में मदहोशी थी। परिवेश में वेस्टर्न म्यूज़िक की आवाज़ गूँज रही थी। रंगबिरंगी वेशभूषा में मादक तितलियों जैसी लड़कियाँ, जो क्लाएंट्स के साथ गुफ़तगू करने में मशगूल थीं। वे बार-बार मुस्कुराती थी। उनके होंठ गुलाब की पंखड़ियाँ जैसे सुर्ख और मुलायम थे। जो अनायास ही हर आने वाले को अपनी तरफ़ आकर्षित करने में सक्षम थे। वे चाणक्य की विष कन्याएँ तो नहीं थीं, पर आधुनिक युग की सेक्स कन्याओं से कम न थीं।

घुमावदार सीढ़ियाँ चढ़ते हुए मैं जब तीसरी मंज़िल पर आया तो इन्द्रधनुषी दरबार देख कर ठिठक-सा गया था। सतरंगी दीवारें मूक निमन्त्रण दे रही थी। हाल में बिखरी हुई लड़कियाँ नृत्यांगनाएँ नहीं थीं लेकिन उनके अन्दाज़ नृत्यांगनाओं जैसे अवश्य थे। उनकी कलाइयों में चूड़ियाँ नहीं थीं, हाथों में पेंसिल, पेपर, गुलाब के फूल आदि थे। वे बहुराष्ट्रीय कम्पनी के द्वारा ईजाद की हुई ड्रीम गर्ल थीं।

तीसरी मंज़िल पर मेरा स्वागत करने के लिए पहले से ही एक ख़ूबसूरत लड़की तैयार खड़ी थी। जैसे मेरे आने का उसे आभास हो गया था। गुलाबी होंठों पर मुस्कान बिखेरते हुए उसने अपना हाथ आगे बढ़ा दिया।

"हैलो।"

कुछ क्षणों के लिए उसका नर्म हाथ मेरे हाथ में आ गया था। मेरे मुँह से भी सम्बोधन में वही शब्द निकला–

"हैलो।"

उसके हाथ के स्पर्श से कम्पन-सा उभरा था मेरे भीतर। तभी उसने हाथ खींचते हुए कहा, "आइये उधर बैठते हैं।"

मैंने देखा हॉल को छोटे-छोटे केबिननुमा पार्टीशन में बाँटा हुआ था। प्रत्येक केबिन में मर्द, औरतें और कमसिन लड़कियाँ थीं। चाय कॉफ़ी की ट्रे लिए क्लीन शेव नौजवान बेयरे।

"किस सपने में खो गये आप?"

मेरे सामने चेयर पर बैठते हुए उसने मुस्कुराते हुए कहा। मेरे मुँह से हठात् ही निकला, "सचमुच मैं सपना ही देख रहा था।"

मेरी ओर टकटकी लगाते हुए बोली थी वह, "इस सपने को अंजाम भी दे सकते हैं आप।"

मन्त्रमुग्ध-सी स्थिति में पूछा था मैंने, "कैसे?"

थोड़ा नज़दीक आते हुए कहा था उसने, "सब कुछ आप पर निर्भर है।"

मेरे भीतर सचमुच महत्वाकांक्षाएँ उभरने लगीं जिनके भीतर पंख उग आये थे और वे फड़पड़ाने लगी थीं। मैं उड़ना चाहता था। आज हर कोई तो उड़ रहा है अपने-अपने सपनों के साथ। मुझे महसूस हुआ मैं कम्पीटीटिव नहीं हो पा रहा हूँ। बेहद लिजलिजा, उदास, पंखहीन, केवल समय के बदलते चक्र को सूनी आँखों से देखते हुए।

"मेरा नाम सपना है।"

जैसे बन्द दरवाज़ों पर किसी ने दस्तक दी हो। मैंने पुनः ग़ौर से उसकी ओर देखा। उसके नयन-नक्श तीखे थे। उसके होंठों पर चंचलता थिरकने लगी थी। मैं जवाब में अपना नाम बताना ही चाहता था कि उसने बीच में ही कहा था, "हमें मालूम है आपका नाम।"

एक विचित्र अधिकार भाव था उसकी आवाज़ में। वह फिर बोली, "आपने क्विज़ में एप्लाई किया था। एण्ड यू आर द विनर, कांग्रेचुलेशंस।"

उसकी बात सुन कर मेरा सीना भी गर्व से फूल गया था।

"सॉरी सर, मैं तो पूछना ही भूल गयी।"

एक पल उसने मेरी ओर शोख नज़रों से देखा। मैं पूछना ही चाहता था कि वह स्वयं बोल उठी, "आप चाय लेंगे या कॉफ़ी ?"

चाय तो मैं घर पर पीता ही रहता हूँ। यही सोच कर मैंने कॉफ़ी के लिए कह दिया था। बेयरा टेबल पर पानी पहले ही रख गया था। थोड़ी देर में वह कॉफ़ी के साथ चिप्स भी ले आया। कॉफ़ी की गन्ध मेरे नथुनों में समाने लगी थी। इस बीच मैं पूछ बैठा, "सपना जी, आप कॉफ़ी नहीं लेंगी।"

मेरी और तिरछी नज़रों से देखते हुए वह बोली, "हमारा काम है लोगों को पिलाना।"

वह मेज़ पर इस तरह से झुकी थी कि उसके उरोज बाहर आने को बेताब थे। उसकी आँखों में शराब जैसी मादकता थी। उसका चेहरा लैमिनेटेड था।

मैं धीरे-धीरे चिप्स कुतरते हुए कॉफ़ी सिप करने लगा था। आसपास ट्रे लिए बेयरे घूम रहे थे। उनमें पदार्थों के साथ अलग-अलग व्यंजन थे। चार-पाँच लड़कियाँ एक टेबल से दूसरी पर आ जा रही थीं। उनके क़दमों में तेज़ी थी। वे सभी जवान और ख़ूबसूरत थीं।

"हाँ तो एन. कुमार जी, आप बोर तो नहीं हो रहे हैं?"सपना नाम की वही लड़की पूछ बैठी।

उसके मुँह से अपना नाम सुन कर अच्छा लगा मुझे। पर नथनी कुमार की जगह उसने मेरा नाम केवल एन. कुमार ही लिया था।

एक-दो बार ऑफ़िस में मुझे इसी नाम से साथियों ने पुकारा था। तब मुझे अच्छा लगा था। बदलते समय में आसानी से नाम तो नहीं बदला जा सकता लेकिन नाम का संक्षिप्तकरण तो किया ही जा सकता है। कम-से-कम अतीत की पहचान तो नाम से न चिपकी रहे। मुझे याद आया बेटे ने एक बार कहा भी था, "पिताजी आपका यह नथनी कुमार नाम क्या बदला नहीं जा सकता ?"

तब मेरे मुँह से कोई जवाब न निकला था। मैंने केवल बेटे की टिप्पणी को सुना भर था। नये ज़माने की नयी हवा में बेटा भी बहा जा रहा था। मैं विवश था जवाब भी देता तो क्या...?

"सर आप इस शहर में कब से रह रहे हैं?" मेरी ज़िन्दगी को छूते हुए एक सवाल उभरा था।

"तीस वर्षों से।" संक्षिप्त उत्तर दिया था मैंने।

"आपके परिवार में कौन-कौन हैं?" उसने दूसरा सवाल पूछ लिया था।

"मैं और मेरी पत्नी के साथ एक बेटा और बेटी।"

सुनकर उसका स्वर उभरा, तभी एक अन्य लड़की ने नज़दीक आकर पुकारा, "हैलो सपना, कैसा चल रहा है?"

सपना ने मुस्कुराते हुए कहा, "अभी तो शुरुआत की है।"

"तो फिर बात हम आगे बढ़ाएँ।" सामने खड़ी लड़की ने मुस्कुराते हुए पूछा,

"एज यू लाइक" सपना का जवाब था।

सपना चली गयी। उसके स्थान पर एक और उसी की हमउम्र लड़की मेरे सामने खड़ी थी। वह पहले वाली की तरह ही ख़ूबसूरत थी, उसने स्कर्ट पहना था और उस पर हाफ स्लीवज़् का नारंगी रंग का बनियान। उसके उरोज अधिक गुदाज थे। आने के तत्पश्चात ही उसने मुझसे हाथ मिलाते मुस्कराते हुए कहा, "हाऊ डू यू डू मिस्टर एन. कुमार?"

उसके भीतर से चहकने जैसा स्वर उभरा, "वैल।"

मैं भी अब जैसे चहकना चाहता था।

"माइ नेम इज़ लिलि।"

सुनकर मुझे जैसे ऊर्जा मिली थी।

"गुड।"

मेरे मुँह से निकला। मुझे उस समय यूँही महसूस हुआ था जैसे मैं उस कम्पनी का चेयरमैन हूँ और वह मेरी पर्सनल असिसटेंट।

"थैंक्स।"

मुस्कुराते हुए लिलि बोली, "देखिए यू.नो., वी.आर. प्रोवाइडिंग द बैटर रिजार्ट फार यूअर एंटरटेनमेंट ड्यूरिंग वेकेशन पीरियड...।"

कहते हुए कुछ पल उसने मेरी ओर देखा। फिर स्वर उभरा, "आई थिंक, यू वुड एग्री विद अवर प्रोपोजल।"

अनायास मेरे मुँह से निकला, "येस आइ एम एग्री...।"

वह पुनः मुस्कराते हुए बोली, "देट्स वेरी नाइस..." मैंने महसूस किया। कुछ ही पलों में वह बिन्दास होने लगी थी।

मेरी टेबल पर रखे प्याले में कॉफ़ी ख़त्म हो गयी थी। लिलि ने बेयरे को आवाज़ देकर एक कप चाय मँगा दी थी। साथ में दो बिस्किट भी। मैंने चाय पीना शुरू किया ही था कि लिलि ने कहा, "हम आपको एक ख़ूबसूरत तोहफ़ा और देना चाहते हैं। आई मीन गोल्ड।"

गोल्ड कहते हुए उसने अपने होंठों को ख़ूबसूरती से गोलाकार रूप में ऊपर-नीचे किया था। जैसे उसके मुँह में वास्तव में ही गोल्ड रखा हो। होंठ खुले तो उसके भीतर की दन्त पंक्तियाँ झाँक उठीं। सुर्ख होंठों के भीतर ख़ूब चमकीले दाँत। उनके बीच जीभ का बार-बार होंठों के बाहर आना। मेरे भीतर अनगिनत तरंगें पैदा होने लगी थीं।

"देखिए आप हिल स्टेशन पर कोई मकान बनवाते हैं।" थोड़ा ठहर कर उसने फिर पूछा।

मेरे मुँह से अचानक निकल पड़ा, "जी...।"

उसने फिर कहा, "उसमें फिफ्टी टू रूम्स हैं।"

मेरी बिल्कुल भी समझ नहीं आ रहा था। एक मकान और बावन कमरे। सब कुछ तिलिस्म की तरह लग रहा था। जैसे एक अलीबाबा और चालीस चोर। आजकल तो एक कमरे का घर ही बनाना मुश्किल है फिर बावन कमरों का मकान।

मुझे विचार मग्न मुद्रा में देख उसने पेपर पर पेंसिल की नोक जमाते हुए पूछा, "आप क्या सोचने लगे?"

वह मेरी ओर देखकर तनिक मुस्कराई। साथ में मुझे भी मुस्कराना पड़ा। पल भर बाद वह फिर बोली, "अच्छा, उसमें एक पार्क भी होना चाहिए।"

मुझे कहना ही था, "जी...।"

उसने फिर कहा, "और स्विमिंग पूल भी।"

"फिर क्या करेंगे आप?"

इस बार मैं पुनः असमंजस में था, क्योंकि जवाब मेरे पास था नहीं और केवल 'जी' से काम चलने वाला नहीं था। तभी वह स्वयं बोल उठी, "बतलाइये...।"

अब मैं क्या जवाब दूँ, कुछ समझ नहीं आ रहा था मुझे।

"आज की स्थिति में किसी चौकीदार या केयर-टेकर पर भरोसा भी नहीं किया जा सकता।"

मैंने इस बार फिर से 'जी' का प्रयोग कर डाला था, "जी।"

उसने फिर कहा, "मकान बनायेंगे तो उसकी मेंटीनेंस भी तो करानी पड़ेगी।"

अब मेरे मुँह से 'जी' दौड़ने लगा था, "जी।"

इस बार वह किसी एकाउंटेंट की तरह बोली थी, "भला कितना पैसा लगेगा?"

पर मुझे क्या मालूम था। मकान बनवाने का तजुर्बा कहा था मुझे। आधी ज़िन्दगी तो किराये के घर में रहते-रहते बीत गयी थी। मुझे मौन देख कर वह चहकी, "फँस गये न समस्या में।"

मेरे मुँह से अनायास निकल पड़ा।

"जी।"

अब वह खुल कर हँसी थी। मैं भौचक्का-सा उसकी ओर निहार रहा था।

उसके होंठों पर मुस्कान थी।

"चलिए हम आपकी समस्या हल कर देते हैं।"

कहते हुए उसने बावन खानों वाला एक चार्ट मेरे सामने टेबल पर फैला दिया था। मैंने उस चार्ट में झाँक कर देखा। जिसमें बेडरूम ड्राइंग रूम के साथ गैलरी, पार्क, स्विमिंग पूल आदि-आदि थे। पेंसिल की नोक चार्ट पर टिकाते हुए कहा उसने, "लुक, यह फिफ्टी टू रूम्स वाला रिजार्ट है।"

मेरे मुँह से इस बार अमेरिकन स्टाइल में निकला था, "या...।"

अब वही पेंसिल होंठों के बीच फँसाते हुए कहा उसने, "पर हमारी कम्पनी के द्वारा प्रोवाइडेड रिजार्ट में एक और खासियत है।"

मैं तत्काल पूछ बैठा, "क्या?"

अब उसका स्वर थोड़ा गम्भीर हो गया था।

"देखिए आपके पास अगर किसी हिल स्टेशन पर बंगला है तो एक ही होगा ना।"कहते हुए उसने मेरी ओर देखा।

"ऑफकोर्स।"

मेरा नपातुला जवाब था। मैं हिन्दी से अब अंग्रेज़ी पर फिसलने लगा था।

"इट्स मींस आप समर में एक ही जगह पर एनज्वाय कर सकते हैं।" टेबल पर पड़े मैप की ओर आँखें गड़ाते हुए कहा उसने।

"वह तो है ही।"

मेरे मुँह से भी निकला। बाद में वह बोली थी, "अब हमारी योजना देखें। जिसे हम एक्सचेंज रिजार्ट प्लानिंग कहते हैं।"

मेरे भीतर से जिज्ञासा उभरने लगी।

"एक्सचेंज रिजार्ट प्लानिंग...।"

बताने से पूर्व वह थोड़ा मुस्कराई।

"एक्सचेंज रिजार्ट प्लानिंग मींस कि आप एक-दूसरे से रिजार्ट एक्सचेंज कर सकते हैं।"

मैं कभी उसकी ओर तो कभी टेबल पर बिछे पेपर की ओर देखे जा रहा था। थोड़ी देर हमारे बीच चुप्पी रही। इसलिए कि एक्सचेंज रिजार्ट के बारे में वह तफ़सील से समझाना चाहती थी। इसके लिए मुझे थोड़ा समय तो चाहिए ही था।

"देखिए, उदाहरण के लिए आप शिमला में हैं और ऊटी में स्थित हमारे रिजार्ट में भी छुट्टियों का लुत्फ़ उठाना चाहते हैं तो...।"

उसकी बात पूरी होने से पूर्व मेरे मुँह से निकला, "तो...।"

वह फिर समझाते हुए बोली, "तो आप शिमला के अलावा ऊटी में भी कुछ दिन रह सकते हैं।"

ऊटी और शिमला के आगे पेंसिल से गोल निशान लगाते हुए उसने मेरी तरफ़ देखा था। मेरे चेहरे पर ख़ुशी के साथ थोड़ा आश्चर्य भी था। मेरे चेहरे के भाव को पढ़ते हुए वह तनिक मुस्कुरायी थी। उसकी आँखें अब मुझे पढ़ना चाहती थी।

"इसमें आश्चर्य की कुछ भी बात नहीं है। आपको सिर्फ़ दूसरे साथी से रिजॉर्ट एक्सचेंज करना है। और वह दो से अधिक स्थानों के लिए भी हो सकता हैं।"

थोड़ा ठहर कर वह पुनः बोली, "और यही नहीं उदाहरण के लिए आप बैंगलुरु जाना चाहते हैं या फिर दार्जीलिंग। सभी जगह आपकी सेवा में

हमारे रिजॉर्ट मिलेंगे। वहाँ भोजन बनाने से लेकर बिस्तर बदलने वाले तक की सेवा आपको निःशुल्क मिलेगी।''

मेरे भीतर चुप्पी उतर आयी थी। जिसे वह पढ़ने में लगी थी। मेरी आँखें, हाव-भाव सभी कुछ को वह टटोलने लगी थी। अन्ततः वह पूछ ही बैठी, ''हाँ तो आप कितना इनवेस्ट कर सकते हैं?''

मेरे मुँह से अचानक निकला था, ''इनवेस्ट...।'' अब सब कुछ साफ़ हो गया था।

वह फिर मुस्कराते हुए बोली थी, ''हाँ भई इनवेस्ट।''

मेरे भीतर हडबड़ाहट उभर आयी थी, पर...।

वह समझाने के अन्दाज़ में थी, ''देखिए, आप लाख-दो लाख कहीं इनवेस्ट करते हैं तो आपकी पूँजी को रिस्क होगा।''

मैं फिर बोला था, ''रिस्क...।''

अब उसने मुझ पर नज़रें टिकाते हुए कहा था, ''देखिए रिस्क आप लेना नहीं चाहेंगे। ठीक है ना...।''

कहकर पल भर वह ठहरी फिर बोली, ''तो फिर लाख दो लाख हमारी कम्पनी के नाम इनवेस्ट करेंगे न।''

अब तक उसने एक फार्म निकाल लिया था। जो चार पृष्ठ का था। फार्म पर उसने उचटती निगाह डाली थी। मैंने सुना, वह कह रही थी, ''चिन्ता बिल्कुल मत करिये। आपका पैसा बिल्कुल सुरक्षित रहेगा। ऊपर से सात-आठ प्रतिशत इंटरेस्ट भी मिलेगा।

इनवेस्टमेंट के सवाल ने सबकुछ उलटा-पुलटा कर दिया था। इन्द्रधनुषी परिवेश से मैं अपने घर के खुरदरे घर में आ गया था। जैसे अभी तक कोई ख़ूबसूरत सपना देखा हो।

''सर क्या सोचने लगे आप?''

लिलि की आवाज़ ने मुझे फिर अपने घर से पुनः शीशमहल में ला दिया था। मेरे मुँह से निकल पड़ा, ''इनवेस्टमेंट के बारे में।''

मुस्कराते हुए वह बोली थी, ''ऑफकोर्स...।''

मुझे उधेड़बुन में उलझा हुए देख वह पूछ बैठी, ''हाँ तो श्रीमान एन. कुमार जी, आप दो लाख रुपये कब जमा कर रहे हैं?''

उसके स्वर में आदरभाव उमड़ आया था। वह समझ रही थी कि काम बन गया है यानी डील पूरी हो गयी। वह एक 'क्लाएंट' तो फाँस ही चुकी है। मैं उसकी नज़रों में एक मोटा-ताज़ा बकरा था। वह मुझे हलाल करने का मन बना चुकी थी। तभी उसने किसी को आवाज़ दी, "जूली...।"

पेप्सी की बोतल खाली हुई तो जूली कह उठी,

"चलिए आपको रिजॉर्ट की फ़िल्म दिखायें।"

किसी सम्मोहन के तहत मैं उसके पीछे-पीछे था। मैंने देखा, आसपास से गुज़रते हुए उसने दो-तीन लड़कियों को हैलो हाय कहा था। वे सभी सुन्दर तथा कमसिन थीं। अलग-अलग केबिन में अपने-अपने क्लाएंट को घेरे हुए लड़कियाँ बैठी हुईं।

उस कमरे में रोशनी नाममात्र को थी। इसे डार्क रूम भी कहा जा सकता था और ग्रीन रूम भी। वह सिनेमा हाल की तरह था, पर वहाँ प्रोजेक्टर न था। टी.वी. अवश्य ही रखा था। साथ में वी.सी.आर. भी था। मैं कमरे में अकेला न था। एक जवान और ख़ूबसूरत लड़की पहले से ही वहाँ थी। उसने जैसे ही स्विच ऑन किया। टी.वी के स्क्रीन पर रिजॉर्ट की फ़िल्म तैर उठी। फ़िल्म रंगीन और आकर्षक थी। यह फ़िल्म बहुत सारे स्त्री-पुरुष तथा बच्चों को लेकर शूट की गयी थी पर बार-बार सात-आठ जवान औरतें स्विमिंग ड्रेस में स्क्रीन पर आती थीं। उनकी आँखों पर काले चश्मे थे, वे किश्ती में पानी के साथ छेड़छाड़ कर रही थीं। कुछ औरतें उसी ड्रेस में रेत पर पीठ के बल लेटी हुई धूप का आनन्द ले रही थीं।

उसी कैसेट के दूसरे भाग में रिजॉर्ट के भीतरी दृश्य भी थे। जैसे किचन, बेडरूम, डाइनिंग टेबल पर भोजन लेते हुए लोग, बाथरूम आदि-आदि। फ़िल्म में जितने भी लोग दिखाये गये थे, सभी चुस्त नज़र आ रहे थे। वे मुफ़लिसी और ग़रीबी के शिकार न थे। वे खाते-पीते घरों के लोग थे। उनके चेहरों पर सम्पन्नता को आसानी से पढ़ा जा सकता था। उनके शरीर स्वस्थ और सुडौल थे।

कहिये मि. एन. कुमार हमारे रिजॉर्ट की फ़िल्में कैसी लगी? उसकी निगाहें मुझे अभी भी भेद रही थीं। उनमें चचंलता न थी, गम्भीरता और ठहराव था। उसके होंठों पर सवाल थे, जिनका उत्तर मेरे पास न था।

मैं अच्छे-ख़ासे असमंजस में था। मेरी भावनाएँ उद्वेलित होने लगी थीं। उनमें ख़ूबसूरत रंग भर गये थे।

तभी दरवाज़े पर हल्की-सी दस्तक हुई। चौंक कर मैंने देखा। सामने लिलि खड़ी थी। मुस्कराते हुए पूछा उसने, "कहिये एन. कुमार जी हमारे रिजॉर्ट की फ़िल्म कैसी लगी?"

मेरे मुँह से अनायास निकला, "बहुत अच्छी।"

वह धीमे-से बोली, "गुड।"

हम लोग फिर उसी केबिन में आ गये थे। चेयर पर बैठते हुए वह पूछ बैठी,

"कहिये दो लाख रुपये आज जमा करा रहे हैं या कल...।"

अब वह सीधे-सीधे बिज़नेस डील पर आ गयी थी।

"जी...जी...।"

मेरे मुँह से अचानक निकला। मेरे जवाब के बाद थोड़ा और मुझे टटोलते हुए बोली वह, "आप हमारी योजना से सेटिसफाइड तो हैं न...।"

मेरे भीतर की असमंजस से भरी स्थिति कुछ कहे बिना ही आख़िर बाहर आ ही गयी।

"आप दो लाख न सही, एक लाख ही डिपोजिट करा दें पहले।" कहते हुए उसने मेरी ओर देखा था। जैसे वह 'मेरे लॉकर' का वज़न तौल रही हो। मैं मौन था। उसी चुप्पी को फिर उसने तोड़ा था, "देखिए ऐसा है कि अगर आप दो दिन या अधिक-से-अधिक तीन दिनों में एक लाख हमारी कम्पनी में डिपोजिट करा दें तो आपको और दूसरी सुविधाएँ भी मिल सकती हैं।"

"देखिये...., बात यह है कि...।"

"हाँ हाँ कहिये....।"

उत्सुकता से भरा स्वर था उसका। मैंने फिर हिम्मत जुटायी।

"देखिये इतनी जल्दी मैं कुछ भी डिपोजिट नहीं कर सकता।"

मेरा जवाब सुनकर आश्चर्य से उसके मुँह से निकला, "व्हाट...?" लगभग चीख़ने जैसा स्वर था उसका। जिसमें खिन्नता भरी थी। उसकी आवाज़ में अचानक मेरे प्रति अजीब-सा तिरस्कार उभर आया था। हमारे आसपास वैस्टर्न म्यूज़िक तैर रहा था लेकिन जो न मुझे सुहा रहा था न उसे।

तभी उधर से गुज़रते हुए बेयरे ने चाय कॉफ़ी के लिए पूछा। जिसे सुनकर वह झल्ला पड़ी थी–

“नो चाय नो कॉफ़ी... ।”

मैं उसके व्यवहार पर हतप्रभ था। अभी कुछ समय पहले तक वह स्वयं इन सबके लिए पूछ रही थी और अब अचानक। हमारे बीच चुप्पी आकर ठहर-सी गयी थी। कुछ समय पहले तक चहकने वाली मेरे सामने बैठी बिजनेस डॉल गुमसुम हो गयी थी। तभी उसने चुप्पी तोड़ी, “ओके, मिस्टर कुमार..., कोई बात नहीं... ।”

उसका स्वर उदास था और खीज से भरा हुआ भी।

('क़िस्सा 2', भागलपुर)

हेरिटेज

घाटी में बर्फ़ पिघलने लगी थी। पर लोगों के दिल जस-के-तस थे। वे पिघलने को तैयार न थे। आँधी की तरह चुनाव आये और तूफ़ान की तरह चले गये। विधानसभा दुल्हन की तरह एक बार फिर से सजी जिसे रौंदते हुए घाटी के प्रतिनिधि उसके भीतर प्रवेश करने लगे। उनके मन में सब कुछ पाने की लालसा थी। वे वासना से वशीभूत थे। उनके भीतर हज़ार घोड़ों की ऊर्जा थी। वे एक-दूसरे को परास्त कर यहाँ तक पहुँचे थे। राजनीति के युद्ध में जो जीते, वे सिकन्दर बन गये थे। सत्ता की भूख उन पर हावी होने लगी थी। उनमें से कुछ चाणक्य बनने की कोशिश में लगे थे। सुबह स्टडी रूम में नत्थू ने मेज़ पर पानी का गिलास रखा तो वासुदेव ने राज्य में सरकार बदलने की जानकारी दी। सुनकर नत्थू ने सिर्फ़ इतना ही कहा। उसे रात में ही जानकारी हो गयी थी।

'द पॉलिटिकल मूवमेंट अमंग दलित इन ईस्टर्न यूपी' विषय पर शोध कर रहे वासुदेव को नत्थू की चुनावी जानकारी से थोड़ा आश्चर्य अवश्य हुआ था। अभी-अभी उन्होंने फ्रंट पेज की ख़बर पढ़ी थी जिसमें हिमाचल प्रदेश विधानसभा के चुनाव के परिणाम थे। हो सकता है नत्थू ने अख़बार घर पर पढ़ लिया हो। लेकिन...तभी उसकी विचार नन्द्रा टूटी।

नत्थू ने जैसे सवाल किया, "साब आज सूरज पूरब से ही उगा है ना।"

"हाँ भई, वह तो पूर्व से ही उगेगा।" जवाब दिया था वासुदेव ने नत्थू का स्वर पुनः उभरा, "और अस्त भी पश्चिम में ही होगा।"

इससे पहले वासुदेव कुछ कहते नत्थू चला गया था। वासुदेव अकेले रह गये थे। वे सोचने लगे कि नत्थू ने ऐसा क्यों कहा? फिर धीरे-धीरे उनकी

समझ में आने लगा था। आदमी की जब उम्र अधिक हो जाती है तो वह सांकेतिक रूप में ही बातें किया करता है। नत्थू भी उनमें से एक है। चुनाव के विश्लेषण का तरीक़ा भी बड़े-बूढ़ों का अलग हुआ करता है। नयी पीढ़ी के लोग गिनती में विश्वास करते हैं, लेकिन पुराने लोग समूह या जाति की नब्ज़ को पहचान कर अपनी बात कहा करते हैं। वे नतीजे आने से पहले समाज की धड़कन को महसूस कर लेते हैं।

लगभग आधा घण्टे बाद नत्थू केतली में चाय ले आया। यह उसका नित्य का नियम था। पहले नीचे चौकीदार से चाबी लाकर स्टडी रूम के दरवाज़े पर लटके बाबा आदम के ज़माने के ताले को वह खोलता। फिर भीतर जाकर सफ़ाई में लग जाता। जल्दी ही उससे निबट कर जग में पानी ले आता और गिलास में पानी डाल कर उसे ढंक कर टेबल पर रख देता। पिछले न जाने कितने बरस से उसके इस अनुशासित बद्ध कार्य की चश्मदीद गवाह ये दीवारें भी रही हैं साथ ही एक बरस से वासुदेव भी।

अब तक वह केतली से प्याले में चाय उड़ेल चुका था। पहले उसने वासुदेव की ओर चाय से भरा प्याला बढ़ाया फिर केतली में बची चाय को अपने प्याले में डाला। चाय पीते हुए उसके भीतर से आवाज़ उभरी, ''साब, चुनाव भी अब मौसम की तरह हो गये हैं। किसी को सुख दें तो किसी को दुख। चुनाव आते हैं तो घाटी में तकलीफ़ें बढ़ जाती हैं।''

नत्थू की बात ख़त्म हुई तो वासुदेव बोले, ''पर चुनाव होना तो अच्छी बात है। प्रजातन्त्र में चुनाव तो होने ही चाहिए।''

सुनकर नत्थू के चेहरे पर अनायास चमक उभरी थी। फिर व्यंगात्मक स्वर बाहर आया, ''प्रजातन्त्र!'' कहते हुए नत्थू जेब से बीड़ी निकाल कर बालकनी में चला गया था। यह भी उसका रोज़ाना का नियम था। चाय पीने के बाद वह बीड़ी ज़रूर पीता था। और बीड़ी पीने के बाद नीचे चला जाता था। नीचे जाने के लिए हर बार वह बतलाता नहीं था। एक बार कहा था, ''साब अगर कोई काम हो तो रिसेप्सन पर बतला देना। मैं आ जाऊँगा।''

रिसेप्शन पर ही फोर्थ क्लास कर्मचारियों की पंचायत बैठती थी। जहाँ वे अपने सुख-दुख बाँटते थे या फिर संस्थान में किसी पर आयी मुसीबत से निजात पाने के लिए विमर्श करते थे।

नत्थू कभी का चला गया था। अपने स्टडी रूम में अकेले रह गये थे वासुदेव। उनके कान में अभी भी व्यंग्य से कहे हुए शब्द विशेष रूप से प्रजातन्त्र गूँज रहे थे। जैसे नत्थू ने कहना चाहा था।

"साब प्रजातन्त्र किस चिड़िया का नाम है?"

उनके भीतर बेचैनी भरने लगी थी। कुर्सी से उठकर उन्होंने खिड़की में से झाँक कर देखा। बारिश शुरू हो गयी थी। मौसम सर्द होने लगा था। नज़दीक ही रखे हीटर का उन्होंने स्विच ऑन कर दिया और ताप से शरीर को गर्मी पहुँचाने का प्रयास करने लगे। सर्द मौसम में उनके शरीर को गर्माहट मिली तो अच्छा लगा। फिर उन्होंने अपने दोनों पाँव फैला लिए थे। बारिश अभी थमी नहीं थी। कभी-कभी हवा तेज़ चलने की आवाज़ें आतीं। थोड़ी देर तक वे गिरते हुए पानी को देखते रहे। घाटी में होती वर्षा और बारिश में भीगते पहाड़। सचमुच एक आकर्षण होता है। घरों में प्रवेश करते हुए बादल और उसी परिवेश में फिर से ऊपर उठने की उनकी प्रक्रिया।

संस्थान में नये डायरेक्टर आये। उसके साथ था एक अदद कुत्ता। हाथ में ब्रीफ केस, आँखों पर धूप का चश्मा। उम्र होगी क़रीब पचास-पचपन वर्ष। शरीर पर गर्म कपड़े। मोबाइल पर बात करते हुए कार की पिछली सीट से बाहर आये तो स्वागत के लिए ड्राइवर के साथ उनका व्यक्तिगत सहायक रघुनाथ पाण्डे और उसके पीछे माली, रसोइया, चौकीदार हाथ बाँधे खड़े थे। सभी ने झुक कर नमस्ते की थी। डायरेक्टर ने बारी-बारी से नमस्ते का जवाब दिया था। डायरेक्टर ने मुख्य दरवाज़े से प्रवेश किया था। तब तक बाबुओं, चपरासियों तथा मालियों की संख्या उनके पीछे-पीछे आने वालों में बढ़ गयी थी। सबसे आगे डायरेक्टर, उसके एक तरफ़ चलने वालों में पाण्डे, दूसरी ओर उनका कुत्ता तथा इन तीनों के पीछे अन्य वे सब।

डायरेक्टर का कमरा पहले से ही सजा दिया गया था। दो माली तथा दो चपरासियों की ड्यूटी लगा दी गयी थी। नये मेज़पोश पर सुन्दर और चटकदार रंगों के फूलों के गुलदस्ते देखकर सहसा ही डायरेक्टर के मुँह से निकला था, "गुड।"

जैसे मालियों को उनकी मेहनत का इनाम मिल गया था। वे प्रफुल्लित थे। चपरासी भी फूले नहीं समा रहे थे। रघुनाथ के होंठो पर हल्की मुस्कान उभर आयी थी। तुरता-फुरती में चाय के साथ बिस्किट तथा नमकीन की प्लेट टेबल पर सजा दी गयी थी। अति उत्साही स्वर में रघुनाथ पाण्डे बोला, "सर टामी के लिए बिस्किट।"

"ओह!" चाय का पहला घूँट भरते हुए डायरेक्टर ने ब्रीफकेस से कुत्ते के लिए स्पेशल बिस्किट निकालकर संकेत से खाने के लिए कहा था। टामी के बैठने के लिए एक अलग कुर्सी रख दी गयी थी। वह आसपास खड़े लोगों को देख सकुचाया था। तभी डायरेक्टर ने नज़दीक पड़ी खाली कुर्सी पर बैठने के लिए टामी को इशारा किया था। टामी मालिक का संकेत पाकर उछलते हुए कुर्सी पर बैठ गया था। कुत्ते को कुर्सी पर बैठा देख सभी के मन में अजीब-सा अहसास हुआ। कुछ के होंठों पर मुस्कान थिरक उठी तो कुछ ने मुँह बनाते हुए अपने-अपने होंठों को सिकोड़ लिया। संस्थान में पहली बार ऐसा हुआ था कि डायरेक्टर के साथ कोई कुत्ता कुर्सी पर बैठा हो। हालाँकि उनका कुत्ता बनकर तो बहुत-से बैठे थे, लेकिन सचमुच का कुत्ता, निश्चित ही आज का दिन इतिहास से जुड़ गया था। डायरेक्टर यानी मि. डेविड ने बहुत बड़ी क्रान्ति कर दी थी। कुत्तों और इन्सानों के बीच का भेद ही ख़त्म कर दिया था। उन ब्रिटिश गवर्नर से भी दस क़दम आगे निकल गये थे, जिन्होंने इसी शिमला के माल रोड के बारे में फ़रमान जारी किया था कि 'डॉग्स एण्ड इंडियंस आर नॉट एलाउड।' मि. डेविड ने तो कुत्ते को कुर्सी देकर उसका सम्मान बढ़ाया था।

डायरेक्टर चेम्बर में कुत्ते की कुर्सी पर बैठने की चर्चा सारा दिन ख़ूब ज़ोरों पर रही। सारा दिन ही क्यों शाम को कर्मचारी अपने-अपने घर जाते हुए आपस में ख़ूब मज़ाक़ करते रहे। कुछ ने तो घर पहुँचते ही अपनी बीवियों, बेटे-बेटियों को भी इस ऐतिहासिक घटना के बारे में बतलाया। उन सभी ने अपने पड़ोसियों को। और पड़ोसियों ने अपने रिश्तेदारों को। मूल बात यह रही कि चौबीस घण्टे में समूचे शिमला में यह ख़बर ख़बर न रही बल्कि अफ़वाह बन कर फैल गयी। संस्थान का नाम तो पहले से ही था इस अनोखी घटना से और अधिक नाम हो गया।

सुबह की चाय नत्थू लाया तो वासुदेव पूछ बैठे, "कैसे हो नत्थू?"

केतली से चाय प्याले में उड़ेलते हुए नत्थू ने जवाब में कहा, "ठीक हूँ साब।"

वासुदेव ने पुनः सवाल किया, "तुमने सुना, डायरेक्टर ने अपने कुत्ते को बराबर की कुर्सी पर बैठाया।"

"साब, मैंने ही नहीं सुना सारे शिमला में चर्चा है।"

वासुदेव सिर्फ़ इतना ही कह सके, "अच्छा।"

"साब एक बात कहूँ।"

"हाँ कहो ना।"

वासुदेव बोले, "साब मुझे तो लगता है कि डायरेक्टर के कुत्ते को अभी तो कुर्सी ही मिली है। आगे-आगे देखना क्या होगा।"

वासुदेव उत्सुकता में पूछ बैठे, "आगे-आगे क्या होगा?"

धैर्य से जवाब दिया था नत्थू ने इस बार, "साब अभी कुत्ते को कुर्सी मिलने के बाद उसको बिस्तर भी चाहिए ना, बिस्तर मिला तो अलग रूम चाहिए। उसके खाने-पीने के बर्तन अलग होने चाहिए। यही नहीं उसकी देखभाल करने के लिए अलग से एक आदमी भी चाहिए। अलग डाक्टर भी चाहिए। कुत्ते को नहलान-धुलाने के लिए अलग नर्स भी चाहिए। यह सब कहते के बाद नत्थू ने वासुदेव की तरफ़ देखा। उनके होंठों पर मन्द-मन्द मुस्कान थिरक आयी थी। सहजता से वे बोले, "नत्थूजी कुत्ते की ही देखभाल में सब लग गये तो इस इंस्टीट्यूट का क्या होगा?"

तपाक से जवाब में नत्थू ने कहा, "इंस्टीट्यूट का तो अब ऊपर वाला ही जाने। ज़ोरों से बरसात आने दीजिए। नीचे लायब्रेरी में पानी भर जाता है। हो सकता है कुत्ते के लिए स्विंगपूल ही बन जाये।"

पूछा था वासुदेव ने, "वह क्यों ?"

जवाब दिया था नत्थू ने, "हर बरस मरम्मत के नाम पर लाखों रुपया अफ़सरों के पेट में जो चला जाता है।"

"कब से ऐसा चल रहा है?"

"लगभग दस बरस से।"

आश्चर्य से वासुदेव के मुँह से निकला, "क्या?"

नत्थू जब खुलता है तो खुलता चला जाता है। बिना बताये उसके पेट की रोटी हजम नहीं होती। इंस्टीट्यूट में डेली वेजेज से लेकर कान्ट्रेक्ट बेसिस पर कार्यरत कर्मचारियों के बारे में वह बतलाता है। सफाईकर्मी महिलाओं की दिक़्क़तों के बारे में बतलाना भी वह नहीं भूलता। यह सब सुनकर वासुदेव कह उठते हैं, ''पर बजट की तो इंस्टीट्यूट में कमी नहीं है। कहाँ जाता है आख़िर करोड़ों का बजट?''

''अफ़सरों के पेट में।'' तपाक से नत्थू जवाब देता है।

डायरेक्टर के इंस्टीट्यूट में ज्वाइन करने के दो-तीन दिनों में ही फ़रमान जारी हो गये। कर्मचारियों को सुबह ऑफ़िस में समय पर आने की ताकीद की गयी। आदेश में यह भी जोड़ा गया कि जो सफ़ाई कर्मचारी हैं वे सफ़ाई ठीक से करें। मालियों के लिए तो हिदायत दी गयी कि वे हैड गार्डनर को रोज़ काम की रिपोर्ट करें। अन्त में लिखा था। एडवास्ंड इंस्टीट्यूट की इस ऐतिहासिक इमारत को दो माह पहले 'हेरिटेज' में शामिल कर लिया गया था। यह संस्थान के सभी कर्मचारियों के लिए गर्व की बात है।

रिसेप्शन के पास तृतीय और चतुर्थ श्रेणी कर्मचारियों की पंचायत में आज बहस का विषय था डायरेक्टर के द्वारा जारी किया गया फ़रमान। दोपहर के बारह बजे थे। सबने अपने-अपने काम लगभग पूरे कर लिए थे। चाय का ऑर्डर दिया हुआ था। उनके भीतर चाय की तलब ज़ोर मार रही थी। तभी कोई बोला, ''चाय अभी तक आयी नहीं।''

दूसरे ने तपाक से कहा, ''अभी ठहरना पड़ेगा।''

''क्यों?''

''डायरेक्टर का दूसरा फ़रमान बस आने वाला ही है।''

उसी ने फिर पूछा, ''उसमें क्या लिखा होगा?''

''यही कि कर्मचारियों को चाय कम ही पीनी चाहिए।''

सुनकर सभी ने एक-दूसरे की तरफ़ देखा था। तभी नत्थू भी सीढ़ियाँ उतरते हुए आ गया। पंचायत के बीच चर्चा जारी थी। वह पूछ बैठा, ''किस बात पर चर्चा हो रही है?

किसी ने तत्काल जवाब दिया, ''डायरेक्टर के फ़रमान पर।''

बड़ी ट्रे में मुखी चाय ले आया। सबने अपने-अपने प्याले सँभाल लिए। आज कर्मचारियों की संख्या अधिक थी। ममदू ड्राइवर से लेकर आलम कम्पाउंडर, चौकीदार नसीब सिंह, सफ़ाई कर्मचारियों में भुलेराम के साथ धुमनी देवी, फूला माली। तभी डायरेक्टर का चपरासी आया और नत्थू से कहा कि उसे डायरेक्टर ऑफ़िस में बुलाया है।

सुनकर नत्थू ने अजीब-सा मुँह बनाया। नत्थू ने प्याले की चाय ख़त्म कर कहा, "जाना तो पड़ेगा ही।"

कहते हुए वह चला गया था, पर जल्दी ही लौट आया। आलम पूछ बैठा, "क्यों बुलाया था डायरेक्टर ऑफ़िस में?"

तपाक से कहा नत्थू ने, "मैंने मना कर दिया।"

सुनकर सभी को आश्चर्य हुआ। उनके भीतर से जिज्ञासा उभरे, उससे पहले ही नत्थू ने बताया, "कुत्ते की सेवा मैं नहीं करूँगा। साफ़ मना कर दिया।"

इस बीच कोई कुछ पूछता, वह फिर कह उठा, "न मेरी उम्र का लिहाज़ और न मेरे द्वारा तीस साल की गयी सेवा की शरम।"

थोड़ी देर ठहरकर पुनः बोला, "मैं बूढ़ा हो चला हूँ। अगले बरस रिटायर भी होने वाला हूँ। इसका कुछ मतलब ही नहीं। कोई कुछ भी काम कराये।"

उन सभी ने सुना। नत्थू से अधिक उन्हें दुख हुआ था। कुत्ते की सेवा का काम डायरेक्टर उसे देना चाहते थे। नत्थू ने हिम्मत कर इनकार कर दिया था। इस बार सफ़ाईकर्मी भुलेराम ने कहा था, "हमें यहाँ काम करते-करते दस बरस हो गये। आज तक परमानेंट नहीं किया और आते ही कुत्ते की फिकर हो गयी।"

फुला माली ने भी हाँ-में-हाँ मिलाई।

"देखो तो भईया, मेरे चार बच्चे भी हैं। पाँच महीने से क्वार्टर नहीं मिल सका। दूसरी ओर देखो एक अकेला डायरेक्टर, उसे दस कमरों का महल, तीन टायलेट, दो रसोई, चार बालकनी, कुत्ते के लिए अलग कमरा।"

"और यहाँ एक कमरे में सब।" नसीब सिंह चौकीदार बोला।

"रिश्तेदार आ जायें तो परेशानी।" घुमनी देवी ने पीछे से कहा।

"बरसात आती है तो हमारे लिए मुसीबत लेकर आती है।" ममद ड्राइवर भी बोला।

सबकी सुनने के बाद नत्थू का स्वर उभरा, "इस देव भूमि में हम सब परेशानी उठाने के लिए ही तो हैं।"

सुबह नाश्ता करने के बाद वासुदेव जैसे ही अपने स्टडी रूम की तरफ़ आये दरवाज़े पर ताला लगा देखकर उन्हें आश्चर्य हुआ। उन्हीं क़दमों से वे वापस लौट गये। डायरेक्टर ऑफ़िस में फ़ोन किया तो रधुनाथ पाण्डे ने बताया। नत्थू के बारे में कोई सूचना नहीं है। उन्होंने तत्काल पूछा,

"सूचना नहीं है माने...।"

पाण्डे का स्वर पुनः उभरा, "मेरे कहने का मतलब यह कि उनकी ओर से छुट्टी की अर्ज़ी नहीं आयी।"

"ओह!"

वासुदेव के मुँह से निकला। तभी पाण्डे ने बतलाया कि अभी वे किसी को भेज रहे हैं। जल्दी ही तेईस-चौबीस वर्षीय एक लड़का चाबियों का गुच्छा लिए हुए भागता आया। उसने पहले नमस्ते की और जल्दी से ताला खोला। स्टडी रूम की साफ़ सफ़ाई कर चाय लेने के लिए थर्मस लेकर सीढ़ियाँ उतरते हुए चला गया। इस बीच वासुदेव अख़बार पढ़ने लगे। थोड़ी देर में वही लड़का चाय ले आया। चाय पीते हुए उन्हें पता चला। लड़के का नाम रुनकू है। एक वर्ष पहले उसके पिता की दुर्घटना में मौत हो गयी थी। उसे छतिपूर्ति आधार पर चपरासी की नौकरी डेली वेजैस के आधार पर दी गयी। उन्होंने रुनकू से पूछा कि उसे स्थायी नौकरी क्यों नहीं दी गयी तो जवाब में रुनकू ने कहा, मालूम नहीं। रुनकू बी.ए. पास था। चाय का थर्मस लेकर वह वापस चला गया था।

वासुदेव ने अख़बार रख दिया। उनका मन उद्विग्न-सा हो चला था। वे सोचने लगे। यहाँ जो भी कर्मचारी है, वही अस्थायी। कोई डेली वेजेस पर तो कोई कान्ट्रेक्ट आधार पर। उनके मुँह से निकला, "संस्थान हेरिटेज की सूची में आ गया। लेकिन...।"

दोपहर के भोजन के समय उन्होनें एक-दो कर्मचारियों से नत्थू के बारे मे पूछा। जिनसे सन्तोषजनक जानकारी नहीं मिल सकी। वे परेशान से हो उठे। किससे पूछें आख़िर, कौन बतायेगा उन्हें नत्थू के बारे में? शाम को संस्थान में गोष्ठी थी। उनका मन नहीं किया जाने का। वे सीधे लायब्रेरी में चले गये। और देर रात तक वहीं पढ़ते रहे।

अगले दिन चाय पीते हुए उन्हें फिर नत्थू की याद आ गयी। वे सीढ़ियाँ उतर कर नीचे आ गये। गैलरी में धुमनी देवी झाडू लगा रही थी। उसी से पूछ बैठे, ‘‘तुम्हे पता हें नत्थू जी का?’’

सकेरना छोड़ कहा उसने ‘‘भौत बीमार है वो।’’

संजीदगी से भरा स्वर उभरा, ‘‘क्या हुआ ?’’

तपाक से जवाब दिया धुमनी ने, ‘‘इतनी हमदर्दी है तो घर क्यों नहीं जाते उनके। वहीं जाकर पूछना क्या हुआ?’’

सुनकर उन्हें अजीब-सा लगा। जैसे उनके भीतर से आवाज़ आयी थी। घर क्यों नहीं चले जाते नत्थू के। वहीं पूछ लेना।

शाम को धुमनी के साथ ही वे नत्थू के घर पहुँच गये। छोटा-सा घर, जिसमें बिखरा हुआ घर गृहस्थी का सामान। बैठने के लिए एक टूटी कुर्सी, उसी पर वे धीरे-से बैठ गये। डॉक्टर अभी दवाई देकर गये थे। नत्थू बोल नहीं पा रहा था। सिर्फ़ देख सकता था। दुखी मन से लौटे थे वे।

एक सप्ताह बीत गया। नत्थू अभी ऑफ़िस नहीं आया था। वे हर रोज़ उसके बारे में पूछते। अलग-अलग लोगों से अलग-अलग ही जवाब मिलते। उनका मन दोबारा जाने का हुआ। कम-से-कम नत्थू से बात तो हो ही जायेगी। अब तक तो वह बोलने लगा होगा। अचानक एक दिन सुबह ही सुबह नत्थू आ गया। चाय पीते हुए उन्होंने सुना। नत्थू के भीतर से जैसे पीड़ा का लावा बाहर निकल रहा हो।

‘‘मेरी बेटी भाग गयी किसी के साथ।’’

‘‘क्या।’’

अनायास उनके मुँह से निकला था।

‘‘हाँ साबजी।’’

‘‘पर क्यों?’’

उन्हें विश्वास नहीं हो रहा था। इसलिए पूछ लिया।

‘‘उसका ब्याह नहीं हो सका था।’’

‘‘पर क्यों?’’

‘‘गरीब हूँ ना। दहेज कहाँ से जुटाता?’’

‘‘पर ऑफ़िस से कुछ मदद मिल सकती थी।’’

"मिल सकती थी, पर मिली नहीं।"

"ऐसा क्यों?"

"अफ़सर ने रिश्वत में एक रात के लिए मेरी बेटी माँगी थी।"

"क्या।"

"हाँ साब जी।"

"पर यह तो देवभूमि है।"

"देवता भी तो सुरा-सुन्दरी का भोग लगाते थे। फिर ये क्यों न लगायें?"

इस बार लम्बी चुप्पी उनके बीच रही। वासुदेव भीतर से आहत हुआ था। तभी चुप्पी तोड़ी थी नत्थू ने, "यहाँ तो एक-एक कर्मचारी के साथ अनगिनत दुख भरी कथाएँ जुड़ी हुई हैं। आप कहाँ तक सुनेंगे?

"पर यह तो ग़लत है।"

नत्थू ने जोड़ा, "सरासर ग़लत है। लेकिन... ।"

उसके बाद न नत्थू कुछ बोला, न उन्होंने आगे पूछा। जैसे स्टडी रूम में वेदनाओं से भरी चुप्पी ठहर गयी थी।

(प्रकाशित)

ख़बरवा बाबू

सोशल इंस्टीट्यूट से निकलते-निकलते दस बज गये थे। क्वालिस में हम आठ साथी थे। मेरे अलावा नया सवेरा के सहायक सम्पादक सोमनाथ पाण्डे, बिजली पत्रिका की सम्पादक सरिता मिंज, सोरठ गाँव के मदन प्रसाद एडवोकेट। अन्य चार साथी इंस्टीट्यूट के ही थे, जिनमें बाँके बिहारी ड्राइवर भी सम्मिलित था। बरेली शहर से सोरठ गाँव हमें जाना था। गाँव की दूरी थी साठ मील। चलते हुए इंस्टीट्यूट के चपरासी मिट्ठन ने बतलाया था। मिट्ठन डेली पैसेंजर था। रोज़ पचास मील आता था और फिर पचास मील वापस जाता था। मिट्ठन भी हमारे साथ था। वह रिटायर होने के क़रीबी वर्षों से गुज़र रहा था। पर जीवन से अभी रुख़सत नहीं होना चाहता था। इसलिए स्वयं हंसता और दूसरों को हंसाता रहता था। इंस्टीट्यूट के कर्मचारी उसकी बात का बिल्कुल भी बुरा नहीं मानते थे। कोई उसे काका कहता तो कोई चाचा। मिट्ठन का पूरा नाम मिट्ठन सिंह लोधी था। पर उसे सिर्फ़ मिट्ठन ही कहा जाता था। इंस्टीट्यूट से ड्राइवर ने कार स्टार्ट की फिर स्पीड बढ़ाई। जैसे सभी के भीतर ऊर्जा का संचार हुआ था।

शहर से बाहर आने पर क्वालिस अस्सी की स्पीड पर दौड़ने लगी थी। बीच में जैसे ही कोई गाँव पड़ता मिट्ठन उस गाँव का इतिहास भी बतलाता और भूगोल भी। इस तरह हमारे सामान्य ज्ञान में बहुत कुछ जुड़ता जा रहा था। जैसे मिट्ठन चपरासी के स्थान पर हमारा गाइड हो।

हमारी यात्रा सुखमय थी, लेकिन गर्मी की चुभन थी। गर्म हवा हमारे शरीरों को झुलसा रही थी। जुलाई का माह था। रात में मेह बरसा था, पर ज़रूरत से बहुत ही कम। परिवेश में उमस भी थी। सुबह आकाश साफ़ था।

आकाश में सूरज था और सूरज में गर्मी थी, प्रचण्ड गर्मी। अचानक मिट्ठन ने ज़ोरदार स्वर में कहा था, "म्हारा गाँव आ गया, थमो।"

ड्राइवर ने ब्रेक मारा था। क्वालिस एक धक्के के साथ रुक गयी थी। मिट्ठन पुनः बोला था, "थोड़ा आगे रोको।"

ड्राइवर ने गाड़ी आगे बढ़ाई थी। मिट्ठन ने संकेत किया तो पीसीओ की दुकान के ठीक सामने ड्राइवर ने क्वालिस रोक दी थी। मिट्ठन ने बतलाया था, "पिछले सप्ताह ही उसके बड़े बेटे ने ये दुकान खोली है। साहब बाबू चलकर उसे आशीर्वाद दें।"

हमने एक-दूसरे की ओर देखा। हमारे ही बीच बैठे कार्यक्रम अधिकारी ने जैसे हाँ कहा था। हम सभी कार से उतर कर नीचे आ गये थे। दुकान में मिट्ठन के बेटे के साथ उसकी पत्नी तथा बेटी भी थी। उन सभी ने नमस्ते की। जवाब में हमने भी नमस्ते की। सड़क के किनारे ही एक छोटी दुकान थी। सामने ही दीवार पर भारत का नक्शा टँगा था उसके बराबर में डॉ. अम्बेडकर का चित्र था। जल्दी ही उसकी बेटी चाय के साथ नमकीन आदि ले आयी थी। हमने बिना किसी तक्कलुफ के चाय पी। मिट्ठन को अच्छा लगा।

दस मिनट बाद हम सोरठ गाँव पहुँच गये थे। गाँव सड़क पर ही था। दाई तरफ़ एक बड़ा दरवाज़ा बनाया गया था। उस पर नीले अक्षरों में दलित पर्व लिखा था। उसके नीचे कल्याण विभाग, उत्तर प्रदेश सरकार लिखा था। उसी दरवाज़े से हमने प्रवेश किया था। गाँव के भीतर गये तो गाँव अपने-आप में खुलने लगा था। नंगे पाँव धूल और मिट्टी से सने बच्चे, बिखरे बाल, उनकी आँखों में हमारे प्रति जिज्ञासा के भाव उतर आये थे। कुछ आगे बढ़े तो नीम के पेड़ के नीचे तीन-चार बुजुर्ग बैठे हुक्का गुड़गुड़ा रहे थे। कुछ महिलाएँ सिर पर घड़ा लिए कुएँ से लौट रही थीं। ड्राइवर ने राह चलते व्यक्ति से प्राइमरी स्कूल के बारे में क्वालिस रोक कर पूछा था। उसने जवाब में हाथ का संकेत करते हुए कहा था–

"ऊ रा।"

बीस क़दम बाद ही प्राइमरी स्कूल आ गया था। स्कूल के नाम पर दो अदद कमरे। उनकी भी दीवारों से प्लास्तर उखड़ा हुआ था।

समीप ही दो-तीन कुत्ते रोटी के टुकड़ों के लिए परस्पर लड़ रहे थे। स्कूल के किनारे पर भैंस बँधी थी। सामने ही ऊबड़-खाबड़ मैदान। वहीं कुछ मज़दूर तम्बू डेरे लगाने में लगे थे। उनके शरीर पर कपड़े कम और पसीना अधिक था। उनके पैरों में चप्पल नहीं थीं, पर आँखों में खास तरह की चमक थी। ज़मीन गर्म थी। तपती दुपहरी में हम सभी क्वालिस से उतरे थे। कार्यक्रम अधिकारी मनोहर चौबे ने मज़दूरों के पास जाकर जल्दी-जल्दी तम्बू लगाने के लिए कहा था। मज़दूरों के हाथ तेज़ी से चलने लगे थे। अब तक गाँव के कुछ लोग उत्सुकतावश हमारे पास आ गये थे। साथ में बच्चे भी थे। चूँकि हमारे बीच एक अदद लड़की थी। वह भी सुन्दर और जवान। इसलिए उन सभी की निगाहें वहीं टिकी हुई थीं।

थोड़ी देर बाद तम्बू के नीचे बम्बू लगा दिये गये थे। और पण्डाल लग गया। उसके नीचे कुर्सियाँ भी बिछा दी गयीं। कुछ लोगों ने मंच तैयार कर लिया था। मंच पर कुर्सियाँ और मेज़ भी लगा दी गयी थीं। माईक भी लग गया था। कार्यक्रम अधिकारी को थोड़ा तसल्ली हुई थी। उन्होंने अपने मोबाइल से डायरेक्टर को सूचना दे दी थी। डायरेक्टर अपनी दोनों बेटियों को लेकर वातानुकूलित कार से रवाना हो गये थे।

कार्यक्रम शुरू होने में अभी थोड़ा समय था। हमने सोचा। इस बीच गाँव को देख लिया जाये। मैं और नया सवेरा के सहायक सम्पादक सोमनाथ पाण्डे गरीबी रेखा के नीचे गुज़र बसर करने वाले गाँववासियों के अवलोकन हेतु निकल पड़े। गाँव में नीम के पेड़ अधिक थे और कुत्ते भी। यह बात हमारी समझ के बाहर थी कि भुक्खड़ों के गाँव में कुत्तों की संख्या अधिक क्यों है। पिछले बरस ही तो दो लोगों के भूख से मरने की ख़बर अख़बारों की सुर्ख़ी बनी थी।

गाँव के दो रास्ते थे। एक सवर्णों की बस्ती की ओर जाता था तथा दूसरा दलितों के मकानों की तरफ़। गाँव में दो कुएँ थे, पर पुलिस चौकी एक ही थी। दो साल पहले इसी गाँव में चार दलितों को राजपूतों ने मार गिराया था। तभी से राज्य सरकार द्वारा यहाँ पुलिस चौकी बना दी गयी थी। पुलिस चौकी सवर्णों और दलितों की बस्तियों के बीच में थी। पुलिस चौकी से पहले चाय की दुकान थी। नज़दीक जाने पर देखा, खोके में चार-पाँच लोग बैठे थे।

तीन बूढ़े तथा दो जवान थे। तीनों बूढ़े बला की गर्मी में भी चाय सुड़क रहे थे। चाय बनाने वाला बीस वर्षीय युवक था। उसी के पास दस बरस का बच्चा बैठा था। जो जूठे प्यालों को धो रहा था।

हम नज़दीक गये तो उन सभी ने हमें ग़ौर से देखा था। नज़दीकी बढ़ी तो उनके चेहरों पर सवाल उभर आये थे। इससे पहले कि वे सवाल करते, हमने सवाल कर दिये थे।

''आपके गाँव में यह क्या कार्यक्रम हो रहा है ?''

हमारा सवाल सुनकर उन तीनों बूढ़ों ने पहले हमें तोला था। जैसे पूछना चाहते हों कि हम कौन हैं? उनका इरादा भाँप कर मैंने बतलाया था–

''मैं नया सवेरा अख़बार से हूँ, सोमनाथ पाण्डे और मैं लेखक हूँ।''

हमारा जवाब सुनकर उन चारों की आँखों में चमक उभर आयी थी। जबकि उन्हीं के पास बैठा बच्चा चाय के जूठे प्याले धोने में लगा था। तीनों बूढ़ों ने एक-दूसरे की ओर देखा था। फिर चाय वाले युवक के पास बैठे बूढ़े ने जेब से बीड़ी निकाल कर सुलगाई थी। बीड़ी होंठों के बीच रख हल्के से दम मार कर बोला था वह, ''सरकारी कारकरम है।''

हम गाँव के लोगों से जानकारी लेना चाहते थे। कार्यक्रम के बारे में उनकी समझ के बारे में जानना चाहते थे। तभी पाण्डे ने पूछा था, ''हमें कार्यक्रम के बारे में बतायें।''

सवाल सुनकर दूसरे बूढ़े ने बतलाया था, ''हरिजनवा वास्ते कारकरम है।''

पलभर बाद तीसरा बूढ़ा भी बोला था, ''तीन महीने बाद चुनाव हैं ना इसीलिए ये सब हो रा है।''

तभी मैंने पूछा था, अच्छा मदन जी को जानते हो।''

इस बार एक बूढ़े ने लापरवाही से कहा था, ''कौन मदनवा फदनवा?''

मैंने पाण्डे की ओर देखा था और पाण्डे ने मेरी तरफ़। दूसरे बूढ़े को जैसे कुछ याद आ गया था, ''ऊ वकीलवा।''

हम दोनों ने हामी भरी थी। कुछ पल चुप्पी के बाद इस बार तीसरे बूढ़े ने कहा था, ''हमारा गाँव में भी एक ख़बरवा बाबू है।''

हम दोनों के मुँह से सहसा ही निकला था, ''खबरवा बाबू।''

बीच में चाय बनाने वाले युवक ने बतलाया था, ''हमारे गाँव का ही किसन कुमार।''

तभी बूढ़ा बोला था, "किसनवा।"

चाय वाले युवक ने अपनी बात पूरी की थी, "गाँव से शहर अख़बार में ख़बर भेजता है।"

हमें आगे पुलिस चौकी में जाना था। इसलिए वहाँ से चल दिये। एक पुराने से मकान को पुलिस चौकी का रूप दे दिया गया था। पुलिस चौकी में गये तो एक कोने में तीन-चार लाठियाँ दीवार के सहारे खड़ी देखीं। वहीं दूसरे कोने में दो पुरानी बन्दूकें रखी थीं। दो चारपाई, जिन पर सब इंस्पेक्टर तथा कांस्टेबल सोये थे। जबकि हैडकांस्टेबल अपने जूते चमका रहा था और दूसरा सिपाही रोज़नामचे में खोया था। इस बार पाण्डे ने अपना परिचय देते हुए कहा था–

"आपके गाँव में कार्यक्रम हो रहा है। आपको मालूम है।"

हैड कांस्टेबल ने तत्काल जवाब दिया था, "हमें मालूम है। शहर से सूचना आ गयी है।"

तभी मैंने जानना चाहा था, "पर किस तरह का कार्यक्रम है यह?"

पलभर में ही हैड कांस्टेबल भभका था, "का बतायें, इन हरिजनवाओं से हमारे सिरों पर मुतवाने का कार्यक्रम कर रही है सरकार।"

हैड कांस्टेबल के भीतर से उभरे ताप को हमने महसूस किया था। पाण्डे ने बीच में कहा था, "वह कैसे?"

उसका आक्रोश फिर फूटा था, "अब तुम स्वयं ही सुन लेना। ये ससुरे सवर्णों की माँ-बहनों की चीड़-फाड़ करेंगे। हमारे पुरखों को जी भरकर गालियाँ देंगे। हमारे धर्म-ग्रन्थों पर थूकेंगे।"

अब तक रोज़नामचे से अपना ध्यान हटाकर युवा सिपाही ने कहा था, "और कुछ जानना है सम्पादक महोदय।"

हैड कांस्टेबल पुनः बोला था, "सही बात तो यह है। हमारी भी भुजाएँ फड़कती हैं, लेकिन क्या करें। सब सहना पड़ता है। समय ही ख़राब आ गया है।"

तभी लाउडस्पीकर से आवाज़ गूँजी थी। हैलो टैस्टिंग, वन, टू, थ्री। लगता है कार्यक्रम शुरू हो गया है। चलने से पहले हमने देखा सब इंस्पेक्टर और सिपाही अभी भी खर्राटे भर रहे थे।

कार्यक्रम स्थल पर लौटने में हमें कम ही समय लगा। डायरेक्टर साहब आ चुके थे। साथ में उनकी दोनों बेटियाँ भी सरस्वती की मूर्ति के साथ आयी थीं। सभा स्थल पर पड़ी अधिकांश कुर्सियाँ खाली थीं। जिन कुर्सियों पर लोग बैठे थे, उनमें बाहर से बुलाये गये लोग थे। साथ में गाँव के आठ-दस बूढ़े तथा बच्चे बैठे थे। स्टेज पर शोरशराबा था। नज़दीक जाने पर पता चला। दलित समाज के कार्यकर्ता मदन प्रसाद एडवोकेट बुद्ध वन्दना से कार्यक्रम की शुरुआत करना चाहते थे जबकि डायरेक्टर साहब सरस्वती वन्दना से कार्यक्रम आरम्भ करना चाहते थे। काफ़ी जद्दोजहद के बाद बुद्ध वन्दना से ही कार्यक्रम की शुरुआत होनी तय हुई। बौद्ध भिक्खु मंच पर आये। उन्होंने बुद्ध वन्दना आरम्भ की। सभी ने खड़े होकर शब्दों का उच्चारण किया। डायरेक्टर साहब को भी न चाहते हुए होंठ हिलाने पड़े। उनकी दोनों बेटियों को भी। सरस्वती की मूर्ति वातानुकूलित कार में ही रखी रही।

बाद में मंच पर ही रखी भगवान बुद्ध और डॉ. अम्बेडकर की प्रतिमाओं पर पुष्प अर्पित किये गये। अब माइक मदन प्रसाद के हाथों में था। वह सौरठ गाँव का ही था। सभा में दलितों की संख्या ही अधिक थी। मदन जी का स्वर गरमाने लगा था,

“साथियो, हम इस देश के मूल निवासी हैं। हम सवर्णों को बतला देना चाहते हैं कि अब हम किसी भी सूरत में जुल्म और अत्याचार सहन नहीं करेंगे। मनु के वंशजों को होश में आना होगा।” बीच में तालियाँ बज उठीं। उन्होंने फिर कहा था, “अभी भी समय है। सवर्ण सुधर जायें। वरना उन्हें मुँह की खानी होगी।” उधर तालियाँ बज रही थीं तो मंच पर ही बैठे डायरेक्टर और कार्यक्रम अधिकारी एक-दूसरे की ओर अजीब से भाव से देख रहे थे। मदन जी ने अपना भाषण समाप्त करते हुए किसन कुमार की बात भी बतायी कैसे इसी गाँव के दलित पत्रकार पर ठाकुर सब इंस्पेक्टर ने गुण्डों से हमला कराया था। अब वह अस्पताल में अन्तिम साँस ले रहा है।

मदन जी का भाषण ख़त्म हुआ तो एक ओर देलित नेता ने द्विजों की अच्छी-ख़ासी धुनाई की। डायरेक्टर मन मसोस कर बैठे रहे। बीच में दलित समाज के ही एक बच्चे ने ‘बाबा भीम’ नाम से कविता सुनाई। फिर डायरेक्टर साहब बोले। उन्होंने सवर्णों और दलितों के बीच पुल बनाने की बात रखी।

भोजन का समय हो गया था। डायरेक्टर साहब के बाद एक वक़्ता और बोले। सभा समाप्त हो गयी। लोग भोजन के लिए चले गये थे। किसन कुमार के बारे में हमारे भीतर जिज्ञासा थी। पाण्डे साथ में थे। हमने पूछ ही लिया। मदन जी ने बताया था, ''किसन कुमार गौतम ने एम.ए. किया था।''

मैंने बीच में कहा, ''फिर।''

मदन जी बोले थे, ''वह शुरू से ही जुझारू युवक रहा है। उसकी इच्छा थी कि वह कुछ लिखे, पत्रकार बने।''

इस बार पाण्डे ने जैसे हुंकारा भरा था, ''तब।''

''वह दो बरस पूर्व प्रभात दैनिक के सम्पादक से मिला था। और अपनी इच्छा बतलाई थी।''

मैंने पूछा था, ''फिर क्या हुआ ?''

इस बार मदन जी का स्वर गंभीर था, ''सम्पादक द्विज था। उसने किसन कुमार गौतम के भीतर के जोश और लगन को भाँप लिया था।''

बीच में पाण्डे बोला था, ''तब।''

मदन जी ने बतलाया था, ''सम्पादक को यह गवारा नहीं था कि एक दलित पत्रकार शहर में आकर प्रसिद्ध हो, दलितों को उद्वेलित करे। सम्पादक किसन को गाँव में ही रह कर ख़बर भेजने की सलाह दी थी।''

बीच में कुछ चुप्पी रही। उसी चुप्पी को तोड़ते हुए मदन जी ने पुनः बतलाया था, ''किसन गाँव में नहीं रहना चाहता था।''

मेरे मुँह से सहसा निकला था, ''पर क्यों?''

मदन जी ने जवाब दिया था, ''इसलिए कि गाँवों में अभी भी रामराज है।''

तभी पाण्डे ने सवाल छोड़ा था, ''पर गाँधी जी ने तो...।''

मदन जी ने बतलाया था, ''छोड़िये गाँधी को। बाबा साहेब डॉ. अम्बेडकर ने भारतीय गाँवों को 'घेटो' कह कर पुकारा है। हमारे लिए गाँव उत्पीड़न के घाट हैं।''

अपनी बात कह कर मदन जी ने हमारी आँखों में झाँका था। फिर पूछा, ''जानते हो क्या हुआ बाद में?''

हम दोनों के मुँह से एक साथ निकला था, ''क्या हुआ?''

"कुछ महीनों किसन रिपोर्टिंग करता रहा। प्रभात में उसके द्वारा भेजी गयी ख़बरें भी छपती रहीं। तभी गाँव की पुलिस चौकी में ठाकुर सब-इंस्पेक्टर ने ज्वाइन किया। पर किसन की रिपोर्टिंग पहले की तरह जारी थी।"

मेरा सवाल उभरा, "तब।"

मदन जी ने जवाब दिया था, "ठाकुर सब इस्पेक्टर ने बेवजह एक दलित युवक की पिटाई की। यही नहीं उसकी पत्नी को रण्डी भी कहा। किसन ने प्रभात को ख़बर भेजी! ख़बर छपी। ख़बर छपते ही पुलिस विभाग में हड़कम्प मच गया था। ठाकुर को ठकुराती कहाँ चैन देती।"

मदन जी ने कहते हुए पलभर हमारी तरफ़ देखा था। इससे पूर्व हमारे होठों से स्वर उभरता। उन्होंने पुनः कहा था,

"किसन को पुलिस वाले पुलिस चौकी ले आये। बिल्कुल जैसे किसी जानवर को खींच कर लाया जाता है। पुलिस चौकी में ठाकुर सब-इंस्पेक्टर सुजान सिंह मौजूद था। किसन को देखते ही उसने लात धूँसों से पिटाई की। फिर एक बर्तन में स्वयं पेशाब किया और किसन को पीने के लिए कहा।"

हम दोनों के चेहरे पर आश्चर्य के भाव उभर आये थे। तत्काल मुँह से निकला, "क्या?"

मदन जी ने अपनी बात पूरी की, "पर किसन ने ठाकुर का पेशाब हरगिज नहीं पिया। उस दिन न जाने ठाकुर ने क्यों किसन को छोड़ दिया। लेकिन अगले दिन जब किसन शहर जा रहा था। रास्ते में दूसरे गाँव के गुण्डों से सब इंस्पेक्टर ने उसे बुरी तरह मार लगवाई थी।"

"ओह... ।"

भोजन के बाद कार्यक्रम पुनः आंरभ हो गया था। हम महसूस कर रहे थे। मदन जी का स्वर गमगीन था। बीच-बीच में आक्रोश फूटता था। तभी किसी ने मंच पर जाकर ख़बर दी थी। खबरवा बाबू अस्पताल में चल बसे। ख़बर सुनकर मदन जी की आँखों में आँसू उभर आये थे। सभा समाप्ति की घोषणा कर दी गयी थी। सभी के होंठों पर ख़बरवा बाबू का नाम था

('युद्धरत आम आदमी', नयी दिल्ली)

डिप्टी

पहाड़ में घना जंगल, जंगल में डाक बंगला, डाक बंगला में डिप्टी कलक्टर। डिप्टी कलक्टर के भीतर उसकी जाति। और अपनी ही जाति के समीकरणों में उलझता, सिमटता तथा बिखरता ब्रिटिश सरकार का एक अदद अधिकारी। अधिकारी के भीतर उभरते द्वन्द्व। वह ख़ुद ही कहता और ख़ुद ही सुनता। वह अपने आपसे ही ज़्यादा सवाल करता। क्योंकि उसके सवालों को कभी किसी ने तरजीह दी ही नहीं। जब-जब भी उसने कुछ कहा। उसके आला अधिकारियों ने अनसुना कर दिया। सरकारी काग़ज़ों में वह उच्च अधिकारी था। लेकिन समाज में उसे दोयम दर्जे का नागरिक ही समझा। वह समाज जो ख़ुद पराधीन था। उसमें वह गुलामों का गुलाम था।

आकाश कभी नहीं बँटता। ज़मीन बँटती है। आकाश की कोई पहचान नहीं होती। ज़मीन की पहचान हो जाती है। फिर आदमी आकाश क्यों नहीं बनता। आदमी की पहचान क्यों होती है? वह तो वैसे ही जन्म लेता है जैसे दूसरे लोग। सभी के जन्म लेने की वैसी ही प्राकृतिक प्रक्रिया। फिर इन्सान को ही क्यों बाँटा गया। वह अपने-आप से ही पूछता। मेरे साथ ही जाति के सवाल बार-बार क्यों जुड़े? वे सवाल बादलों की तरह उमड़ते और बरसते भी। अपने ही सवालों की बौछारों से वह भीगने लगता। क्यों मेरे भीतर के गुणों की चर्चा नहीं हुई, क्यों मेरी जाति की चर्चा बार-बार हुई? इंडियन सिविल सर्विस के तहत तो बहुत से अधिकारी थे। वे तो सभी लाट साहब बनकर रहे। सुख और समृद्धि के बीच वैभवपूर्ण जीवन वे बिताते। बात-बात पर डाँटते, फिर भी लोग उन्हें झुक-झुक कर हुजूर-हुजूर कहते नहीं थकते थे। पर उनका सिर कभी नहीं झुकता। वह तो हमेशा ही ऊंचा रहता।

उनका मान भी होता था और सम्मान भी। पर उसके साथ शुरू से ही अलग तरह का व्यवहार होता रहा। प्रशिक्षण के दौरान उसे रंगरूट समझा गया और नौकरी में हरकारा। संस्थान में प्रशिक्षण देने जो भी आते, वे सभी श्रेष्ठ कहलाने वाली नस्ल के होते या फिर श्रेष्ठ जाति के होते। जरा-सी भी गल्ती या असावधानी हुई नहीं कि उनके मुँह से गालियों की बौछार शुरू हो जाती। गोरा अधिकारी अंग्रेज़ी में गालियाँ देता तो काला ठेठ हिन्दी में। उनकी गालियाँ कलेजे को छीलते हुए चली जातीं। सवर्ण अधिकारी न जाने कैसे सूँध लेते थे मेरी जाति। जाति का पता चलने पर वे मेरा गाँव भी तलाश कर लेते। गाँव का पता चलते ही बस्ती भी ढूँढ़ लेते। बस्ती के बाद एक दलित का घर और घर तथा परिवार का इतिहास तथा अस्मिता। जिसे तहस-नहस करने में वे देरी नहीं लगाते। तब मैं सार्वजनिक हो जाता, मेरी जाति की गन्ध परिवेश में तेज़ी के साथ फैल जाती। आई.सी.एस. के बैच में अकेले मेरा ही तो सेलेक्शन हुआ था। सब कुछ का विस्तार हो जाता और उसी विराट दुनिया में मुझे गँवार/ज़ाहिल/अयोग्य/कमीना सिद्ध कर दिया जाता। केन्द्र की नौकरी होने के बावजूद उसे हाशिए पर ही रखा गया। और जहाँ-तहाँ उसे दौड़ाया जाता रहा। जब-जब भी ट्रांसफर होते, उसका नाम आगे की पंक्ति में होता। और उसे कहीं भी झाड़-जंगल में फेंक दिया जाता। हर बार की तरह वह अपना बोरिया-बिस्तर समेटता और अपने-आपको समय के हाथों में सौंप देता।

ब्रिटिश साम्राज्य के बीस बरस जमा आज़ाद भारत के दस बरस। तीस बरस की डिप्टी कलक्टर की नौकरी। न उसकी पदोन्नति अंग्रेज़ों के समय में हुई और न आज़ादी मिलने के बाद। वह पहले भी डिप्टी रहा और बाद में भी। बार-बार उसकी रिपोर्ट ख़राब कर राय बहादुर गवर्नर जनरल के पास भेज दी जाती। जबकि अन्य अधिकारियों की देखते-देखते पदोन्नति होती गयी। वे डिप्टी से कलक्टर बन गये। कलक्टर से कमिश्नर। और वह दलित होने के नाते डिप्टी ही रहा।

रात अधिक हो गयी थी। डिप्टी साहब जितना सोचते, ज़ख़्मी यादें उतना ही उभरतीं। उसकी भावनाएँ उद्वेलित होतीं। बेचैनी इस कदर बढ़ जाती कि अपने-आपको सम्भालना मुश्किल हो जाता। फिर भी हर सम्भव वे प्रयास करते।

वैसे प्रयास तो ताउम्र ही करते रहे थे। अर्दली भोजन तैयार कर रसोई में रख आउट हाउस में सोने के लिए चला गया था। अर्दली भी समझता था अपने डिप्टी की परेशानियों को। वह भी अकेला था और उसका साहब भी अकेला। पर साहब अब कहाँ रह गये थे? हालाँकि आसपास के लोग अभी भी उन्हें डिप्टी साहब ही कह कर पुकारते थे। जब-जब भी उन्हें कोई डिप्टी साहब कहता, वे बेचैन हो जाते। उन्हें लगता जैसे कोई उन्हें चिढ़ा रहा हो। जानबूझ कर डिप्टी साहब डिप्टी साहब कह रहा हो। पर थे तो वे डिप्टी ही। आख़िर डिप्टी के पद से ही रिटायर हुए थे। फिर कहने वालों की भला क्या ग़लती थी? ग़लती किसी की नहीं थी। ग़लती थी उनकी जाति की। जिस जाति में उन्होंने जन्म लिया, मरने तक वह पीछा नहीं छोड़ेगी। माथे पर चिपका दी गयी थी जाति की पहचान। हालाँकि उसकी नौकरी रुतबे वाली थी। पर उनका रुतबा न था। दलितों का भी कहीं कोई रुतबा रहा है, जो अब रहेगा। फ़र्क़ सिर्फ़ यह हुआ कि अब सवर्ण आकाओं को सलाम बजाते हुज़ूर-हुज़ूर कहना पड़ता है और आज़ादी से पूर्व अंग्रेज अधिकारियों को सलाम मारना पड़ता था। वैसे हिन्दू अधिकारी काना फूसी करते थे। न जाने कैसे नौकरी मिल गयी। अंग्रेज़ों ने दलितों को सर पर चढ़ा लिया है। इनके लिए स्कूल के दरवाज़े खोल दिये हैं। जिसके मन में जो कुछ आता कहता। लगाम नहीं थी उनकी ज़बानों पर। वे खुलकर बोलते। कभी-कभी तो मुँह के सामने ही कह देते। सीना चीर कर रख देते थे उनके व्यंग्य। वे कर भी क्या सकते थे? गोली तो मार नहीं सकते थे उन्हें। हालाँकि नियुक्ति के तुरन्त बाद उन्हें गोलियों के साथ लाइसेंसी रिवॉल्वर भी मिल गया था। अब वे जंगली जानवरों की मारें या इन सभ्य जानवरों को। कई बार मन में आया। दो-चार को उड़ा ही दिया जाये। बहुत सह ली इनकी गालियाँ। पर हर बार उस हिंसक विचार को अपने भीतर जज़्ब कर लेते थे। जैसे अब तक बहुत कुछ जज़्ब करते चले आ रहे थे।

ख़ूब घना जंगल। जितना घना जंगल उतना ही अँधेरा। सड़क नहीं तो मोटरकार कहाँ से होती। टट्टू ही एक सहारा था। उसी पर पूरी गृहस्थी को लादना और फिर स्वयं भी लदना। कई-कई दिन हो जाते थे टट्टू की सवारी करते-करते। साथ में एक क्लर्क, एक अर्दली, एक मशालची और एक बन्दूकधारी।

जितना रास्ता कटता, उतना ही और बढ़ जाता। जैसे मंज़िल का कोई अन्त नहीं था। मंज़िल यानी डाक-बँगला। डाक बँगला यानी साहब बहादुर का ऑफ़िस। साहब बहादुर यानी एक अदद डिप्टी। एक अदद डिप्टी यानी हाशिए का आदमी। पहली ही पोस्टिंग में उन्हें जंगल में फेंक दिया गया था। वायसराय का हुक्मनामा था। सारे देश को जीत लो। यह सब तुम्हारा है। जंगल, पहाड़, मैदान जहाँ भी जाओ राज करो। अंग्रेज़ों का शासन मन्त्र था यह। तब साम्राज्य विस्तार का ऐसा ही तन्त्र था। वायसराय के आदेश की कड़ाई से तामील होती थी। किसी को कुछ कहने का अधिकार नहीं था। सिर्फ़ सुनना और आदेश का पालन करना होता था।

ब्रिटिश साम्राज्य का परचम पूरे देश में फहराया जाने लगा था। पूरे देश में भर्ती अभियान तेज़ी पर था। हर दूसरे शहर में रोज़गार कार्यालय खुलने लगे थे। एक दिन के बाद पहाड़ी पर ठहरना होता था। एहतियातन डिप्टी साहब भरी हुई पिस्तौल जेब में ही रखते। नज़दीक ही कोई गाँव था। शाम होने लगी थी। घरों से धुंआ उठने लगा था। तब न कोई हरकारा था और न टेलीफ़ोन। शहर में कोतवाल होता था और गाँव में चौकीदार। शहर कई कोस पीछे छूट गया था और पहाड़ी के आगे ढलान पर था गाँव। तभी डिप्टी साहब ने अपनी पिस्तौल निकाल कर फायर किया। तत्पश्चात ही बन्दूकधारी ने भी आसमान की ओर नाल घुमा कर ट्रिगर दबाया। ब्रिटिश काल में जैसे हर कार्य किसी-न-किसी वजह से होता था। वजह नम्बर एक अगर नज़दीक कोई हिंसक जानवर होंगे तो भाग जायेंगे और वजह नम्बर दो सरकारी अमले के तहत ग्रामीण स्तर पर चौकीदार या पहरेदार को पता चल जायेगा कि नज़दीक कोई ब्रिटिश अधिकारी है। दूर-दराज इलाक़ों में गोली चलने की आवाज़ ने शान्त परिवेश को गुँजा दिया। बांज का घना जंगल। पेड़ों की शाख पर बैठे पक्षी अपने-अपने पंख फड़फड़ाते हुए उड़ने लगे। दूर गाँव में लोगों को अहसास हो गया था कि बाहर से कोई आया है। कौन होगा? दहशत ने एकबारगी उनके शरीर के भीतर कँपकँपी पैदा कर दी थी। गाँव के लोगों ने अपने-अपने परम्परागत ज्ञान से पता लगा लिया था कि हो न हो कोई, पश्चिम दिशा से ही आया है। एक नहीं, कई लोग। आवाज़ सुनकर चौकीदार मिट्ठन सिंह बड़बड़ाया,

"पीछे दिसा से कोई आयो?"

एक हाथ में दराती और दूसरे हाथ में लाठी ले वह अपनी कोठरी के बाहर आ गया था। साथ में कुसंग नाम का कुत्ता। दोनों तैयार थे। कुत्ता कई बार भौंका था। गोली की आवाज़ सुनकर ख़तरे का अहसास हुआ था उसे भी। कुत्ता मिट्ठन सिंह के साथ-साथ ही चल रहा था। चलते हुए वह आसपास की ज़मीन को सूँघ लेता था। बीच-बीच में वह ऊपर मुँह कर भौंकता। तभी एक बार फिर गोली चलने की आवाज़ हुई। गोली की गूँज सुनकर वह फिर भौंका। मिट्ठन सिंह ने महसूस किया। इस बार गोली नज़दीक से ही दागी गयी थी। सतर्क होकर उसने दिशा में देखा। अब तक कुछ लोगों की आवाज़ें भी आने लगी थीं। थोड़ा और नज़दीक आने पर उसने उनकी संख्या का अन्दाजा लगाया। पिछले बरस ऐसा ही साहब बहादुर के साथ था अर्दली। साथ में मशालची और बन्दूकधारी भी। घोड़ा, खच्चर, टट्टू और न जाने क्या-क्या? पर पिछली बार तो गोरा साहब था। इस बार काला साहब। फिर वह स्वयं ही बुदबुदाया–

"साहब तो साहब ही होता है गोरा हो या काला।"

ठीक सामने उसके एक रोबीला पुरुष और पीछे लाव-लश्कर। साहब ने देखा। छोटे-से क़द का आदमी था। उसी ने झुककर कहा था, "सलाम साब।"

डिप्टी साहब का सिर्फ़ हाथ से इशारा हुआ था। जो संकेत था सलाम क़बूल करने का फिर उन्होंने पूछा, "किधर जाना है?" सुनकर मिट्ठन सिंह ने संकेत किया था।

साहब बहादुर का क़ाफ़िला फिर रवाना हुआ। सबसे आगे मिट्ठन सिंह और उसका कुत्ता। पीछे लाव-लश्कर।

तभी कुसंग भौंकने लगा। उसने डाँटा तो चुप हो गया।

घण्टा भर चलने के बाद मंज़िल मिली। मंज़िल यानी डाक बंगला। डाक बंगला यानी जंगल के बीचोबीच खण्डहर जैसा घर। सुबह के सात बजे थे। घने जंगल में उजाला होने लगा था। टट्टू रोके गये। सामान उतारा जाने लगा। कुल मिलाकर पाँच टट्टू थे। तभी बन्दूकधारी ने हवाईफायर किये। पहले एक फिर दो और बाद में तीन। इस बार लगातार फायरिंग करने का अर्थ था– कहीं अगर जंगली जानवर छुपे होंगे तो वे गोली की

आवाज़ सुनकर भाग जायेंगे। ऐसा अमूमन वे करते थे। उन्हें ऐसा करने का आदेश भी था।

आवाज़ सुनकर वे दौड़े थे। उनके हाथ में पिस्तौल थी। तुरन्त फ़ायरिंग किया था उन्होंने। चीता भाग गया था। उन्होंने थोड़ी दूर जाकर देखा। अविश्वसनीय था सब। मिट्टी और ख़ून में लथपथ उनकी पत्नी का क्षत-विक्षत शरीर। खुले बाल, आसपास बिखरे पत्ते और पत्तों के बीच सुगन्धा। उन्होंने नज़दीक जाकर देखा। देखने की हिम्मत जुटाई थी उन्होंने। शरीर का थोड़ा भाग कटा हुआ था। लगता था जैसे चीते ने अपने दाँत गड़ाये थे। कैसे हो गया यह सब केवल पाँच मिनट में। उनके गले से गहरी चीख़ उभरी और जंगल के परिवेश को कँपकँपाती चली गयी। उनके शरीर को जैसे लकवा मार गया हो। वे वहीं गिर पड़े। कुछ देर बाद उन्हें उठाया गया। नज़दीक के क़स्बे से अर्दली के साथ गनमैन घर के लिए ज़रूरी सामान लेकर लौटे थे। होश आने पर डिप्टी साहब के मुँह से निकला था, "सुगन्धा।"

अर्दली अभी भी वहीं मौजूद था। उसने सुना। स्वयं उसकी आँखों में आँसू झिलमिलाने लगे थे। उसने अच्छी तरह से देखा और महसूस किया था सुगन्धा के अपनत्व को। वह पहली मेम साहब थी, जो उसे चाचाजी कह कर पुकारती थी। स्वयं डिप्टी साहब के जीवन में भी वह पहली औरत थी, उन्हें टूटने और बिखरने से बचाया था। हालात से समझौता करना सिखाया था।

बँगले से थोड़ी दूर पर गिरजाघर था। उसी से सटा क़ब्रिस्तान। उसी में सुगन्धा को दफ़नाया गया था।

फ़ादर के साथ डिप्टी साहब, अर्दली गनमैन, चौकीदार। इनके अलावा डिप्टी साहब तोते को भी साथ में लाये थे। वह सुगन्धा को बँगले में दो-तीन घण्टे न देखकर बेचैन हो गया था। सुगन्धा उससे दिन में आठ-दस बार बातें करती थी। वह 'सुगन्धा सुगन्धा' कहना भी सीख गया था। बँगले में पाँच लोगों में से वह सुगन्धा को ही पुकारता था।

चर्च में प्रार्थना से लेकर उसकी देखरेख वही करते थे। फ़ादर अकेले ही थे, पर संडे की प्रेयर में कुछ लोग आ जाते थे।

शायम हो गयी और फिर रात भी। अर्दली ने टेबल पर भोजन रख दिया था। खाने के लिए कहा भी था, पर डिप्टी साहब ने सिर्फ़ देखा भर था उस ओर।

अर्दली ने भी दोबारा कहना ठीक नहीं समझा। वह भली भाँति जानता था साहब किस तूफ़ान से जूझ रहे हैं। चार बरस पहले इसी में हेनरी स्मिथ को दफ़नाया गया था। वे कलेक्टर रहे थे। अकेले थे। उन्होंने ही यह बँगला बनवाया था और बाद में गिरजाघर भी। उनके साथ कलकत्ता से फ़ादर डिसूज़ा आये थे। वे भी यहीं रह गये थे।

रात ख़ूब घनी हो गयी थी। डिप्टी साहब गहरी उलझन में डूबे थे। चारों तरफ़ अन्धकार। टेबल लैम्प तक को उन्होंने स्वयं बुझा दिया था। ड्रॉइंग रूप, खिड़कियाँ, छत, छत से लटका झाड़-फ़ानूस और झाड़-फ़ानूस के गिलासों में रखी मोमबत्तियाँ, मेज़, कुर्सी, अलमारी में रखी किताबें, पिंजरा और पिंजरे में बन्द तोता–सभी अँधेरे के लोक में गुम हो गये थे।

सुबह हुई। वे नींद से जगे। देर रात तक जगने के कारण उनकी आँखों में दर्द-सा था और पलकों में आँसुओं के लगातार बहने से चिपचिपाहट भी। मुश्किल से आँखें खोल सके थे वे। आँखें खुलीं तो उन्होंने देखा। नज़दीक ही मेज़ पर कल के ही फूल टोकरी में रखे हुए थे। हर रोज़ सुबह सुगन्धा ही बाहर से फूल लाकर टोकरी में रखती थी। पिंजरे में तोता था, लेकिन...। उन्होंने थोड़ा उठते हुए उस तरफ़ देखने की कोशिश की। तोता बैठा नहीं था। लेटा हुआ था। वे सोचने लगे--तोता तो कभी लेटता ही नहीं है। क्या हो गया इसे? बिस्तर से उठकर कुछ क़दम दरवाज़े की ओर गये। पुनः देखा। तोते की आँखें बन्द थीं। उन्होंने आवाज़ दी, "मिट्ठू...!" उधर से कोई आवाज़ नहीं आयी।

"मिट्ठू!"

हाथ से पिंजरे को हिलाया। तोते ने थोड़ी आँखें खोली थीं, तभी अर्दली चाय लेकर आया। उसने देखा-डिप्टी साहब पिंजरे के पास खड़े होकर तोते को देख रहे थे। तोता अभी भी लेटा हुआ था।

तोते ने देखा। डिप्टी साहब की आँखों में आँसू बहने लगे थे। इस बार पूरी आँखें खोली तोते ने। तोते को अचरज हुआ। साहब की आँखों में आँसू! डिप्टी साहब ने डबडबायी आँखों से तोते की ओर देखा। उन्होंने भरे गले से पुकारा, "मिट्ठू!" पर मिट्ठू मौन हो चुका था। साहब को अहसास नहीं था। उन्होंने फिर पुकारा, "मिट्ठू!"

उधर से कोई आवाज़ नहीं आयी। कोई हलचल नहीं हुई। जैसे सब कुछ शान्त हो गया था। न डाक बँगले में हलचल, न जंगल में। जैसे जंगल ने वीरानी की चादर ओढ़ ली थी। उसी जंगल में एक अदद डिप्टी कलेक्टर। जंगल में फूल कम, काँटे अधिक थे। ज़मीन पर उगते झाड़-झंखाड़। डिप्टी के भीतर एक पल को विचार आया है-शहर भी तो झाड़-झंखाड़ में बदलने लगे हैं। ऊपर से फैलती जातियों की बेल।

सभ्यता का सूरज, संस्कृति का चाँद कहाँ है? डिप्टी की जान जैसे तोते में अटकी थी और तोते की जान डिप्टी में। दोनों ने कुछ पल के लिए एक-दूसरे को निहारा।

तभी अर्दली आया।

"साब!" उसने आवाज़ दी थी। "साब!" दोबारा पुकारा उसने।

उसने देखा। साहब की आँखें बन्द थीं। तोते की भी। दोनों निस्तेज पड़े थे। गहरी नींद में जैसे सो गये हों।

('समकालीन भारतीय साहित्य', साहित्य अकादेमी के दलित साहित्य विशेषांक में प्रकाशित, मार्च-अप्रैल, 2021)

हँसुली

दोपहर प्रकाश सोनकर ने मोबाइल पर सुना। "हम कल आपके कानपुर आ रहे हैं।" हम यानी सुनैना गुप्ता, सुनैना गुप्ता यानी प्रकाश सोनकर की पत्नी। पति को सुनकर अच्छा लगा। पर मौसम की दरकार थी कि वह पत्नी को सावधान करे। पति के होंठों से निकला, "बरसात में।"

पत्नी जवाब में बोली, "तो क्या हुआ?"

पति ने फिर हिदायत की ताकीद की, "इधर पानी काफ़ी बरस रहा है।"

पत्नी भी कहाँ मौसम से सम्बन्धित हिदायत को मानने वाली थी, 'तो क्या हुआ? अरे हम मिट्टी का ढेला तो हैं नहीं कि बूँदें पड़ीं और गल गये।'

पति यानी प्रकाश सोनकर अब क्या कहें? वह कुछ सोच ही रहे थे कि उधर से पुनः उत्साहवर्धक स्वर उभरे—

'बरसात में तुमसे मिले हम
हमसे मिले तुम
बरसात में
ताक धिना धिन...।'

प्रकाश सोनकर का फिर से स्वर उभरा, "सुनैना, पर टिकिट...।"

बीच में सुनैना ने कहा, "उसकी चिन्ता छोड़ो। वह सब अरेंज्ड हो जायेगा।"

"लैकिन...।"

'तुम्हे कोई प्राब्लम है.......।'

"नहीं मुझे क्या प्रॉब्लम होगी बल्कि अच्छा ही लगेगा।"

सुनकर सुनैना को भी अच्छा लगा। वह कह उठी, "ओह प्रकाश, गुड।"

प्रकाश कुछ कहना ही चाहता था कि सुनैना पुनः चहकी, "यह हुई ना माई डियर हजबेंड वाली बात।"

सुनैना का फिर वही टेप शुरू हुआ—

'बरसात में तुमसे मिले हम
हमसे मिले तुम
बरसात में
ताक धिना धिन...।'

सुनैना की आवाज़ में वास्तव में ही सम्मोहन था। एकबारगी तो स्वयं प्रकाश का मन भी ताक धिना धिन कहने को हुआ लेकिन...कह नहीं सका। सामने मेज़ पर फ़ाइलों का अम्बार लगा था और डायरेक्टर को आना था। किसी भी पल वे दरवाज़े पर दस्तक दिये बिना पधार सकते हैं। मौसम तो आज भी खुशगवार था। हैडक्वार्टर से फ़ोन आया था। सभी फ़ाइलें देखकर डायरेक्टर को ब्रीफ करें। अब सुनैना और उसकी ताक धिना धिन भूलकर उन्हें फ़ाइलों में लगना ही था।

यह सोच कर उसने चैन की साँस ली कि सुनैना आज नहीं कल आ रही है। वरना डायरेक्टर जब भी लखनऊ से आते हैं, देर रात तक स्टाफ की क्लास लिए बिना नहीं रहते। पिछले ही बरस उनकी नियुक्ति शिक्षा अधिकारी के पद पर हुई थी। वैसे पिछले बरस ही सुनैना से उनका विवाह भी हुआ था। विवाह के सूत्र ऑन लाइन स्तर पर जुड़े थे। दूसरे चरण में दिल्ली के मध्यम दर्जे के एक होटल में मुलाक़ात हुई और तीसरे चरण में विवाह हो गया। सुनैना दिल्ली की थी और प्रकाश उत्तर प्रदेश से। लखनऊ के नज़दीक एक गाँव में जन्म हुआ। सुनैना दो वर्षों से एक बहुराष्ट्रीय कम्पनी में कार्यरत थी। अच्छी-ख़ासी तनख़्वाह मिलती थी। रहने के लिए वसन्त कुंज जैसी पॉश कॉलोनी में टू रूम्स फ़्लैट भी।

रात में नौ बजे के बाद ही शताब्दी कानपुर के सेंट्रल स्टेशन पर पहुँचती थी। लेकिन प्रकाश ने प्लेटफ़ॉर्म नम्बर एक पर पहले से ही अपनी उपस्थिति दर्ज करा दी थी। ट्रेन ठीक समय पर थी। उद्घोषिका दो-तीन बार गाड़ी के पहुँचने की घोषणा कर चुकी थी। जैसे ही ट्रेन आयी। और प्लेटफ़ॉर्म पर ट्रेन आकर ठहरी, उन्होंने ए-फोर के कम्पार्टमेंट के भीतर झाँका।

अन्दर से सुनैना ने मुस्कुराते हुए हाथ हिलाते हुए हैलो कहा। आठ-दस सवारी के उतरते-उतरते सुनैना दरवाज़े तक आयी। फिर से उसने हाथ हिलाते हुए हैलो कहा। जवाब में प्रकाश के होंठों से भी वेसा ही उभरा।

प्लेटफ़ॉर्म पर क़दम रखते हुए सुनैना ने अनायास ही प्रकाश को बाँहों में ले लिया। जिसके लिए वे तैयार न थे। हड़बड़ाहट में इधर-उधर देखते हुए बोले, 'क्या कर रही हो सुनैना? यह दिल्ली नहीं कानपुर है।"

सुनकर न चाहते हुए भी सुनैना को अलग होना पड़ा।

फिर वह बोली, "जानते हो अगर मैं लड़का होती तो तुम्हें झटाक से किस कर लेती।"

प्रकाश ने भी झट से उत्तर दिया, 'जानतीं हो अगर तुम मुझे किस करती तो फटाक से कोई अपने मोबाइल पर यह सब अपलोड कर देता और अगले दिन कानपुर के अख़बारों में छप जाता।"

"तुम बहुत लल्लू हो।"

वह इतना ही कह सकी।

"चलिए मैडम, माँ अकेली है घर में।"

प्रकाश सवारियों के बीच से रास्ता बनाते हुए आगे बढ़ने लगे। सुनैना भी उनके पीछे-पीछे चली, यह बड़बड़ाते हुए। 'हुँ, माँ का बिटवा।'

जवाहर नगर पहुँचते-पहुँचते दस बज गये थे। सुनैना दूसरी बार कानपुर आयी थी। प्रकाश ने जालीदार मुख्य दरवाज़े पर लगा ताला खोला। भीतर कमरे में जाकर देखा तो माँ गहरी नींद में सोयी हुई थी। सुनैना ने धीरे-से पाँव छूने के लिए उँगलियों का स्पर्श किया। देखकर प्रकाश को अच्छा लगा। वह बोला, "सोने दो, कल मिल लेंगे। रात तो अपनी ही है।"

सुनैना कमरे से बाहर आयी और मुस्कराते हुए कहा, 'हाँ रात तो अपनी ही है, पर और किसी की भी हो सकती है।"

"क्या मतलब ?"

"अरे भई अकेला मर्द हो तो..."

"तत्काल पूछा उन्होंने, 'तो क्या...?"

चहकता हुआ स्वर उभरा सुनैना का, "अकेले मर्द को कोई भी शेअर कर सकती है।"

"मैडम यह कानपुर है दिल्ली नहीं।"

प्रकाश ने फिर से कहा, "अच्छा बताओ, कानपुर में क्या लड़कियाँ नहीं रहतीं?"

तपाक से जवाब दिया प्रकाश ने, "रहती हैं, पर दिल्ली की लड़कियाँ जैसी नहीं।"

थोड़ा तुनकते हुए इस बार उसका स्वर उभरा, "तुम्हें दिल्ली की लड़की आसानी से मिल गयी तभी ना...।"

कहते हुए वह बाथरूम में चली गयी। प्रकाश इस बीच रसोई में चले गये। फ्रिज से ब्रेड, बटर, जैम, सॉस निकाल कर बाहर रखा। सुनैना की पसन्द था यह सब।

सुनैना जल्दी ही बाथरूम से आ गयी। गुलाबी रंग का गाऊन पहना था। देखकर अच्छा लगा। पीछे से बाँहों में लेते हुए उनका स्वर उभरा—

'बरसात में
हमसे मिले तुम
तुमसे मिले हम
ताक धिना धिन...।'

अपने को प्रकाश की गिरफ़्त से छुड़ाते हुए बोली सुनैना, "अरे, रे, पहले भोजन फिर भजन।"

जल्दी-जल्दी दोनों ने मिल-जुल कर वह सब तैयार किया। खाने के बाद दोनों बेडरूम में आ गये।

सुबह उठने में उन्हें देरी हो गयी। आज वैसे भी संडे था। लगभग नौ बजे उन्होंने दरवाज़े पर दस्तक सुनी। सुनैना ने उठकर दरवाज़ा खोला। सामने उसकी सास खड़ी थी। वह हाथ में ट्रे पकड़े थी, जिसमें चाय से भरे दो प्याले थे। पाँव छूते हुए वह कह उठी,

"माँजी यह सब आपने। हम बना लेते चाय।"

"कोई बात नहीं बेटी।"

"लेकिन...।"

थोड़ी-सी मुस्कान बिखेरते हुए अम्मा जी बोली, "सास भी कभी बहु थी।"

तब तक प्रकाश भी सो कर उठ गये। उन्होंने सुना तो अच्छा लगा।

सुनैना का दिल तो जैसे बाग-बाग हो गया। सचमुच आज की सुबह ख़ुशगवार हो गयी।

दोपहर बाद वे मालरोड घूमने निकले। साथ में माँजी भी थी। सुनैना के निर्देशानुसार प्रकाश ने चार घण्टे के लिए टैक्सी बुक करा ली थी। कुछ ख़रीद-फरोख़्त करनी थी। रात होते-होते उन्हें भोजन भी बाहर ही करना था। कल तो सुनैना को लौटना ही था।

कानपुर बेहद अफरातफरी वाला शहर रहा है। एक-दो बार टैक्सी से उतर कर शॉपिंग के लिए रास्ते में पैदल जाते हुए सुनैना ने गुस्से में कहा भी, 'कोई अनुशासन नहीं है शहर में। ट्रैफ़िक तो बस, गवाड़ू लोग हैं।"

प्रकाश ने सुना तो थोड़ा बुरा-सा लगा, लेकिन वे मुस्कराते रहे। तभी पुनः वह बोली, 'अब आप यह मत कह देना, मैडम यह कानपुर है दिल्ली नहीं।"

प्रकाश पुनः मुस्करा कर बोले, "अब मैं क्यों कहूँगा, कल से आज तक आप समझ ही गयी होंगी कि यह कानपुर ही है दिल्ली नहीं।"

सुनैना सिर्फ़ इतना बोली, "ओके, ओके... ।"

रात में जैसे ही वे भोजन कर बाहर आये तेज़ी के साथ बारिश शुरू हो गयी। जैसे-तैसे वे टैक्सी में बैठे। मूसलाधार बारिश के कारण ट्रैफ़िक अस्त-व्यस्त हो गया था। ट्रैक्सी के सड़क पर दौड़ने की गुंजाइश न थी। वह रेंग रही थी। कुछ देर चुप रहने के बाद बोली सुनैना, "प्रकाश, मैंने पहले भी कहा था। अपने ट्रांसफर के बारे में सोचों। कम-से-कम ग़ाज़ियाबाद नहीं तो मेरठ ही करा लो।"

कुछ पल के बाद वह फिर बोली, "इट विल बी बैटर दैन कानपुर।"

धीरे-से जवाब दिया प्रकाश ने, "इतना आसान नहीं है ट्रांसफर।"

"तुम कुछ करोगे तो कुछ होगा ना।"

इस बार सुनैना के स्वर में नाराज़गी थी।

"ओके, ओके, देखेंगे सुनैना।"

पुनः वैसा ही स्वर उभरा दूसरी ओर से, "एक वर्ष हो गया देखते-देखते और क्या देखोगे।"

सुनकर प्रकाश मौन रहा। पानी अभी भी ज़ोरों से बरस रहा था। थोड़ी देर में टैक्सी जवाहर नगर पहुँच गयी। सड़क से थोड़ा गली में टैक्सी ने

प्रवेश किया तो वहाँ पानी भर गया था। अब क्या करें। टैक्सी से उतर कर बड़ी मुश्किल से घर के दरवाज़े तक आये। पहले माँजी को घर में प्रवेश कराया फिर वे दोनों भीतर आये। तभी लाइट चली गयी। सुनैना के मुँह से निकला, "ओफ्फ, माई गॉड।"

लगभग घण्टा भर बाद लाइट आयी। उन्होंने चैन की साँस ली। पहले माताजी को उनके कमरे तक पहुँचाया गया। फिर वे दोनों बेडरूम में आ गये।

"कुछ तो करना ही पड़ेगा प्रकाश ट्रांसफर के लिए।"

सुनकर प्रकाश ने हूँ हाँ की। फिर से सुनैना बोली, 'अच्छा तुम एक काम करो। एजुकेशन मिनिस्टर कब-कब दिल्ली आता है, उसका डिटेल प्रोग्राम मुझे भेजो। मैं कुछ देखती हूँ।"

प्रकाश ने इस बार भी हूँ हाँ ही की। सुनैना ने महसूस किया बारिश अभी भी हो रही थी। तभी ज़ोरों से सब कुछ हिलने-डुलने लगा। छत पर लगे पंखे से अजीब-सी आवाज़ें हुईं।

"भूचाल आ गया।"

प्रकाश ने घबराहट में कहा। तुरता-फुरती में वे माँजी को लेकर बाहर आ गये। गली के बाहर लोग जमा थे। पानी अभी भी भरा था। लाइट फिर चली गयी थी। जो जहाँ खड़ा था वहीं खड़ा रहा। भूकम्प चला गया था, पर कम्पन अभी भी शेष था। बाहर घुप अँधेरा। थोड़ी देर में लाइट आ गयी। धीरे-धीरे डरते-डरते लोग अपने-अपने घरों में चले गये। प्रकाश ने टीवी ऑन किया। मौसम विभाग के द्वारा घोषणा थी। साथ में हिदायत भी। सुनकर वे सन्न रह गये। 'आधा घण्टे के भीतर दोबारा भूचाल आ सकता है। जिसका वेग पहले से अधिक होगा। कृपया लोग घर के बाहर खुले में रहें।' थोड़ी देर बाद गली में से भी लोगों की हिदायतें ऊँची आवाज़ में सुनाई देने लगीं–

'सभी को सावधान किया जाता है कि जो भी आप अपना क़ीमती सामान लेना चाहते हैं, उसे लेकर जल्दी से जल्दी सड़क पर आ जायें।'

दोनों के मुँह से निकला, 'क़ीमती सामान...।'

फिर उन्होंने एक-दूसरे की ओर देखा। तभी प्रकाश कमरे से बाहर आये। उन्होंने देखा। माँ अपनी चारपाई पर बैठी हुई थी गुमसुम। वे पूछ बैठे, "क्या बात है माँ?"

माँ का स्वर उभरा, "मुझे कुछ अच्छा नहीं लग रहा है।"

तभी प्रकाश बोले, "माँजी, बाहर लोग कह रहे थे अपना क़ीमती सामान...।"

"मैंने सुन लिया है।"

बाहर से शोर की आवाज़ें आने लगी थीं। बच्चों और महिलाओं के रोने-चीखने की आवाज़ें भी। लाइट फिर से चली गयी। अँधेरा होने पर चीख़ने-चिल्लाने की आवाज़ें और भी तेज़ हो गयीं।

"अब क्या करें?" प्रकाश का स्वर उभरा,

पीछे से सुनैना बोली, "मुझे मालूम न था। यहाँ स्थिति इतनी बदतर भी हो सकती है।"

प्रकाश ने सिर्फ़ सुना भर था। वह मौन ही रहा। तभी सुनैना ने कहा, 'प्रकाश, मेरी ज्वैलरी थी न तुम्हारे पास...।"

उसका जवाब उभरा, "हाँ है, यहीं पर है।"

तत्काल बोल उठी सुनैना, "उसे ले लो बस और बाहर चलो।"

"दो मिनट इन्तज़ार करो, लाइट आ जायेगी तो...।"

इस बार बोली सुनैना, "दो मिनट में कुछ भी हो सकता है।"

बाहर से शोर तेज़ होने लगा था। भय औरचीत्कार में डूबी मिलीजुली आवाज़ें। दो-तीन लोगों की आवाज़ें, बाहर आ जाओं, जल्दी से बाहर आ जाओ।

"चलो प्रकाश जल्दी करो।"

मोबाइल के उजाले में प्रकाश ने ज्वैलरी का थैला उठा लिया था। सुनैना लैपटॉप का बैग कन्धे पर ले बाहर आने लगी थी। माँजी को सहारा देकर प्रकाश दरवाज़े तक ही आया था। तभी माँजी कह उठीं, "बिटवा हमार हंसूली ले लयों तो...।"

सुनकर सुनैना बड़बड़ायी, "ओफ्फो माँजी....।"

प्रकाश का इस बीच स्वर उभरा, "ले लेते हैं। दस-बीस सैकेण्ड ही तो लगेंगे।"

प्रकाश दौड़कर माँजी के कमरे में गया। सुनैना ने वहीं से पुकारा, "प्रकाश जल्दी करो प्लीज़"

उधर से प्रकाश का जवाब उभरा, “मिल गयी माँजी की हँसुली”

सुनकर माँजी के उदास चेहरे पर ख़ुशी की लहर दौड़ गयी थी। उनके होंठों तक ख़ुशी आ गयी, “हमार हँसुली मिल गयी...।”

जबकि सुनैना का स्वर नाराज़गी में उभरा, “औफ्फो...”

प्रकाश दायें हाथ में हंसुली लिए आया और कहा, ‘चलो’

तभी परिवेश में ज़ोरदार कम्पन हुआ। कमरे का फ़र्श, दीवारें ज़ोरों से हिलीं। सुनैना के मुँह से चीख़ निकली। वे दोनों माँजी को लेकर जैसे ही मुख्य दरवाज़े तक आये, पुराने मकान की दीवारें चरमराकर गिर पड़ी। उसके बाद धड़ाम से छत नीचे आयी। भयंकर कोलाहल के साथ सब कुछ तहस-नहस हो गया था। तीन जीवन सूत्रों का अस्तित्व मलबे में दब कर विलीन हो गया था। कोई बचाने वाला न था। बचाने वालों में से ही अधिकांश मिट्‌टी में दब कर मौन हो गये थे।

(प्रकाशित)

स्वप्नदर्शी

"हैलो... ।"

उसके होठों से बस इतना ही निकला। वह भी ख़ूब सोच-समझ कर। शर्मिला कुलश्रेष्ठ ने थोड़ा इन्तज़ार किया। इन्तज़ार इसलिए कि कहीं ग़लत कॉल न लग जाये। एक बार कॉल लगी नहीं कि... । अब लापरवाही से खड़ी आकृति ने टर्न लिया था। शक्ल-सूरत तो लगभग वही थी। वैसे ही भरे-भरे गाल, गुलाबी ओंठ, नाक भी वही थी और आँखें भी बराबर वैसी ही थीं। और बाल, सर पर ब्ल्यू कलर की कैप लगाई हुई थी। पैंट-बुश्शर्ट पहने था वह। पाँवों में किरमिच के शू। छरहरा बदन। ''हाँ आँखों पर धूप का चश्मा नहीं था मजनूँ के।'' वह बुदबुदायी। अगले ही पल वह अपने-आप से बोली, 'कैसे होता चश्मा आँखों पर? हाथ में जो लिया हुआ था वह।' अनायास उसने देखा एक हाथ में चश्मा और दूसरे हाथ में गुलाब का सुन्दर फूल।

उसके होंठों से अनायास निकला, ''भई वाह।''

इस बार पूरे आत्मविश्वास के साथ उसका स्वर उभरा, ''आर यू समीर?''

उसके बन्द ओठ खुले, समीर ने कहा, ''अगैन यू आस्क।''

शर्मिला ने बिना हील-हुज्जत के पुनः पूछा, ''आर यू समीर?''

इस बार उसके स्वर में मिठास की मात्रा बढ़ गयी थी।

''या... ।'' कहने के कुछ पल बाद वह बुदबुदाया, ''एंड यू... ।''

सुनकर इस बार वह बोली, ''शर्मिला।'' उसने उसे बाँहों में ले लिया था। शर्मिला बदहवास-सी हो उसकी बाँहों में क्षण भर में क़ैद हो गयी। उसका शरीर कसमसाने लगा। मुक्त होना चाहती थी समीर की बाँहों से। पर अच्छा भी लगा। बीस वर्ष के कुँवारे बदन को किसी ने पहली बार छुआ था।

उस छुअन में जैसे अजीब-सा नशा था। फिर भी मुक्त होना था। क्योंकि वे सार्वजनिक जगह पर थे, शाम का समय था, अगल-बगल से गुज़रते लोग ठिठक गये थे उन्हें ऐसी स्थिति में देखकर। स्वयं शर्मिला ने ही मेल पर समय और स्थान की सूचना दर्ज की थी। वे इस समय कनाट प्लेस के इनर सर्कल में थे। वह फुसफुसायी, "छोड़ो समीर, पहली मुलाक़ात में ही...।"

न चाहते हुए भी समीर ने उसे अपनी बाँहों के घेरे से मुक्त कर दिया। और कहा, "शर्मिला जी, यह इक्कीसवीं शताब्दी है।"

स्वयं शर्मिला के मुँह से उभरा, "तो क्या हुआ?"

उधर से जवाब तैयार था, "तो..., अब यही कहोगी न। हम भारत में रहते हैं। जिसकी एक महान संस्कृति है, उसके मूल्य हैं आदि-आदि...।"

कहने के बाद समीर ज़ोर से हँसा था। शर्मिला को अच्छा लगा। वह कुछ नहीं बोली। सिर्फ़ इतना कहा, "मैं ऐसा कुछ भी नहीं कहूँगी। फिर भी...।"

"गुड...। नाइस गर्ल।"

कहते हुए समीर ने शर्मिला को तसल्ली से देखा। शर्मिला भी देर तक उसे निहारती रही।

"चलो कुछ खा-पी लेते हैं। वरना कहोगी खाली-पीली पहली मुलाक़ात में लगे प्यार की पींगें बढ़ाने।"

शर्मिला ने मौन रह कर ही जैसे अपनी सहमति दे दी हो। नज़दीक ही वेंडर को आइसक्रीम का ऑर्डर दिया। वहीं खड़े होकर उन्होंने आइसक्रीम खायी। शाम ढलने लगी थी। मौसम में ठण्डक होने लगी थी।

"कहीं बैठे...?"

शर्मिला ने सुना तो पूछ बैठी, "कहाँ?"

समीर ने जवाब में कहा, "कहीं भी।"

शर्मिला फिर मौन हो गयी। जैसे उसने स्वीकृति दे दी हो। सदियों से औरत मौन रहते हुए ही तो स्वीकृति देती आयी है। और पुरुष...। थोड़ी दूर वे पैदल चले। सामने ही मिड नाइट बार था। समीर ने देखा और शर्मिला का हाथ अपने हाथ में ले दरवाज़ा पार कर भीतर आ गया। बार लगभग खाली था। दो-तीन टेबल को घेरे कपल बैठे थे। समीर ने कोने की टेबल देखी। एकान्त था। अच्छा रहेगा। उसने मन-ही-मन कहा।

बेयरा आया तो दो बियर का ऑर्डर दिया। वे आमने-सामने बैठ गये। जल्दी ही बेयरा मूँगफली के साथ बियर की दो बोतले और गिलास ले आया। तत्पश्चात ही बेयरा दो गिलास में बियर डाल कर चला गया।

"चीयर्स...फॉर फर्स्ट मीटिंग।"

कहते हुए समीर ने शर्मिला के गिलास से हल्का-सा टकराते हुए कहा। जवाब में शर्मिला ने भी चीयर्स कहा। कल तक वे फ़ेसबुक तक सीमित थे। एक-दूसरे से अपरिचित और अनजाने से। बल्कि कहा जाये तो परिचय की नयी तकनीक के माध्यम से एक-दूसरे को जानते-समझते। एक-दूसरे के इतिहास को खोजते-तलाश करते। भागते-दौड़ते उन दोनों को जैसे कोई सिरा मिल गया हो जिसे पकड़ना चाहते थे वे। समीर ने जल्दी ही बियर का गिलास खाली कर दिया था जबकि शर्मिला ने अभी आधी बियर ही पी थी। उसे कुछ सोच में डूबे हुए देखा तो कह उठा–

"शर्मिला कहाँ खो गयीं?"

समीर की आवाज़ सुनकर वह फ़ेसबुक की रुपहली दुनिया से धरातल पर आ गयी थी। समीर ने पुनः कहा, "कहाँ खो गयीं आप?"

अनमने-सा उसका स्वर उभरा, "कहीं नहीं।"

समीर ने जैसे उसे टटोलना चाहा, "कहीं तो...।"

इस बार शर्मिला मौन रही। निगाहें उठा कर उसकी तरफ़ देखा था बस। समीर ने अब मुस्कुराते हुए कहा, "खोना है तो मुझमें...।"

शर्मिला के होंठ जैसे बुदबुदाये थे, "हूँ।"

तभी बेयरे ने टेबल पर रखे उनके खाली गिलास भर दिये थे। बेयरे के जाने के बाद समीर ने बियर का गिलास उठाते हुए कहा, "फिनिश इट।"

शर्मिला ने बियर का गिलास उठाया और एक ही साँस में आधा गिलास खाली कर दिया। देखकर बोला वह, "यह खाली क्यों रखा है। इसे भी...।"

तत्काल बोली शर्मिला, "आपका गिलास भी तो आधा भरा हुआ है।"

सुनकर समीर ने गिलास होंठों से लगाया और खाली कर दिया।

"अब आपकी बारी है।"

शर्मिला ने भी गिलास में पड़ी बियर ख़त्म कर दी।

"मोर बियर।"

“नो, इट इज़ सफिसिएंट।”

“व्हाई?”

“मुझे घर जाना है। देर हो गयी है।, कहते हुए शर्मिला ने उठने का प्रयास किया। उसे उठते देख समीर बोला, “रिलेक्स।”

“अब और देरी नहीं।”

वह उठ कर बाहर आ गयी थी। समीर ने पेमेंड की और उसके पीछे बाहर आ गया।

देर रात अपने ही घर के बन्द दरवाज़े पर शर्मिला ने दस्तक दी तो माँ ने दरवाज़ा खोला। पूछा उन्होंने, “इतनी देर कहाँ लगा दी बेटी?”

लापरवाही से जवाब दिया शर्मिला ने, “बस ऐसे ही माँ...।”

कह कर वह अपने कमरे की ओर जाने लगी तो माँ ने पीछे से पुनः कहा, “शर्मिला बेटे...।”

पर शर्मिला तेज़ क़दमों से चलते हुए अपने कमरे तक जा पहुँची। और दरवाज़ा बन्द कर वाशवेसिन पर जाकर मुँह धोने के बाद दो-तीन बार कुल्ला किया। थोड़ी देर बाद माँ ने देखा। शर्मिला ने दरवाज़ा खोला था। वे भीतर आ गयीं और बोली, “क्या बात है बेटी?”

इस बार जवाब दिया शर्मिला ने, “कुछ नहीं माँ, थोड़ी-सी बियर पी ली थी।”

माँ ने सुना तो पूछा, “किसके साथ?”

तुरन्त बोली वह, “फैंड के साथ।”

माँ ने बुदबुदाया, “फैंड के साथ।” पलभर बाद पुनः कहा उन्होंने, “खाना ले लो।”

“मेरी इच्छा नहीं है माँ।”

कुछ पल परिवेश में चुप्पी रही। जिसे तोड़ा शर्मिला ने, “पिताजी नहीं हैं क्या?”

“देरी से आयेंगे।”

अगले दिन समय पर समीर ऑफ़िस पहुँचा। उसके होंठ गुनगुना रहे थे। तराने की गूँज पहले एक ने सुनी फिर दूसरे ने, बाद में तीसरे ने, चौथे ने पाँचवें ने। आख़िर उसके क़रीबी दोस्त अमर ने पूछ ही लिया, “क्या बात है यार समीर, आज तो बहुत ख़ुश नज़र आ रहे हो?”

तभी दूसरा बोला, "कोई नया एसाइनमेंट मिला है क्या ?"

जवाब दिया समीर ने, "हाँ मिला है।"

इस बार पूछा अमर ने, "कहाँ से भई?"

समीर ने जवाब में कहा, "प्यार का एसाइनमेंट।"

उन दोनों के मुँह से निकला "सच।"

समीर मुस्कराते हुए बोला, "अब मैं झूठ थोड़ा ही कहूँगा।"

जैसे अमर की बारी थी, "यह तो पार्टी की बात हो गयी भई।"

तभी दूसरे ने भी कहा, "हाँ भई पार्टी तो देनी ही होगी।"

अमर ने पुनः पूछा, "यह तो सब ठीक है, पर कौन है, क्या नाम है?"

"शर्मिला... !"

दूसरे दोस्त ने मुस्कराते हुए कहा, "शर्माती तो नहीं तुम्हारी वह फियांसी।"

"नहीं।"

समीर का जवाब उभरा। तभी उसने चपरासी को चाय वग़ैरह लाने के लिए ऑर्डर दिया। अमर के मुँह से बल्ले-बल्ले निकला तो केबिन का परिवेश जैसे झूम उठा। केबिन में वे सिर्फ़ तीन थे। थोड़ी देर में चाय आ गयी और चाय के साथ गुलाब जामुन तथा समोसा भी। इस बीच अमर ने पूछा, "अब अगली मुलाक़ात कब होगी?"

तभी दूसरे ने कहा, "हो जायेगी, हो जायेगी अगली मुलाक़ात भी।"

अचानक टेबल पर रखे फ़ोन की घण्टी बज उठी, समीर ने सुना। उसे बॉस ने बुलाया था।

सुबह उठकर शर्मिला जल्दी-जल्दी तैयार होकर कालिज चली गयी थी। एम.बी.ए का उसका अन्तिम वर्ष था। दोपहर बाद वह घर लौटी।

माँ ने प्यार से पूछा, "कौन है बेटी वह?"

जवाब दिया था शर्मिला ने, "दिल्ली में साफ्टवेयर इंजीनियर है।"

पुनः माँ का सवाल उभरा, "क्या नाम है?"

संक्षिप्त जवाब था उसका, "समीर।"

फिर पूछा माँ ने, "सिर्फ़ समीर।"

फिर दो टूक कहा उसने, "हाँ सिर्फ़ समीर।"

इस बार फिर सवाल उभरा, "कहाँ का रहने वाला है?"

शर्मिला बोली, "यूपी से।"

दोहराया उन्होंने, "यूपी से।"

माँ का सवाल फिर हुआ, "पर किस शहर से?"

थोड़ा रुक कर जवाब दिया उसने, "मैंने पूछा नहीं।"

माँ का स्वर अभी भी कोमल था, "पूछना चाहिए बेटी।"

इस बीच आवाज़ सुनी तो उधर चले गये। जबकि पिता ने ज़ोरदार आवाज़ में कहाँ, "पूछना चाहिए नहीं पूछना पड़ेगा।"

शर्मिला ने थोड़ा नाराज़गी में कहाँ, "किस बस्ती से, किस गली से मकान से यह भी पूछूँ पिताजी।"

वे बोले, "हूँ, पूछने में कोई एतराज़ नहीं।"

इस बार शर्मिला ने कहा, "मकान इक मंज़िला है या दोमंज़िला, यह भी मालूम करूँ।"

"सब कुछ पूछना पड़ेगा।"

सुनकर अजीब-सा लगा नीलम को वह बोली, "और कोई सवाल हो तो वह भी बतला दो।"

अब माँ ने कहा, "विवाह में सभी कुछ पूछा जाता है बेटी।"

तपाक से बोले वे, "लेकिन प्रेम विवाह में कुछ भी नहीं पूछा जाता।"

नीलम ने सुना तो बारी-बारी से उनकी ओर देखा। कहा कुछ नहीं और जल्दी से अपने कमरे में चली गयी। तुरन्त भीतर से दरवाज़ा बन्द भी कर लिया। उसके जाने के बाद पति-पत्नी ने एक-दूसरे की तरफ़ देखा। गुस्से में बड़बड़ाते हुए वे अपने कमरे में चले गये। जबकि वह रसोई में। रात में पति-पत्नी ने एक साथ भोजन किया। बेटी के प्रेम सम्बन्धी विषय पर परस्पर सलाह मशवरा भी हुआ। उन्होंने कहा, "कौन लड़का है? उसका मोबाइल नम्बर मुझे सुबह दे दो उससे लेकर। मैं भी तो देखू उसे ज़रा।"

वही स्थान, वही समय, पर मिडनाइट बार की टेबल बदल गयी थीं। समीर ने बियर का ऑर्डर दिया। शर्मिला ने मना नहीं किया। उसका मन परेशान था। वह सब-कुछ भूल जाना चाहती थी। जल्दी ही बेयरा नमकीन के साथ बियर ले आया। फुर्ती से शर्मिला ने गिलास खाली कर दिया था।

जबकि वह धीरे-धीरे ले रहा था। कभी-कभी वह उसके चेहरे पर बनते भावों को पढ़ने की कोशिश कर लेता था।

''कोई परेशानी है शर्मिला क्या?''

गिलास में शेष बची बीयर भी पीते हुए बोली वह, ''माँ और पिताजी दोनों तुम्हारी जन्मपत्री खोलकर पढ़ना चाहते हैं।''

''अच्छी बात है। पढ़े। मैं भी कुछ छुपाना नहीं चाहता हूँ।''

इस बीच वह बोली, "तुम्हारा मोबाइल नम्बर भी माँ ने मुझसे लिया है। हो सकता है पिताजी ने उनसे माँगा हो।"

सुनकर समीर ने कहा, "क्यों परेशान होती हो। नो प्रोब्लम"

"परेशानी की बात तो है। पहले घर से तुफ़ान उठेगा फिर बाहर से।"

इस बार समीर का ज़ोरदार स्वर उभरा, "आने दो तूफ़ान को। हम दोनों मिलकर सामना करेंगे।"

पूछा शर्मिला ने, "पर कब तक?"

"जब तक विवाह नहीं हो जाता।"

"लेकिन..." कुछ कहना चाहा शर्मिला ने।

"और लोगी...?"

"नहीं।"

अन्धेरा घिर आया था। वे दोनों अपने-अपने नीड़ लौटने थे।

सुबह हुई। जैसे मोबाइल की 'ट्रि...ट्रि...' यही इन्तज़ार कर रही थी। समीर मॉडल टाउन के एक फ्लैट में 'वन रूम एकोमेडेशन' में किराये पर अकेला रहता था। अभी वह चाय पीना ही चाहता था कि मोबाइल बज उठा। उसने मोबाइल उठाया और हरा बटन दबाकर सुना। किसी अजनबी का स्वर उभरा, "मैं आज़ादपुर पुलिस चौकी से पुलिस इंस्पेक्टर सुबे सिंह बोल रहा हूँ। समीर तुम्हारा ही नाम है?"

सुनकर समीर बोला, "कहिये।"

तभी उधर से आवाज़ आयी, "ऑफ़िस जाने से पहले पुलिस चौकी आ जाना। और हाँ, अपना पता भी बतला दे।"

समीर ने मॉडल टाउन का पता बता दिया।

समीर ऑफ़िस जाने से पहले सीधे आज़ादपुर पुलिस चौकी पहुँचा, इंस्पेक्टर चौकी में ही था।

चौकी में घुसकर समीर इंस्पेक्टर से बोला, “मैं समीर, आपने ही फ़ोन किया था?”

“तो तुम समीर हो।” इंस्पेक्टर ने उसे घूरा।

“जी सर!”

“सिर्फ़ समीर, आगे पीछे कुछ नहीं।” कहते हुए इंस्पेक्टर ने जैसे कुछ सूँघना चाहा था।

“सिर्फ़ समीर! आपको कोई परेशानी है क्या?”

इस बार, इंस्पेक्टर की बावाज़ में कड़कपन आ गया था, “परेशानी से क्या मतलब है? अपनी जात बतला।”

सुनकर अजीब लगा था उसे, वह कह उठा, “क्या पुलिस चौकी मेरी जात पूछने के लिए ही बुलाया था।”

कुछ पल इंस्पेक्टर मौन रहा। उसने भरपूर नज़रों से देखा था समीर को। लेकिन समीर ने कह ही दिया, “मैं दलित समाज से हूँ।”

इंस्पेक्टर ने पूछा, ‘‘समीर तुम्हारा ही नाम है।’’

“जी, मैं ही समीर हूँ।”

पुनः सवाल उभरा था, ‘‘शर्मिला को कब से जानते हो?’’

धैर्य से जवाब दिया समीर ने, ‘‘यही एक वर्ष से।’’

कुछ पल उनके बीच चुप्पी रही। जिसे तोड़ा था इंस्पेक्टर ने, ‘‘देखो समीर, तुम्हारे ख़िलाफ़ उनके पिताजी ने एफआईआर दर्ज कराई है।’’

सुनकर समीर के होंठों से निकला, ‘‘एफआईआर।’’

इंस्पेक्टर ने फिर कहा, ‘‘जी एफआईआर।’’

साहस किया उसने, ‘‘पर क्यों?’’

इंस्पेक्टर का जवाब उभरा, ‘‘इसलिए कि तुम उनकी बेटी को परेशान कर रहे हो।’’

बेझिझक सवाल किया समीर ने, ‘‘यह आपसे किसने कहा?’’

उधर से जवाब आया, ‘‘धन सिंह यानी उनके पिताजी ने।’’

‘‘पर मैं तो शर्मिला को प्यार करता हूँ इंस्पेक्टर साहब।’’

‘‘देखो ये प्यार-व्यार का नाटक छोड़ो।’’

‘‘यह नाटक नहीं है।’’

पूछा इंस्पेक्टर ने, ''तो क्या है?''

''जीवन का सच है।''

''जीवन का सच अभी तूने देखा नहीं है।''

अब इंस्पेक्टर तू-तड़ाक पर उतर आया था। सुनकर समीर को अजीब लगा और बुरा भी। उसने देखा, सामने बैठा इंस्पेक्टर उसे बुरी तरह घूरने लगा था। उसी के पास खड़े सिपाही ने तभी कहा, ''इंस्पेक्टर साहब, यू ऐसे ना मानेगा।''

सुनकर इंस्पेक्टर बोला, ''मुझे मालूम है।''

कुछ पल के बाद इंस्पेक्टर ने धमकी दी, ''देख, बेहतर यही होगा कि तू शर्मिला को भूल जा वरना...।''

''वरना क्या?''

''वह तो हवालात में बताना पड़ेगा।''

अब तक इंस्पेक्टर सीधे-सीधे अपने पुलिसयापन पर उतर आया था। समीर ने सोचा। फ़िलहाल इंस्पेक्टर से उलझने से अच्छा होगा आगे कुछ न कहा जाये। यही सोचकर वह पुलिस चौकी से बाहर आ गया। उसे बाहर जाते देख इंस्पेक्टर रौब से बोला, ''अच्छी तरह से सोच लियो। दोबारा पुलिस चौकी में न आना पड़े तुझे।''

पुलिस चौकी से सीधे वह गोल मार्किट स्थित अपने ऑफ़िस आया। ऑफ़िस पहुँचते-पहुँचते देर हो गयी थी। अमर और उसके अन्य साथी इन्तज़ार कर रहे थे। उन्होंने समीर के केबिन में ही चाय पी। चाय के बीच समीर ने सुबह पुलिस चौकी की घटना बता दी। सुनकर साथियों में से कोई एक कह उठा, "अब क्या होगा?"

सुनकर तभी अमर ने कहा, "तू फ़िक्र मत कर भाई, हम तेरे साथ हैं।"

अनायास उसी साथी ने कहा, "वह तो ठीक है अमर भाई, पर कब तक साथ रहेंगे। कहीं 'आनर किलिंग' न हो जाये।"

अमर ने सुना तो झट से अपनी प्रतिक्रिया व्यक्त की, "ओए, यह हरियाणा नहीं दिल्ली है। ऐसा तूने कैसे कह दिया?"

तभी समीर बोला, "अमर क्या बॉस को बतला दिया जाये यह सब?"

इससे पहले कि कोई जवाब दे अनायास केबिन का दरवाज़ा खोलते हुए चपरासी आया और बॉस ने बुलाया है, कह कर चला गया। उन तीनों ने समीर की ओर देखा। कुछ पल परिवेश में मौन रहा। जिसे अमर ने तोड़ते हुए कहा, "तू बॉस से मिल आ। हम यहीं बैठते हैं।"

"अभी आता हूँ" कहते हुए समीर कैबिन का दरवाज़ा खोल कर बाहर चला गया। वह लगभग पाँच मिनट बाद वापस लौटा। उसने बताया, "शर्मिला के पिता ने फ़ोन किया था।"

"क्या कहा उसने?" अमर ने तत्काल पूछा।

"बॉस ने बताया कि उन्होंने उसे नौकरी से निकाल देने की बात कहीं और मेरी जाति भी बताई।"

अमर फिर बोला, "ओये, जाति तो तेरी हम सबको मालूम है। और तू तो अपनी योग्यता से आया है कम्पनी में। रहा सवाल नौकरी से निकालने का ऐसा कैसे हो सकता है भला?"

थोड़ी देर बाद जब वे सब चले गये तो समीर ने सबसे पहले शर्मिला को रिंग किया। सुनकर वह बोली, "मुझे मालूम नहीं।" कुछ पर इन्तज़ार के बाद उसने पुनः कहा, "पर ऐसा कैसा हो सकता है।"

जवाब में समीर ने बताया कि ऐसा ही हुआ है। उसने इंस्पेक्टर के व्यवहार के बारे में भी बताया। मोबाइल का स्विच ऑफ करने से पूर्व उसने शाम को मिलने के लिए कहा। बाद में समीर ने मेरठ में अपने बड़े भाई को इस घटना के बारे में बताया।

शाभ को ऑफ़िस से निकल कर समीर सीधे मोहन सिंह पैलेस कॉफ़ी हाउस आ गया। जाते ही उसने कॉफ़ी का ऑर्डर दिया। जल्दी ही शर्मिला भी आ गयी। आते ही वह पूछ बैठी, "मेरी समझ में नहीं आता कि पिताजी ने ऐसा क्यों किया?"

समीर चुप ही रहा और धीरे-धीरे कॉफ़ी पीता रहा। तभी पुनः बोली वह, "सच मानो समीर, मुझे तुम्हारी जाति के बारे में पता ही नहीं है अभी तक।"

समीर का गम्भीर स्वर उभरा, "अब।"

"समीर मैंने तुम्हारी जाति से नहीं, तुमसे प्यार किया है। हम नयी शताब्दी में रह रहे हैं।"

"यह बात अपने पिताजी का समझाओ।"

लगभग एक घण्टे बाद वे दोनों मोहन सिंह पैलेस की तीसरी मंज़िल से नीचे आये।

शर्मिला घर पहुँची। उसके पिता जैसे उसके इन्तज़ार में ही थे। देखते ही पूछ बैठे, "आज फिर मिली थी उससे तू।"

लापरवाही से जवाब दिया शर्मिला ने, "हाँ, मिली थी।"

नज़दीक खड़ी माँ ने भी सुना। जैसे उसे कुछ याद आ गया हो। उसने तैश में कहा, "मुझे यह बताओ पिताजी, आप मुझे अपनी ही जाति के किसी के साथ क्यों बाँधना चाहते हैं?"

उधर से उनके पिता का स्वर उभरा, "यह ब्राह्मण समाज की परम्परा है।"

"मैं नहीं मानती ऐसी परम्परा को।" कहते हुए वह पाँव पटकती हुई अपने कमरे में चली गयी।

इसके बाद वह हुआ जिसकी शर्मिला को उम्मीद नहीं थी। सुबह लगभग आठ बजे उसके मोबाइल पर रिंग हुई। उसने सुना तो परेशान हो उठी। समीर पर रात के बारह बजे दो-तीन गुण्डों ने हमला कर उसे बुरी तरह घायल कर दिया जिससे कुछ लोगों ने उसे इमरजेंसी बार्ड में भर्ती करा दिया। दोपहर होते-होते उसके ऑफ़िस से अमर और उसके साथी मिलने आ पहुँचे। साथ में बॉस भी थे। मेरठ से उसके बड़े भाई भी आ गये थे उनके साथ उनके दोस्त एसपी थे। जिनकी पोस्टिंग दो दिन पहले उसी एरिया में हुई थी। थोड़ी देर बाद शर्मिला भी आ गयी डॉक्टर तथा नर्स आदि को ठीक-ठीक इलाज की हिदायत भी दी गयी।

इधर अस्पताल में गम्भीरता से समीर का इलाज चल रहा था, उधर नये एसपी मनोज कुमार के द्वारा तेज़ी से तलाश की प्रक्रिया शुरू हो गयी थी। इस बीच शर्मिला अस्पताल में ही रही। सुरक्षा की दृष्टि से एक सब-इंस्पेक्टर तथा दो कांस्टेबल की ड्यूटी लगा दी गयी थी। दो दिन में समीर की स्थिति में सुधार हो गया। इस बीच पुलिस के खोजी दस्ते को कुछ सफलता मिली। तीसरे दिन अपराधी पकड़ में आ गये थे। उन्होंने अपना अपराध क़बूल कर लिया था। धन सिंह को जेल भेज दिया गया।

इस घटना या दुर्घटना के बाद जो हुआ उसकी भी उम्मीद न थी। धन सिंह और इंस्पेक्टर को तो बिल्कुल आशा ही नहीं थी। स्वयं शर्मिला की ओर से स्पेशल मजिस्ट्रेट की इजलास में आवेदन किया गया। चूँकि दिल्ली में समीर की देखभाल करने वाला कोई नहीं है, इसलिए मुझे उनकी सेवा करने और कोर्ट मैरिज करने की इजाज़त दी जाये।

उसकी अर्ज़ी पर तुरन्तु ग़ौर हुआ। और शाम होने से पहले तक विवाह की इजाज़त मिल गयी थी। हज़ार तरह की जातीय बाधाएँ तथा विषमता होने के बावजूद वे प्रणय-सूत्र में बँध गये।

('क़दम' नयी दिल्ली, अक्टूबर, 2015)

देवता

जनवरी माह में बम्बई में उतनी शीत नहीं होती जितनी उत्तरी भारत में ठण्ड से लोग काँपते हैं। न उतनी धुन्ध होती कि हाथ को हाथ दिखाई न दे। सच कहा जाये तो वर्ष का पहला महीना यहाँ गुलाबी मौसम लेकर अपने आगमन की सूचना देता है। उसी माह के आरम्भ में महानायक भी विक्टोरिया स्टीमर से बम्बई पहुँचे। वैसे उन्होंने भी अपने आगमन की सूचना दे दी थी। महानगर के गर्भ में गूँज होने लगी थी। एक और मौसम की तैयारी होने लगी थी। उस मौसम में विद्रोह था, विद्रोह की रूपरेखा भी बनने लगी थी। महासागर के भीतर भी उतना आवेश, उतनी छटपटाहट न थी, जितनी महानायक के भीतर। दशक-दर-दशक उन्हें ज्वलन्त सवालों से जूझते हुए हो गया था। वैसे बचपन से ही वे सवाल उनके भीतर बारूद की तरह भरने लगे थे। बारूद जब-जब पिघलता था तब-तब उनकी बेचैनी डॉ. अम्बेडकर को अलाव बनने पर मजबूर कर देती थी।

रात का अन्तिम पहर था। परिवेश में ख़ामोशी थी। पर महानायक की आँखों में नींद न थी। वहाँ बेचैनी थी, आक्रोश था। बार-बार वे करवटें बदलते। उनके भीतर जो बवंडर था, वह होंठों तक आ जाता। वे नींद में ही बड़बड़ा उठते,

"मैं हाथ पर हाथ रखे नहीं बैठूँगा। मैं प्रयास करता रहूँगा, जब तक मेरे लोगों को उनके अधिकार नहीं मिल जाते।" रमाबाई भी कहाँ सो सकी थी। आधी रात तक दीपक जलता रहा। जब तक दीपक जलता रहा, तब तक वह एकटक अपने प्रियतम को देखती रही थी। लगातार उन्हें निहारना भी कहाँ नसीब होता था। कुछ घर गृहस्थी के काम और कुछ उनका अधिक व्यस्त रहना।

घर में कितना समय महानायक रह पाते थे। जैसे सारी दुनिया के दुख-दर्दों को जज़्ब कर लिया था उन्होंने अपने भीतर। आधी रात को दीपक में तेल ख़त्म हो गया। दीपक की लौ बुझ गयी। पर रमाबाई के भीतर तो जैसे अभी भी लौ शेष थी। मन मसोस कर रह गयी। घर में और अधिक तेल था भी नहीं। होता तो वह दीपक की लौ को बुझने न देती। और ऐसे ही उन्हें अपलक नयनों से देखती रहती। महानायक को देखने में अजीब सुख मिलता था रमाबाई को। कभी-कभी जब वे पढ़ते होते तो चुपके-चुपके उन्हें देखती। चौड़ा ललाट, ख़ूब गोरा रंग, बड़ी-बड़ी आँखें। होंठ जैसे कुछ कहना ही चाहते हों। मन के भीतर भय भी होता, कहीं महानायक का ध्यान बँट न जाये। और उनके अध्ययन में बाधा हो। इसलिए दबे पाँव आती और दूर से ही उन्हें निहारती रहती। जितना भी उनकी ओर देखती, उतनी ही चाह बढ़ती।

रात का अन्तिम पहर बीतते-बीतते उजाले की किरणें अँधेरे को चीरते हुए उभरने लगी थीं। महानायक कितनी भी देर तक जगते रहें, पढ़ते रहें। वे मुँह-अँधेरे उठ जाया करते थे। उनके उठने का समय ज़रा भी इधर-उधर न होता। आज शायद अलार्म लगाना भूल गये थे। उन्हें सोते देख वह बुदबुदा उठी, “थक गये होंगे। इसीलिए विदेश से लौटे हैं ना।” पर जगाना तो था ही।

“सुबह हो गयी, चा लो।”

आवाज़ सुनकर महानायक की नींद खुल गयी। उन्होंने देखा, रमाबाई तश्तरी में चाय की प्याली लिए खड़ी थी। उन्होंने भरपूर नज़रों से देखा उन्हें। बदन पर एक साधारण-सी धोती लपेटे उनके सामने उनकी जीवन साथी खड़ी थी। आँखों में मूक सम्मोहन। उनके मन के भीतर स्पन्दन हुआ। वे बोले, “तुमने चाय पीया।”

रमाबाई जवाब में इतना ही कह सकी, “अभी नहीं।”

महानायक ने फिर कहा, “तुम भी अपनी चाय ले आओ।”

रमाबाई इनकार न कर सकी। आधी प्याली चाय वह ले आयी और ज़मीन पर ही बैठ गयी। उन्हें वहाँ बैठे देखा तो वे बोल उठे, “ज़मीन पर नहीं मेरे पास बैठो।”

वैसे महानायक का अधिकांश समय घर से बाहर ही बीतता था, लेकिन उनके भीतर हर समय घर बसा होता था, जिसमें से रमाबाई कभी ओझल नहीं होती थी। उन्हें रमाबाई से कोई शिकायत न थी। पर जब भी वे अपनी पत्नी का धार्मिक विचारों की ओर खिंचाव महसूस करते उन्हें दुख होता। वे मन में विचारते। ऐसा क्यों होता है? धार्मिक प्रवृत्ति, पूजा-पाठ से मुक्त क्यों नहीं हो पा रही है उनकी रमा? बाबा साहेब कभी-कभी रमाबाई का मन टोह लिया करते थे। एक दिन उन्होंने उनसे पूछा, "रामू तुम्हारा देवी-देवताओं के बारे में क्या विचार है? " बाबा साहेब रमाबाई को अक्सर 'रामू' नाम से ही सम्बोधन किया करते थे। उनकी पत्नी कोई जवाब न दे सकी।

"बोलो रामू।"

उन्होंने फिर कहा, "मनुष्य का मनुष्य से संवाद होना चाहिए, पत्थरों के देवताओं से नहीं।" इस बार स्वर उभरा रमा का, "साहेब इन देवताओं से हमारा जन्म-जन्मान्तर का रिश्ता है।"

"और मुझसे।"

धीरे-से जवाब में स्वर उभरा उनका, "आपसे भी।"

कुछ पल पश्चात् रमाबाई ने धीरे-से पूछने का साहस किया, "पर आपने भी तो कालाराम मन्दिर सत्याग्रह किया?"

जवाब दिया महानायक ने, "मैंने दलितों के लिए सत्याग्रह किया।"

पुनः पूछा रमा ने, "फिर मन्दिर प्रवेश... ।"

बाबा साहेब का जवाब उभरा, "दलितों में स्वाभिमान जगाना था, उनके भीतर उनके अपने अधिकारों के प्रति जद्दोजहद छेड़नी थी।"

"हूँ।"

रमाबाई मौन हो गयी। इस चुप्पी को तोड़ते हुए अम्बेडकर फिर बोले, "सच कहूँ तो मन्दिर प्रवेश एक बहाना था, बहुत से लोगों को ग़लतफ़हमी हुई होगी, तुम्हें भी लम्बे समय से देवी-देवताओं पर विश्वास रहा है। इसलिए मन में संदेह उभरना ज़रूरी है।"

सुनकर रमाबाई ने कहा, "हाँ विश्वास रहा है।"

बाबा साहेब ज़ोर देकर बोले, "विश्वास नहीं अन्धविश्वास।"

तभी रमाबाई ने तत्परता से कहा, "आस्था।"

अम्बेडकर बोले, "आस्था नहीं अनास्था।"

रमाबाई के मुँह से निकला, "भक्ति...।"

सुनकर थोड़ा नाराज़ हुए महानायक। वे फिर बोले, "भक्ति से हमारे सन्तों ने क्या पाया? उनके भीतर आसक्ति रही/श्रद्धा रही/फिर भी उनका तिरस्कार किया गया।"

रमाबाई ने सिर्फ़ उनकी तरफ़ देखा। जैसे निरुत्तर हो गयी थीं। परिवेश में चुप्पी छा गयी। उन्होंने चुप्पी तोड़ते हुए उनकी तरफ़ देखकर पूछा, "तुम नहीं जानतीं।"

इस बार रमाबाई बोली, "सभी कुछ तो आप ही जानते हो।"

"मैं चाहता हूँ तुम भी कुछ जानो।"

"जब आप सब कुछ जानते हैं तो मेरे जानने की क्या ज़रूरत है?"

महानायक ने ज़ोर देकर कहा, "ज़रूरत है।"

पल भर के लिए वे मौन हो गयीं

बाबा साहेब ने कहा,

"औरतों को भी बहुत कुछ जानना चाहिए।"

"आप ठीक कहते हैं, किन्तु साहेब उन पर परिवार की ज़िम्मेदारी होती है। बच्चों को पढ़ाना-लिखाना पड़ता है। उन्हें आदर्श नागरिक बनाने में भूमिका अदा करनी होती है।"

इस बार रमाबाई खुलकर बोली,

ध्यान से सुनी थीं महानायक ने उनकी बातें। अपनी पत्नी की बेबाकी से वे प्रभावित भी हुए थे। शायद पहली बार इतना सब कुछ कह पायी थी रमाबाई। तभी सवाल किया उन्होंने, "अच्छा एक बात बताओ रामू।"

"पूछिए।"

"तुम्हारे देवता बोलते हैं क्या?"

कुछ पल मौन के बाद जवाब उभरा था उनके भीतर से, "नहीं।"

"वे सुनते हैं?"

पुनः सवाल किया था बाबा साहेब ने।

"बताओ ना।"

"क्या बताऊँ?"

"जो देवता बोलता नहीं है, सुनता नहीं, वह किसी का कल्याण क्या करेगा?"

सुनकर धीरे-से जवाब दिया रमाबाई ने, "लोग कहते हैं देवता सब कुछ देखते और समझते हैं।"

पलभर बाद महानायक ने पूछा, "देवता सब कुछ देखते और समझते हैं। लोग कहते हैं, पर तुम क्या कहती हो?" उनके सवाल का कोई जवाब नहीं था रमाबाई के पास।

बाबा साहेब ने पुनः पूछा,

"क्या समझते हैं तुम्हारे देवता?"

रमा के होठ बुदबुदाये, "हमारी तकलीफ़।"

"तुमने कैसे जाना?"

धीरे-से जवाब उभरा, "मुझे लगता है।"

महानायक का सवाल फिर उभरा, "ऐसा कैसे?"

"मेरा मन कहता है।"

"तुम पत्थर के देवता की बात समझ सकती हो, मेरी नहीं।"

"आपको तो मैं ब्याह से ही समझने लगी।"

"क्या समझने लगीं?"

"यही कि आप समाज के लिए बहुत कुछ करना चाहते हो।"

"क्या करना चाहता हूँ?"

जवाब दिया रमा ने, "उनका कल्याण।"

"फिर जब लोग पत्थरों के पास जायेगे तो कैसे होगा? कल्याण उनका। उन्होंने पूछा।

रमाबाई चुप रही।

उनकी चुप्पी को तोड़ा उन्होंने, "बोलो रामू।"

"मैं क्या बोलूँ?"

थोड़ी देर दोनों के बीच चुप्पी रही। दोनों ने एक-दूसरे की तरह देखा और बिना पलक झपकाये देखते रहे। अन्ततः बाबा साहेब को बोलना पड़ा।

"देखो रामू, मेरा उद्देश्य न तुम्हें निरुत्तर करना है और न हराना है। बल्कि जिस महिला के साथ मैंने फेरे लिए, वह बहुत अधिक नहीं थोड़ा तो मेरे विचारों के अनुरूप होनी चाहिए।"

बीच में बोल उठीं वह, "आप ठीक कहते हैं?"

इस बार थोड़ा मुस्कराते हुए बाबा साहेब बोले, "ग़लत कौन कहता है?"

रमाबाई मौन रहीं।

"मैं चाहता हूँ। तुम भी कुछ विचार करो, मनन करो। सही क्या है और ग़लत क्या है। मेरे बाबा ने जो कहा, मेरी आई ने जो कहा, वह सब ठीक ही होगा ऐसा लोग मान लेते हैं।"

रमाबाई ने केवल हुंकारा भरा।

तभी गम्भीर स्वर उभरा बाबा साहेब का,

"भगवान बुद्ध ने स्वयं कहा है। मैं जो कहता हूँ, ज़रूरी नहीं उसे तुम मानो। उस पर अमल करने से पहले सोच विचार करो। अगर तुम्हें ठीक लगे तो मेरी बात मानो।"

सुनकर रमा का स्वर उभरा, "आप ठीक कहते हैं।"

इस बार महानायक बोले, "देखो रामू, हर हिन्दू स्त्री अपने पति को देवता मानती है। पति चाहे जुआरी हो या शराबी। हिन्दू धर्म और वेद, पुराणों ने यही सिखाया।"

कहते हुए कुछ पल वे ठहरे। रामू की ओर देखा। फिर पूछा उन्होंने, "तुम्हारी क्या राय है बताओ।"

धीरे-से बोली रमा, "मैं क्या बताऊँ?"

तत्काल महानायक ने कहा, "यह गलत है रामू। पति जीवन साथी होता है देवता नहीं। जैसे ही किसी पत्नी ने अपने पति को देवता मान लिया, वहीं से ग़लत परम्पराएँ शुरू हो जाती है।"

रमा ने महानायक की ओर देखा। उनकी आँखों में बहुत कुछ था। सामाजिक विषमता के ख़िलाफ़ जैसे सैलाब उमड़ आया था। महानायक ने भी रमा की आँखों में आँखें डाल कर निहारा। वहाँ अँधेरे से मुक्ति की छटपटाहट थी जैसे।

(प्रकाशित)

घोषणा-पत्र

गली-बस्तियों का परिवेश लाउडस्पीकर से आती आवाज़ों के कारण गूँजने लगा था। पंचवर्षीय त्योहार ने लोकतन्त्र के सीने पर दस्तक दे दी थी। देश हो या समाज, शहर हो या गाँव, इन पंचवर्षीय त्योहारों की उच्छृंखलता का वे चश्मदीद गवाह रहे थे। जब-जब भी ये त्योहार आते थे लोगों के दिलों की धड़कनों की गति तेज़ हो जाती थी। उनके भीतर सिहरन दौड़ जाती थी। राजनैतिक दलों के सिपहसालारों की घुड़ दौड़ को देख और महसूस कर वे हतप्रभ रह जाते थे। अलबत्ता बच्चों के लिए यह खेल बन जाता था। रहा सवाल कुत्तों का, वे चुनावी जंग में निकले सिकन्दरों को देख और सूँध कर उन पर भौंकने के लिए आमादा हो जाते थे।

उम्मीदवारों की ओर से वायदे करने और आम आदमी के लिए सुविधाओं के पिटारे खोलने का सिलसिला चल निकला था। मुफ्त पढ़ाई, मुफ़्त चावल, मुफ़्त घर। शहर के चौराहों/पान की दुकानों/शराब के ठेकों/सिनेमा हाल/तथा लालबत्ती क्षेत्रों के सामने चुनावी जंगजू ठहरने का संकेत करते ऑटो रिक्शा या टैम्पो ड्राइवर ब्रेक लगाता और ध्वनि विस्तारक यन्त्र वह सब दोहरा देता। लोग कुछ पलों के लिए रुकते/सुनते और अपने-अपने कामधन्धों में लग जाते।

राज्य में जैसे-जैसे चुनाव नज़दीक आने लगे थे पार्टियों में एक-दूसरे से बढ़चढ़ कर घोषणाएँ और वायदे करने की प्रतिस्पर्धा भी होने लगी थी। भुक्खड़ों को खाना खिलाया जाने लगा था। शराबियों को शराब पिलाई जा रही थी। बच्चों को टॉफी और खिलौने बाँटे जा रहे थे। विधवाओं को साड़ियों के साथ सिलाई मशीनें बाँटी जा रही थीं। पत्रकारों को उपहार दिये जा रहे थे।

शहर के नामी गुण्डों को इकट्ठा कर लिया गया था। जो कुछ हवालात तथा कारागारों में बन्द थे, उन्हें बाहर निकालने की जुगत लगाई जा रही थीं। कुछ कवियों तथा भाँडों के साथ भड़वों, दलालों, वकीलों यहाँ तक कि जजों की भी तलाश होने लगी थी। वेश्याओं से लेकर नचनियाँ और हिजड़ों की भी खोज जारी थी। महफ़िलें सजने/सजाने का यह प्रथम चरण था। किसी को किसी की फ़िक्र नहीं थी। धींगा-मुश्ती का दौर शुरू हो गया था। चुनाव आयुक्त की हिदायतें जायें कूड़े में। कौन सुनता है? हमें तो सुनाना है। यानी राजनीति के सिकन्दरों का वन वे ट्रैफिक उन्हें तो सिर्फ़ करना है। और करके दिखाना है। कुछ भी करें, कैसे भी करें उन्हें तो बस चुनाव जीतना है। नहीं जीतेंगे तो शासक कैसे बनेंगे? शासक नहीं बनेंगे तो उनका रूआब कौन मानेगा। कौन हुज़ूर-हुज़ूर कहेगा उन्हें, कौन घण्टों-घण्टों बंगले के दरवाज़े पर आकर इन्तज़ार करेगा, कौन हमारे लिए महंगे उपहार लायेगा? यह सब बातें उनके ज़हन में थीं। सम्भावित सुख– सुविधा, कोटे, परमिट, लालबत्ती की गाड़ी, विदेश भ्रमण, सुविधाओं से संभोग करने के लिए उनके आतुर मन, इच्छा-शक्ति उन्हें अपने-अपने चुनाव क्षेत्र में रणभेरी बजाने हेतु आगे बढ़ा रही थी। और वे आगे बढ़े जा रहे थे। पीछे हटना वे चाहते नहीं थे। जो पीछे हट गया। वह पिछड़ गया। हर कोई फारवर्ड बनना चाहता था।

सबसे पहले 'आज पार्टी' के मुखिया ने घोषणाओं का पिटारा खोला था। पत्रकार तो पहले से ही तैयार थे। किसके पिटारे में जनता के लिए कौन-सी सौगात है? वे देखना चाहते थे। और देखकर उस पर लिखना भी। विश्लेषण करने की भी खदबदाहट उनके भीतर थी। घोषणा-पत्र अख़बारों में छपा तो विपक्षी दलों के नेताओं ने अपने-अपने बयान जारी किये। हालाँकि अख़बारी नुमाईन्दों ने पहले ही उन से सम्पर्क साध लिया था। सीधी-सादी बातें छापने का कोई अर्थ ही नहीं था। किसी भी रिपोर्ट में जब तक तड़का न लगे, पाठकों को भी मज़ा नहीं आता था। मीडिया बाज़ार का ट्रेंड था यहाँ जिसे बनाने में कुछ पत्रकारों ने सिद्धाँस्तता हासिल कर ली थी। वे पारंगत हो गये थे ख़बरों को भी भूचाल की तरह प्रस्तुत करने में। अख़बारों के सम्पादक और मैनेजरों के द्वारा पत्रकारों और संवाददाताओं को दौड़ाया जा रहा था।

उनकी क्लास ली जा रही थी। उन्हें बताया जा रहा था कि जहाँ धुवाँ होता है वहाँ आग लगती ही है। उन्हें खोजी दस्तों में तब्दील करने की मुहिम जारी थी। कुछ अख़बारी नुमाइन्डे 'पेड न्यूज़' की भी फिराक में थे। वे राजनैतिक खेल के धुरन्धरों से सम्पर्क कर रहे थे। वे बार-बार पार्टी के आला कमान से मिलने की जुगत लड़ा रहे थे। इसलिए कि उन्हें पता चल सके कि किस राजनैतिक दल का चुनावी बजट कितना है और उस फण्ड में पब्लिसिटी पर कितना पैसा ख़र्च होना है?

चुनाव से तीन माह पहले ही घसीटा लाल ने अपना नाम बदल कर राम लखन कर लिया था। उन्हें किसी हिन्दूवादी पार्टी से 'इसरतपुर' से विधायक का चुनाव लड़ने के लिए प्रत्याशी बनाये जाने की सम्भावना थी। वे विधान सभा के चुनाव में जीत के लिए कोई भी चाल चलने से पीछे रहने वाले नहीं थे। कम समय राजनीति में होने पर भी वे अधिक तिकड़म करना सीख गये थे। तिकड़म नहीं करेंगे तो राजनीति के बाज़ार में जीवित कैसे रहेंगे?

अख़बारी जीव कहाँ पीछे रहने वाले थे। 'समय की धार' दैनिकी के खिलाड़ी रहे पत्रकार सूँघते-सूँघते उनके गाँव पहुँच ही गये और आख़िर राम लखन की जन्मपत्री उन्होंने खोज ही ली। गाँव के कुछ लोगों ने बताया था कि वे पैदा होने के बाद घिसट् घिसट कर चलते थे। इसलिए उनका नाम घसीटा लाल हो गया। अख़बार में रपट छपी तो दूसरी पार्टी के उम्मीदवार को छींटाकसी करने का अवसर मिला। उन्होंने बयान दे दिया। घसीटा लाल स्वयं घिसट-घिसट कर बड़े हुए हैं ऐसे में चुनाव जीत भी गये तो जनता को घिसट-घिसट कर चलने के लिए तो मजबूर करेंगे ही। फिर प्रदेश कितना घिसट-घिसट कर तरक़्क़ी करेगा, यह तो राम लखन ही जाने। स्वयं घसीटा लाल पलटवार कर जवाब देना चाहते थे। लेकिन प्रदेश अध्यक्ष ने डाँट कर उनकी बोलती बन्द कर दी। पर ज़िला कमेटी की कार्यकारिणी के सदस्यों के बीच इसी मुद्दे पर विमर्श हुए बिना न रहा। जब से घसीटा लाल उर्फ़ राम लखन को इसरतपुर से विधायकी का टिकट देने की पार्टी हाईकमान के द्वारा घोषणा हुई तभी से तीन-चार सदस्यों के भीतर उथल-पुथल हो रही थी। उनमें एक थे मुंगेरी लाल। ज़िला कार्यालय में अन्य सदस्यों के सामने

उन्होंने अपनी शिकायत दर्ज करा ही दी, ''ऐसे आदमी को टिकट देने की ज़रूरत ही क्या थी, जिसका नाम...।'' दूसरे सदस्य ने बड़बोलेपन से कहा, ''पार्टी ने जिसे भी टिकट दिया। ठीक ही किया। फिर मतदाता तो पार्टी के सिंबल को देख कर ही वोट देंगे उन्हें क्या मतलब घसीटा लाल या राम लखन से।'' लेकिन मुंगेरी लाल को वह बात हजम नहीं हुई। उन्होंने दूरभाष पर समय की धार के सम्पादक को बयान दे ही दिया। उनका बयान छपा तो प्रतिक्रिया तो होनी ही थी। किसी अन्य पार्टी के प्रत्याक्षी ने तुरता-फुरती में बयान दे मारा, ''चलो अच्छा हुआ मुंगेरी लाल को टिकट नहीं मिला। वरना मुंगेरी के सपने ही जनता देखती रहती।'' इस बयान के छपते ही पार्टी ज़िलाध्यक्ष ने तुरन्त मुंगेरी लाल को तलब किया। आख़िर तुम्हें क्या ज़रूरत थी अख़बार में बयान देने की? उधर प्रदेश अध्यक्ष ने भी डाँट लगाई। मुंगेरी लाल को हिदायत दे दी गयी। स्वयं अध्यक्ष ने टेलीफ़ोन पर कहा, ''चुप रहो मुंगेरी, ज़्यादा सपने न देखो। मुझे मालूम है टिकट माँगने वालों में तुम्हारा भी बायोडा मेरे पास आया था। ज़्यादा चूँ चुपड़ करोगे तो कूड़े पर फेंक दिये जाओगे।'' इस डाँट-डपट की तह तक भी एक-दो पत्रकार सूँघते-सूँघते पहुँच गये थे। थोड़ी-बहुत ख़बर बना दी गयी और छप भी गयी। ख़बर पढ़ कर दूसरी पार्टी के महासचिव ने मुंगेरी लाल को अपनी पार्टी में आने का तुन्रत दावतनामा दे भी दिया। साथ में बयान भी दे दिया। जो पार्टी कार्यकारिणी के सदस्यों पर ही डण्डा चला सकती है वह चुनाव जीतने पर क्या हाल करेगी? इसलिए मतदाताओं को पार्टी के डण्डों से बचकर रहना चाहिए।

जल्दी ही दूसरी पार्टी की ओर से भी घोषणापत्र अख़बारनवीसों को दे दिया गया। पत्रकारों की जमात तो घोषणापत्र छापने के लिए बेताब थे। पार्टी ने युवकों को लैपटॉप बाँटने से शुरुआत की। साथ ही लड़कियों को स्कूटी देने की भी बात की। चुनाव में मतदाताओं की उम्र अठारह वर्ष हो गयी थी। रूलिंग पार्टी फिर से सत्ता में आने का कोई अवसर खोना नहीं चाहती थी। उनका एक मात्र एजेंडा था। अधिक-से-अधिक युवक मतदाताओं को रिझाओ। उसी पार्टी के घोषणापत्र में यह भी जोड़ दिया।

गया कि पार्टी सत्ता में आने के तुन्रत बाद पाँच लाख बेरोज़गार युवकों को रोज़गार मुहैया करायेगी। किसी अख़बार के पत्रकार ने आख़िर पूछ ही लिया, ''आप किस कम्पनी का स्कूटी दिलायेंगे?'' उम्मीदवार ने सवाल को ही टाल दिया।

तीसरी पार्टी का घोषणापत्र अभी सार्वजनिक होना शेष था। पत्रकारों के पेट में पड़ी रोटियाँ हज्म होने का नाम नहीं ले रही थीं।

एक-एक दिन उन्हें भारी पड़ रहा था। वे जहाँ-तहाँ सूंघ रहे थे। कई बार पार्टी हाई कमान से सम्पर्क भी कुछ पत्रकारों में घुड़दौड़ जारी थी। एक दिन कुछ पत्रकारों ने जैसे जन सम्मान पार्टी के ऑफ़िस ने किया। लेकिन कुछ मिला नहीं फिर भी अख़बारों के सम्पादकों और मैनेजरों जाकर धरना दे ही दिया। पार्टी अध्यक्ष थे राम लाल यादव। वे तभी आये ही थे सिटी टाइम्स के मुख्य संवाददाता चतुर्वेदी ने शुरुआत की–

"यादव साहब आप भी अपनी पार्टी का घोषणापत्र अब जाहिर कर ही दीजिए।"

यादव जी तो पुराने घाघ थे। जैसे उन्हें अख़बारनवीसों को तड़पाने में मज़ा आता था। सुनकर वे पहले मुस्कराये फिर बोले, "सब्र रखें, चतुर्वेदी जी।"

तभी समय की धार के उपसम्पादक शर्मा जी बोल उठे, "यादव जी, दूसरी पार्टियों ने शोर मचा रखा है और आप कहते हैं सब्र रखो।"

असल में आज यादव जी घोषणापत्र अख़बारों में देने वाले ही थे। वह टाइप भी हो गया था। उन्होंने मेज़ की दराज खोली और तीन-चार प्रतियाँ उन्हें दीं। इस बीच लल्लन चपरासी को आवाज़ दी और चाय के साथ मिष्ठान लाने के लिए कहा। जल्दी ही वह ट्रे में चाय के चार-पाँच प्यालों के साथ प्लेट में मिठाई भी ले आया।

"लीजिए पहले चाय पीजिए और मिष्ठान खाइये। फिर हमारी पार्टी के घोषणापत्र पर नज़र डालिये।"

जन सम्मान पार्टी के घोषणापत्र की शुरुआत ही मतदाताओं के सम्मान से की गयी थी। बच्चों को मुफ़्त प्राइमरी शिक्षा से लेकर सरकारी अस्पतालों में उनके मुफ़्त इलाज का भी प्रबन्ध का प्रावधान था। तीसरे नम्बर पर मुफ़्त पानी तथा सरकारी भोजनालय की भी बात की गयी थी,

जिसमें केवल पाँच रुपये का भोजन मिला करेगा। साठ वर्ष से ऊपर के लोगों को पेंशन, मज़दूर महिलाओं के कार्य स्थलों पर बालवाड़ी का प्रबन्ध बैंकों से गरीबी रेखा सेनीये गुजर-बसर करने वाले लोगों को बिना ब्याज के क़र्ज़ की सुविधा, झुग्गियों में रहने वालों को आसान किस्तों पर घर आदि-आदि। उनकी बस्तियों में पानी, बिजली, स्कूल, डिस्पेंसरी की सुविधा।

पत्रकार बन्धुओं ने 'जन सम्मान पार्टी' के घोषणापत्र को ऊपर से नीचे तक पढ़ा। पढ़ने के बाद उन्होंने एक-दूसरे की तरफ़ देखा जैसे वे एक-दूसरे से कहना चाह रहे हों। बस मुफ़्त में गरीबों के रहने के लिए लाल किला देना बाकी रह गया है।

(प्रकाशित)

हाँ यह सच है

विभाजित भारत का एक शहर, उस शहर के बीच गलियों का जाल। उन गलियों में अपने-अपने ज़ख़्मों को कुरेदती मादाएँ। शहर में जाल काटने वाले कम थे, जाल बनाने और बुनने वाले अधिक। उस जाल में फँसी एक अदद औरत। गली के आख़िरी मकान का बन्द दरवाज़ा। मेरे द्वारा दी गयी दस्तक के बाद खुलता वही दरवाज़ा। मेरे सामने वही एक अदद औरत थी, जिसकी तलाश में मैं यहाँ तक आया था। उसी औरत ने मुझसे नहीं पूछा कि मुझे क्या चाहिए। उसे मालूम था कि पुरुष क्यों यहाँ दस्तक देते हैं? दरवाज़े के उस पार बिस्तर और बिस्तर बनने को तैयार थी औरत। सदियों से यही सब चलता आया है। नयी शताब्दी में बाज़ार का बदलता स्वभाव, बदलते रंग। उसी बाज़ार में औरत। वह औरत अच्छी-खासी सुन्दर थी, लेकिन मुझे लगा मैं किसी ज्वालामुखी के मुहाने पर खड़ा हूँ। मैं द्वन्द्व में फँसा था। असमंजस में भी था। तभी उसका स्वर उभरा, "कहिये।"

मैं यहाँ कुछ कहने नहीं बल्कि सुनने आया था। मैं उसकी भावनाओं से तारतम्य करने की कोशिश में था। मुझे महसूस हुआ। कमरे में वह अकेली नहीं। उसके साथ बहुत कुछ था। वह सिर्फ़ एक माल नहीं थी बल्कि अपनी संस्कृति और ज़ख़्मी अस्मिता के साथ मेरे सामने खुलना चाहती थी। मेरा मक़सद भी तो उसे खोलना था। तत्पश्चात सावधानी से मेरा सवाल उभरा। जवाब में वह खुलती गयी, जितना खुलती उतना ही आक्रामक होती जाती। बात करते हुए उसका स्वभाव तेज़ी के साथ बदलता जाता। बिना नाराज़गी के उसकी हर बात मुझे सुननी थी। जैसे इतिहास का अध्याय मेरे सामने खुल रहा था। उस इतिहास में हमलावरों की गूँज थी।

और महिलाओं के चीत्कार भी। युद्ध सभी कुछ तो बदल देता है। वह युद्ध चाहे मैदान में हो, या बस्ती में या फिर किसी घर में।

उसका दहकता हुआ स्वर उभरा, "कैसा ब्राह्मणत्व, सब कुछ ख़त्म हो गया।"

पलभर के लिए वह ठहरी। बाद में उसका स्वर और भी आक्रोश से भरा था,

"पूजा-पाठ, अर्चना, वन्दना सब कुछ ख़त्म हो गये। हमारे संस्कार, हमारी परम्पराएं ख़ाक में मिल गये।"

मेरा सवाल था, "पर क्यों?"

मेरा सवाल सुनकर जैसे वह आग का दरिया बन गयी थी। वह तत्काल बोली, "पेशा करा रही हूँ ना मैं। सभी धर्म, जाति के लोग चढ़ते हैं मेरे शरीर पर। अपनी हवस मिटाते हैं। मेरे बदन को तार-तार करते हैं और कुछ पैसे फेंक कर चले जाते हैं।"

"ऐसा क्यों?"

मैं पूछना चाहता था। उसने मेरी ओर देखा। फिर कहा, "तुम जानना चाहते हो ना, मैं कौन हूँ?"

मेरे होंठों से फुसफुसाहट बाहर आयी थी, "मैं ब्राह्मण हूँ। श्रेष्ठ जाति की तथाकथित श्रेष्ठ सन्तान, कश्मीरी पण्डित।"

तभी मेरा स्वर उभरा, "लेकिन...।"

अब उसके स्वर में पीड़ा उभरने लगी थी, "तुम भी मेरा इंटरव्यू छापोगे। मुझे नंगा करोगे। एक कश्मीरी पण्डित की अस्मिता को पहले उन्होंने तार-तार किया। अब तुमने भी वही सब करना है।"

मेरे भीतर से कुछ उभरा, "नहीं मैं ऐसा कुछ नहीं करूँगा।"

तपाक से वह फिर बोली, "तो।"

कुछ पल हमारे बीच चुप्पी रही। अन्ततः चुप्पी को तोड़ा उसने, "मेरा इंटरव्यू छाप कर पैसा कमाओगे, शोहरत कमाओगे। पूरी दुनिया में खोजी पत्रकार भी सिद्ध हो जाओगे। हो सकता है खाड़ी के देशों में उस पर फ़िल्म भी बन जाये। कश्मीरी महिला का मामला है ना। और वह भी पण्डित परिवार की महिला का। पर मुझे क्या मिलेगा?"

कहते हुए उसने मेरी तरफ़ तीखे-से देखा। उसने कहा, "मुझे तो यहीं मरते-खपते हुए गलीज जीवन जीना है।"

हमारे बीच फिर चुप्पी छा गयी। उसकी बात का सचमुच मेरे पास कोई जवाब न था। मुझे चुप देख कर वह बोली, "है तुम्हारे पास कोई जवाब, बोलो।"

तुरन्त मैं कोई जवाब नहीं दे सका। तभी उसने कहा, "जब जवाब नहीं दे सकते तो सवाल क्यों पूछते हो।"

मैं कुछ कहना ही चाहता था कि वह फिर बोल उठी, "क्यों हमारे ज़ख़्मों को कुरेदने चले आये?"

मेरे मुँह से निकला, "कौन था वह?"

उसने एक पल मेरी ओर देखा।

"कोई एक हो तो बताऊँ।"

मैं जानबूझकर चुप ही रहा। थोड़ी देर बाद उसका स्वर उभरा, "मुराद था नाम था उसका।"

मैं अगला सवाल पूछना ही चाहता था कि उसने तपाक से कहा, "मैं उसे नामुराद कहती हूँ। मुसल्ला था स्याला। इसके कीड़े पड़े। इसकी माँएँ-बहनें भी बेवा हो जायें। नहीं तो कोई उन्हें भी रंडी बना दे।"

मेरा सवाल उभरा, "उससे क्या होगा।"

"मेरी आत्मा को शान्ति मिलेगी।"

मेरा प्रतिवाद संक्षिप्त रूप में हुआ, "तो।"

"उनकी माँ-बहनों पर भी कोई घड़ी-घड़ी आकर चढ़े।"

मैंने पूछा, "उससे क्या होगा?"

वह आवेश में बोली, "मैं भी तो चुदवाती हूँ सबसे। वह भी चुदवाएँगी।"

उसकी बात सुनकर मैं अपने-आप को रोक नहीं सका। मेरा स्वर तेज़ी से उभरा, "मर क्यों नहीं गयी यह सब करवाने से पहले।"

"मरना चाहती थी। मरने के लिए गयी भी थी उस पहाड़ी पर।"

"तब क्या हुआ?"

"कोई आया रहनुमा बनकर।"

"फिर।"

“फिर क्या वही रहनुमा यहाँ अँधेरी गलियों में छोड़ गया।”

मेरे मुँह से निकला, “उफ”

“क्यों और कुछ सुनना नहीं चाहोगे? तुम्हारी डायरी के पन्ने तो खाली ही रह गये अभी।”

“बस।”

“चलो कोई बात नहीं। इस शरीर पर ही लिख लो।”

कहते हुए वह कपड़े उतारने लगी। पहले उसने शलवार उतारा। फिर कुरता। मैं हक्का-बक्का-सा रह गया। मेरे सामने वह पूरी तरह से नंगी हो गयी थी। नंगे जिस्म के साथ एक अदद औरत। वह औरत सुन्दर थी और जवान भी। वह मेरे शरीर से सटते हुए बोली, “देख लो, और छूकर महसूस भी कर लो कि मेरे शरीर में अभी कितनी गर्मी होगी। तुम्हें अच्छा लगेगा। कश्मीर की घाटी में कितना बारूद पिघला हागा। मैं भी न जाने कब से पिघल रही हूँ।"

कहते हुए वह ज़ोरों से हंसी। और पागलों के समान कुछ देर तक हंसती रही। उसकी घायल हंसी की परिवेश में गूँज हुई। लगा जैसे दीवारें कम्पित हुई हों।

मैंने बिस्तर के कोने पर पड़ा उसका कुरता और शलवार उठाकर उसे देते हुए कहा, “पहन लो इसे। मैं कल इसी समय फिर आऊँगा।”

उसने मेरी तरफ़ अजीब-सी नज़रों से देखा। उसके भीतर से सवाल उभरा, “क्यों कोई सवाल रह गया है, वह भी अभी पूछ लें।”

सुनकर मैंने कहा, “नहीं।”

“तो। क्या मक़सद है तुम्हारा यहाँ फिर से आने का? तुमने मेरा नंगा जिस्म भी देख लिया। वह बात अलग है कि तुमने मुझे नंगा नहीं किया। पर लोगों ने तो ख़ूब नंगा किया है मुझे।”

धीरे-से मैंने कहा, “तुम्हें लेने आऊँगा।”

जैसे उसे ऐसी उम्मीद न थी। अनायास उसके होंठों से उभरा, “क्या।”

मैंने उसकी ओर कुछ पैसे बढ़ाये। जिन्हें देखकर उसने कहा, “आपने तो कुछ किया ही नहीं। फिर पैसे किस लिए?”

मैंने जवाब में कहा, "तुम्हारे इस परिवार में किसी को कोई शक न हो। मैं बन्द कोठरी में आधा घण्टा तुम्हारे साथ रहा...।"

मेरी बात सुनकर उसकी आँखों में आँसू छलक आये। मैंने उसकी आँखों से आँसू पोंछते हुए कहा, "आँसू मत बहाओ, यहाँ कोई नहीं देखना चाहेगा इन्हें?"

"तुम तो देख रहे हो?"

सच, उसने नहीं, उसके आँसुओं ने मुझे फिर निरुत्तर कर दिया था। चुप होकर मैं वापस जाने के लिए मुड़ा ही था कि उसकी भर्रायी आवाज़ उभरी, "कल आओगे ना।"

मेरे मुँह से निकला, "जरूर आऊँगा।"

मैंने देखा। उसने अपनी आँखों से बहते हुए आँसुओं को अपनी हथेली से पोंछा था। उसने बतलाया, शीतल नाम था उसका। शीतल शर्मा कश्मीर की सुंदर घाटी में जन्म लेने वाली। उम्र के सुनहरे पड़ाव पर बीस वर्षीय पोड़सी। श्रेष्ठ जाति में जन्म लिया। जैसे-जैसे शरीर में मद भरता गया वैसे-वैसे जवान जिस्म की गंध आस-पास तेज़ी के साथ फैलती गयी। सुडौल अंगों पर जवानी का आगमन तो पहले ही हो गया था। हमारे घर में हिन्दू पड़ोसी भी आते थे और मुसलमान भी। तब तक ऐसी कोई बात न थी। कश्मीर की घाटियाँ शान्त थीं। पर लग रहा था कि कोई तूफ़ान आने वाला है। और सचमुच एक दिन तूफ़ान आ ही गया। वे लोग चुपके से नहीं आये थे। खूब हल्ला करते हुए आये थे। उनके हाथों में पाकिस्तान का झण्डा था और जुबां पर पाकिस्तान जिन्दाबाद के नारे। घर में घुस कर घर के सामान को ही नहीं तोड़ा फोड़ा, हमारे जिस्मों को भी रौंदा। मेरी बूढ़ी माँ और साठ पार कर गये पिता, जवान भाई मेरी आँखों के सामने ही उन्हें क़त्ल कर दिया गया। घर को आग लगा दी। वे यहीं तक नहीं माने। मेरे शरीर में भी उन्होंने आग लगा दी। और जब तक आग लगाते रहे तब तक मैं झुलस नहीं गयी। ख़ूब झुलसाया उन्होंने। मैं झुलसती गयी। वे झुलझाते गये। कहते हुए वह निढाल-सी होने लगी। मैंने उनके माथे को हथेली से छुआ। ताप था उनके शरीर में। एक ख़ौफ़नाक कहानी सुनकर मैं लौट आया।

अगला दिन, वही समय, वही स्थान। पर जैसे सब-कुछ बदलने लगा था। उसी परिवेश की चुप्पी खलने लगी थी। सब कुछ पहले से निश्चित हो गया था। मैंने उसे बतला भी दिया था। वहाँ से कैसे बाहर निकलना है। आतंकित शहर से दूर। मुक्त होने की चाहत थी उसके भीतर। उसके जीवन के अँधेरे में उजाले की छोटी-सी किरण भी मैं बन सका तो...।

दिल्ली आकर दोनों ने सन्तोष की साँस ली थी। दोनों यानी शीतल और मैं। दिल्ली में दो कमरों का मकान। उसी मकान में एक अदद पत्रकार, यही निवास था मेरा। शीतल को अच्छा लगा। किसी शरीफ़ आदमी का घर, उस घर की छत के नीचे इ़ज़्ज़त से रहने को तो मिलेगा। पल भर के लिए यह अहसास उसके भीतर आया। नये शहर में नयी सुबह हुई। नज़दीक से मन्दिर में होने वाली आरती की आवाज़ उसके कानों में पड़ी। शीतल को अच्छा लगा। उसके क़दम मन्दिर की ओर बढ़ गये। मन्दिर के द्वार के पास पुजारी ने उसकी ओर ग़ौर से देखा। उसे जाना पहचाना चेहरा नहीं लगा। उसके भीतर से संशय उभरा। संशय भीतर था तो सवाल भी उभरना लाजमी था। पूछ बैठा वह–

“बेटी तुम शायद नयी आयी हो हमारी बस्ती में।”

जवाब दिया उसने, “हाँ पुजारी जी।”

पुजारी ने अगला सवाल किया, “कहाँ से आयी हो बेटी?”

तुरन्त जवाब नहीं दे सकी तो पुनः पुजारी ने पूछा, “कोई बात नहीं बेटी, नहीं चाहतीं बताना तो मत बताओ। मैंने तो ऐसे ही पूछ लिया।”

पुजारी के मुँह से बार-बार बेटी शब्द सुनकर उसे अच्छा भी लगा। उसे राहत-सी मिली। मन में सोचा, चलो परदेश में कोई तो ऐसा है, जिसने उसे बेटी कहा वरना उसे तो बेटी कहने वाले ही मर-खप गये। इस बार जवाब दिया उसने, “कश्मीर से आयी हूँ।”

“ब्राह्मण हो।” “हाँ पुजारी जी।”

“यहाँ कौन-से मकान में रहती हो?”

“ए-5/20 ए में।”

सुनकर पुजारी के मुँह से निकला, “ओह!”

तभी शीतल ने कहा, “अच्छा पुजारी जी मैं चलूँ।”

“ठहरो बेटी, प्रसाद तो लेती जाओ।”

पुजारी ने उसकी हथेली पर एक लड्डू रख दिया। उसने दोनों हाथ जोड़े और घर की तरफ़ वापस हो गयी।

जो शख़्स किसी बस्ती में पांच बरस से अकेला रहता हो, उसी के घर में अगर कोई जवान महिला अचानक आकर रहने लगे। वही महिला अगर बालकनी में कपड़े भी सुखाने लगे तो लाजमी बात है कि बस्ती के लोगों के भीतर जिज्ञासाएं अवश्य उभरेंगी। मन्दिर के पुजारी से लेकर दूध वाले तक और अख़बार वाले से लेकर कबाड़ी तक। रही-सही कसर बस्ती की औरतों ने पूरी कर दी थी। कुछ ने कहा और कुछ ने सुना। पहले दिन बीते, फिर सप्ताह। अभी पूरा पखवाड़ा भी नहीं बीत पाया था कि बस्ती के लोगों के बीच तेज़ी के साथ जिज्ञासा उभरने लगी थी। जितना उन्होंने सुना था, शायद उससे सन्तुष्टि नहीं हुई थी उनकी। जिज्ञासा उभरने का विशेष कारण यह भी था कि उस पत्रकार को लोग कम जानते थे, उसकी जाति को अधिक। पुजारी ने शीतल की जाति के बारे में पहले दिन से ही बताना शुरू कर दिया था। मन्दिर में जो भी आता, उसे वह प्रसाद के साथ शीतल की जाति बतलाना नहीं भूलता। यानी वह उसकी जाति भी बाँटता।

समाज में व्यक्ति के साथ जाति का होना ज़रूरी था। कोई अगर जाति को भूलना भी चाहे तो उसे याद दिलाया जाता था। मुझे भी बरसों से मेरी जाति याद दिलाने की कोशिशें होती रही थीं। मैं जितना जातियों के जंगल से बाहर आने का प्रयास करता मुझे खींच कर फिर से वहीं ले जाया जाता। सदियों से यही परम्परा थी और उस परम्परा की यही ख़ौफ़नाक प्रक्रिया थी। प्रक्रिया से प्रतिक्रिया का उभरना लाजमी था। आख़िर पड़ोसी ने पूछ ही लिया,

“यह कौन हैं? जो तुम्हारे साथ रहती है?”

संक्षिप्त जवाब था मेरा, “मेरी पत्नी।”

सुनकर आश्चर्य हुआ। उसके सामने के फ्लैट में रहने वाले द्विवेदी ने नया सवाल उछाल दिया, “पर तुम तो दलित हो।”

सवाल अजीब था और वह भी 21वीं शताब्दी में। पर उसे लगा हिन्दू धर्म तो वहीं खड़ा था हज़ारों वर्ष पहले के जातियों के जंगल में। और उसी जंगल से बाहर निकलने को लोग तैयार नहीं हैं। जैसा सवाल कल द्विवेदी

ने किया, वैसा ही आज चौबे ने पूछ लिया। फिर त्रिवेदी ने भी यही सवाल कर दिया। उनके सवाल-दर-सवाल उभर रहे थे। सवाल पूछने की मंशा उनकी एक ही थी। हालाँकि अपने-अपने सवाल पूछने के दौरान भाषा को वे घुमा-फिरा दिया करते थे। शीतल जबसे दिल्ली आई थी, उसे अच्छा लगने लगा था। वह बस्ती की महिलाओं से घुलने-मिलने लगी थी। जबकि मेरे भीतर अलगाव की भावना उभरने लगी थी। आज नाश्ता लेकर जैसे ही मैं बाहर जाने के लिए मन्दिर के सामने से निकला, मुझे देखकर पुजारी बोल उठा, "सुनिये तो तनिक।"

मैंने ठहरते हुए पूछा, "कहिये पुजारी जी।"

"आप बहुत जल्दी में रहते हैं। कभी बात ही नहीं करते।"

मेरा जवाब उभरा, "काम बहुत होता है पुजारी जी।"

सुनकर उन्होंने कहा, "काम तो सभी को होता है। पर मन्दिर के सामने तो पल भर अगर ठहर जाओं तो भला कितना समय लगेगा?"

"आपको तो पता ही है मैंन मन्दिर में विश्वास करता हूँ और न पूजा में। मैं कर्म को महत्त्व देता हूँ। इसीलिए व्यस्त भी रहता हूँ।

तभी तिवारी भी आ गये। वे सोसायटी के अध्यक्ष थे, उन्होंने कुछ सुन लिया था।

"तुम लोगों ने यही तो किया। आख़िर कश्मीर में कितने मुसलमान थे। तुम्हारे ही श्रेष्ठ कहलाने वाले पण्डितों ने धर्म परिवर्तन कर मुसलमानों की जनसंख्या बढ़ा दी और खुद मुसीबत मोल ले ली।"

तभी बीच में तिवारी बोले, "अरे क्या बात करते हो, मुसलमान बन कर तो दलितों ने हिन्दुओं के लिए मुसीबत पैदा कर दी।" मेरा भी तत्काल जवाब उभरा, "तिवारी ज़ी दलित अगर कहीं मुसलमान बने हैं तो वह भी हिंदुओं के जुल्म और अत्याचारों के कारण। रही बात कश्मीर में धर्मपरिवर्तन की तो कान खोल कर सुन लीजिए वहाँ मुसलमान बनने वालों में अधिक संख्या सवर्णों की ही रही। स्वयं ब्राह्मणों ने मस्जिदों में जाकर कलमा पढ़ा।"

मन्दिर के सामने शोर हुआ तो शीतल भी वहाँ आ गयी। तभी पुजारी कह उठे,

मन्दिर "छी छी, कहीं ब्राह्मण भी मस्जिद में गये हैं।"

"पुजारी जी आप वेद, पुराण और मनुस्मृति छोड़कर कुछ इतिहास पढ़ें तो पता चले कि सच क्या है?"

इस बीच चार-पांच लोग और आ गये थे। उनमें द्विवेदी भी थे। वे जहाँ खड़े थे, वहीं से बोल उठे, "हमने तो आपको शरीफ़ आदमी समझा था सोसायटी में फ़्लैट देते हुए।"

सुनकर मेरे भीतर जैसे विस्फोट हुआ, "एक कश्मीरी पण्डिताइन अगर वासना की भट्ठी में जल रही थी तो मैंने उसे वहाँ से बाहर निकाल कर क्या बदमाशी कर डाली?"

मेरी बात सुनकर वे एक-दूसरे की ओर देखने लगे। मेरे भीतर का गुबार अभी कम नहीं हुआ था।

"पाकिस्तान से आई हुयी रोती-बिलखती हिन्दू औरतों को तुमने अपने घरों में शरण नहीं दी। वे भ्रष्ट हो गयी हैं। ऐसा कह कर अपनी ही माँ, बहन तथा बेटियों से हिन्दुओं ने मुँह मोड़ लिया।"

कहते हुए मैंने पलभर साँस ली। फिर कहा, "जानते हो तुम्हारे हिन्दू विधान के अनुसार यह महिला भी भ्रष्ट है। पहले आतंकवादियों ने भ्रष्ट की। फिर कोठे पर आने वाले ग्राहकों ने। उन ग्राहकों में मुसलमानों के साथ हिन्दू भी थे।

मेरी बात सुनकर वे सभी चुप हो गये थे। वे एक दूसरे की ओर देखने लगे थे।

"पर मैं तुम कूपमण्डूक हिन्दुओं की तरह नहीं हूँ कि इसे दोबारा आत्महत्या करने का अवसर देता।"

तभी पुजारी का सवाल उभरा, "बेटी क्या यह सच है?"

शीतल ने जवाब दिया, "हाँ यह सच है।"

('युद्धरत आम आदमी', नयी दिल्ली, अगस्त, 2016)

मैकाले का बेटा

मैकाले का जन्मदिन ज़ोरशोर से मनाया गया। ख़बर तो बननी थी। मीडिया के लिए जैसे यह असाधारण घटना से भरी ख़बर थी। आज़ादी के बाद देश में पहली बार ऐसा हुआ। अख़बारों में तूल देकर इस ख़बर को छापने की उम्मीद थी। छापेंगे भी क्यों नहीं भला? एक फिरंगी का जन्मदिन मनाये जाना वह भी दलित के घर पर। उसी जन्मदिन की पार्टी में लॉर्ड मैकाले को एक-दो दलित बुद्धिजीवियों ने तो भारत में आधुनिकता का जनक तक बतला दिया था। उन्होंने ही भारत में अंग्रेज़ी शिक्षा की शुरुआत की थी। जन्मदिन के अवसर पर और भी बहुत कुछ कहा और सुना गया। हालाँकि सुनने वालों से कहने वाले अधिक थे। मसलन किसी ने कहा कि दलित परिवार में बच्चे के जन्म के समय उसके कान में ओम का उच्चारण नहीं बल्कि एबीसीडी का उच्चारण करना होगा। बाबा साहेब डॉ. अम्बेडकर के बहाने अंग्रेज़ी भाषा को शेरनी के दूध की भी संज्ञा दे डाली। और देव भाषा संस्कृत को कूड़ा-कबाड़ बता दिया गया। पार्टी में प्रेस के दो-तीन लोग भी थे। जो कुछ भी वहाँ कहा गया, वह सब उन अख़बारनवीसों ने अपनी-अपनी डायरी में दर्ज किया। मसाला तो रिपोर्ट तैयार करते हुए लगाना ही था। अधिकांश दलित साथियों की राय थी कि दलितों की नयी पीढ़ी को हिन्दी छोड़कर अंग्रेज़ी भाषा पर पकड़ रखनी चाहिए। पार्टी में सवर्ण बुद्धिजीवियों को भी आमंत्रित किया गया था, जो दलितों की इस पार्टी में अल्पमत में थे। बावजूद उन्हें अपनी बात तो रखनी ही थी, वे दलितों के हिन्दी छोड़ने के मामले से सहमत नहीं थे। उनका विचार था कि दलित अंग्रेज़ी सीखें या न सीखें, लेकिन हिन्दी भाषा को उन्हें कतई भुला देना नहीं चाहिए।

दलितों का अंग्रेज़ी सीखने का मतलब सवर्णों की मलाई में हिस्सेदारी तो थी ही, खान-पान में शरीक लोगों में न किसी धर्म का सवाल था, न किसी जाति का। सभी बेतक्कलुफी से तश्तरियों में परोसे गये नॉनवेज पर हाथ साफ़ करने में लगे थे। देर रात तक पार्टी चली। प्रेस के लोग पहले ही खा-पीकर चले गये थे। मीडिया में प्रतिस्पर्धा का युग था। कौन पहले इस सनसनाहट से भरी ख़बर को छापे और विमर्श में सनसनी पैदा करे। कितना भी देश में जातिवाद हो, रसरंग पार्टी में वह कहीं दिखलाई नहीं देता था। लोग बढ़-चढ़ कर खाने-पीने में मशगूल हो जाते हैं। नज़दीकियाँ बढ़ने लगती हैं। ऐसी पार्टी में जाम से जाम टकराने वाली कोई महिला भी हो तो पीने वालों के भीतर सनसनाहट से लेकर झनझनाहट की लहर दौड़नी ही होती है। नन्दिता के दो पेग लेते-लेते उसके आसपास पियक्कड़ों का जमघट तो बढ़ना ही था। अचल सिंह के इशारे को भाँप कर वह जल्दी ही निकल गयी थी। वह एक अंग्रेज़ी पत्र से थी। पीछे बचे थे सुरेश गौतम, विकास शर्मा और रमाशंकर वशिष्ठ। पाँच बोतलें खाली हो गयी थीं। छठवीं के खोलने की बारी थी। पार्टी में कुल पन्द्रह लोगों को आमंत्रित किया गया था। धीरे-धीरे शेष साथी भी चले गये थे। सबसे अन्त में सुरेश गौतम गया। सुरेश गौतम ने जाते हुए एक बार फिर मैकाले के जन्मदिन की बधाई दी थी। बच्चे दूसरे कमरे में पहले से ही सो गये थे। फुर्सत पाकर अचल सिंह ने धीरे-से दरवाज़ा खोलकर देखा।

सुबह हो चुकी थी। जहाँ हिन्दी के दो अख़बारों ने भीतर के पृष्ठों पर दो से तीन कालॅम की ख़बर लगाई वहीं टाइम्स आफ़ इंडिया ने तो फ्रंट पेज पर तीन कालॅम की न्यूज़ छापी। टाइटल था– दलित डिक्लेरेशन ऑन द ओकेजन ऑफ़ मैकाले बर्थडे। सोशल साइट के माध्यम से पहले ही यह घटना बुद्धिजीवियों के दिल और दिमाग पर दस्तक दे चुकी थी। वे हतप्रभ थे। उनमें से कुछ को दुखद अहसास हुआ था और कुछ को सुखद...। सवर्णों की पुरानी पीढ़ी के साथ नयी पीढ़ी के बीच भिनभिनाहट थी। वे हैरान थे। और जल-भुन रहे थे। उनके भीतर से बवण्डर उभर रहा था। बस्ती में नुक्कड़ सभा हो या बाज़ार में पनवाड़ी की दुकान। विश्वविद्यालय में पुस्तकालय हो या कालिज में खेल मैदान, सभी जगह इस ख़बर की प्रतिक्रिया थी।

प्रतिक्रियास्वरूप लोग एक जगह जुटते थे और भिनभिनाते थे। उनके स्वर तल्ख हो गये थे और एक-दूसरे को तल्खियाँ परोस रहे थे। चर्चा का कोई अन्त न था। तेज़ी के साथ वह सब चर्चा गर्म हवा में तब्दील होती चली गयी। उस चर्चा की कोई सीमा नहीं थी। न धर्म की न वर्ग की, न नस्ल की और न जाति की। न ही राज्य की न देश की। क्षेत्रीय भाषा के बेरियर को अंग्रेज़ी ने तोड़ा। जो कम पढ़ा-लिखा था, उसने ख़बर को चाव से पढ़ा और जो शिक्षित था उसने तो पढ़ना ही था। आम से ख़ास के बीच विमर्श के तीखे स्रोत उभरने लगे थे। सवर्णों के बीच अच्छा-ख़ासा क्षोभ था। वे कुछ का कुछ बोलने लगे थे। शहर के किसी भी नुक्कड़ पर कहीं भी सवर्ण कुनबे के लोग इकट्ठा होते या गोष्ठी के बहाने समूह में होते। ख़ुद-ब-ख़ुद उनके बीच आलोचना का विस्तार होता चला जाता। कोई कहता—

"दलितों को दिन लगने लगे हैं अब।"

दूसरा तभी बोल उठता, "खाने को भरपेट मिलने लगा है ना भैया।"

तीसरा भी कहाँ चुप रहता, "बदन पर कपड़े भी सज गये हैं।"

चौथा उसकी बात पूरी करता, "और पाँवों में बूट भी आ गये हैं।"

पाँचवाँ इस अखाड़े में किसी पहलवान की तरह कूदता, "बस पूछो मत, लाट साब बन गये हैं।"

तभी पीछे खड़े हुए सुन रहा अन्य कोई आक्रोश में आकर बोलता, "इनकी हिम्मत तो देखो, हिन्दू धर्म ग्रन्थों को जलाने लगे हैं।"

पीछे से एक-दो भी हिस्सेदारी निभाये बिना न रह पाते। वहीं से स्वर उभरता, "अंग्रेज़ों का लिखा हुआ इतिहास पढ़ने लगे हैं।"

शायद अन्तिम आदमी भी अपना गुस्सा बाहर निकाले बिना नहीं मानता, "उन्हीं की संस्कृति, परम्परा ओढ़ने-बिछाने लगे हैं। ज़रा भी शर्म नहीं आती इन्हें। और हमारे देवी-देवताओं की संस्कृत भाषा को कूड़ा-कबाड़ बताने लगे हैं।"

दूसरी ओर एक असाधारण व्यक्तित्व यानी लॉर्ड मैकाले के बारे में साधारण लोगों के बीच जानकारी का इजाफ़ा हुआ था। जिनके विचार अभी पूर्व की तरफ़ ही थे वही विचार आज़ादी के पचास बरस बाद फिर से पश्चिम की ओर मुड़ने लगे थे। वे भी हवा का रुख पहचान रहे थे।

दलितों के बीच नये तरह का विमर्श आरम्भ हो गया था। वह विमर्श भाषा को लेकर ही नहीं था भविष्य का भी सवाल था उनके सामने। दलितों की रोज़ी रोटी से जुड़ा मामला था। उनके बीच यही सवाल शिद्दत के साथ बार-बार उभर रहे थे। आख़िर वे ही क्यों हिन्दी से जुड़े रहे, गाँधी ने कभी कहा होगा हिन्दी पढ़ने-लिखने के लिए। अम्बेडकर ने तो नहीं कहा। फिर गाँधी की बात सवर्णों ने कितनी मानी। गाँधी तो नंगे रहते थे। सवर्णों में कितने नंगे रहते हैं? सूट-बूट पहन कर अपने बच्चों के लिए अंग्रेज़ी मीडियम के पब्लिक स्कूल खोल लिये और दलितों को कहा तुम नगरपालिका के स्कूल में हिन्दी पढ़ो। मैकाले होगा उनके लिए ख़राब। क्योंकि वह समन्दर पार से आया था। क्योंकि वह गाय का मांस खाता था। क्योंकि वह अंग्रेज़ परिवार से शासक जमात से था। क्योंकि उसने यहाँ के ब्राह्मण पोंगा-पण्डितों के साथ भाषा शास्त्रियों की भी खिल्ली उड़ाई थी। क्योंकि उसने अंग्रेज़ी भाषा के साम्राज्य को पुख्ता किया था। क्योंकि अंग्रेज़ी साम्राज्य पुख्ता होने से पूर्व मैकाले ने यहाँ के पोंगा पण्डितों को शेखचिल्ली बनते देखा था। रेनेसां की बुनियादी तारीफ सिर्फ़ इतनी कि कोई चीज़ थी, वह मर गयी। उसे अंग्रेज़ों ने मारा। उधर अंग्रेज़ों ने कहा कि हिन्दुस्तानियों में आमतौर पर इल्म कभी रहा होगा, पर अब इल्म बिल्कुल नहीं रहा। अनपढ़ लोगों के बीच शिक्षा हम पैदा कर रहे हैं। क्योंकि मैकाले ने यहाँ की देशज शिक्षा की खिल्ली उड़ाई थी। क्योंकि 1835 में मैकाले की फ़ाइल में एक मशहूर नोट था कि यहाँ सारे उलूम जितने इनके पास हैं, वह एक औसत यूरोपीय आदमी की एक बुक शेल्फ से कम हैं। नोट का लब्बोलुबाव यह कि हिन्दुस्तान के लोग बिल्कुल ज़ीरो हैं और ज़ीरो से हम इनको आगे ले जा रहे हैं।

यही सब बातें सुबह के सात बजे से लेकर रात के बारह बजे तक उफनती रही थीं। जब तक सवर्ण बुद्धिजीवियों की जमात गहरी नींद में सो नहीं गयी थी। हालाँकि सोते हुए भी उनके सपने में लार्ड मैकाले भस्मासुर की तरह सामने खड़ा दिखाई दे रहा था। दलितों के भीतर भी उफान था। और नये तरह के सवाल भी। वे सवाल इतिहास से भी जुड़े थे और राजनीति से भी। इतिहास के तो हाशिए पर उनके पूर्वजों के चिन्तन के साथ उन्हें भी फेंक दिया गया था। पर राजनीति के हाशिए पर दलितों को फेंकने की

किसी सवर्ण की हिम्मत न थी। बदलाव का चक्र तेज़ी के साथ घूमने लगा था। सवाल नयी-नयी परिभाषाओं के साथ उभर रहे थे। जहाँ सवर्णों के पास तर्क थे वहीं दलितों के पास भी तर्क आ गये थे। बदलते समय में सामाजिक न्याय की गूँज ने उन्हें बहुत-कुछ दिया था।

दो दिन पूर्व अचल सिंह ने अपने घर पर ही कार्यक्रम रखा था। वहीं लार्ड मैकाले का जन्मदिन मनाया गया था। कार्यक्रम की रूपरेखा बनाते समय यह निश्चित किया गया था कि आयोजन बाहर किसी हाल में न कर घर पर ही रखा जाये। क्या मालूम सूँधते-सूँधते बजरंगी आ जायें। कोई बजरंगी या संघी त्रिशूल लेकर अगर आ गये तो वह क्या कर पाएंगे। अचल सिंह जिस कॉलोनी में रहता था, उसमें उसकी अच्छी खासी पैठ थी। दलितों में भी और पिछड़ों में भी। सवर्ण समाज के कुछ समझदार साथियों के साथ भी उसकी उठ बैठ थी। भले ही वे कम्युनिस्ट हों, भले ही वे अम्बेडकर को उतना तरजीह न देते हों। पर हिन्दूवादी पार्टी और उसके सिपहसालारों के तो ख़िलाफ़ ही थे। हिन्दू होकर हिन्दुओं से मुठभेड़ करते रहते थे वे। यह उनका शगल भी था और खिलन्दरी भी। आम आदमी को केन्द्र में लाने की बात तो वे करते ही थे। उनके इस संघर्ष में बाधा पहुँचाने वालों के ख़िलाफ़ वे लड़ने-मरने को तैयार भी रहते थे।

जब-जब भी उसे पिताजी की याद आती, उसकी आँखें भर आतीं। स्वयं वे अभावग्रस्त रहे, फटा-पुराना कपड़ा पहना। पर बेटे को तो ठीक-ठाक कपड़ा पहनाया। कभी किसी चीज़ की कमी नहीं होने दी उसे। वे ख़ुद कहा करते थे क़र्ज़ा लो, लेकिन अच्छे काम के लिए।

उन अच्छे कामों में शिक्षा भी उनकी वरीयता में थी। उनके पिता पुरानी पीढ़ी के थे। उन्होंने ब्रिटिश राज भी देखा था और आज़ादी के बाद हिन्दू राज भी। अम्बेडकर के भाषणों को सुना भी था और पढ़ा भी। गाँधी पर भी किताबें पढ़ी थीं। गाँधी के व्यक्तित्व के पेंच को वे ख़ूब समझने लगे थे। अम्बेडकर ने बार-बार शिक्षा पर ज़ोर दिया। एक होकर संघर्ष करने की बात कही। इसलिए शिक्षा का महत्त्व समझे थे वे। शिक्षा ही सभी बीमारियों को दूर करने वाली ओषधी है। ऐसा वे स्वयं कहते थे।

आज अचल सिंह के पास न पिता थे और न माँ। माँ तो दवाई के अभाव में ही चल बसी थी। गाँव में न डिस्पेंसरी थी और न ही कोई अच्छा डॉक्टर। नीम हकीम डॉक्टर थे बस। जिनके सहारे जीवन और मौत की वे भी बिना पैसे के बात नहीं करते थे। और पिता जीवन संघर्ष करते-करते गये थे। अन्तिम समय उनके होंठों पर यही शब्द थे, ''बेटे स्वाभिमान से जीना और संघर्ष करते रहना।''

आज तीसरा दिन था। अख़बार पढ़ने से महसूस होता था शहर की फ़िज़ा में अभी भी तुर्सी थी। किसी बजरंगी का तल्खी से भरा बयान छपा था। वह बयान था कि दलितों को सीधे-सीधे चुनौती। दो कालॅम की न्यूज़ थी। हैडिंग था– बाज आयें मैकाले का जन्मदिन मनाने वाले। समाचार पूरी तरह भड़काऊ था। और आग लगाने वाला भी। अचल सिंह ने चाय पीते हुए पूरी न्यूज़ पढ़ी थी। समाचार की भाषा अन्त तक हड़काने वाली थी। चाय का स्वाद जैसे कड़वा हो गया था। अचल सिंह ने पूरा अख़बार देखा। पेज सात पर भी न्यूज़ थी। अंग्रेज़ों का दम किस बूते पर भरते हैं दलित? समाचार किसने दिया था। कुछ भी सन्दर्भ नहीं था। लगता था सम्पादक की बदमाशी थी। सुरेश गौतम ने यह बात फ़ोन पर बतायी थी। ख़ुद ही न्यूज़ बना ली थी। ख़ुद ही न्यूज़ बना ली थी स्सालों ने। ऐसा अक्सर होता था। कभी-कभी तो छदम नाम से ख़बर चस्पा कर दी जाती थी। अचल सिंह के घर पर रखा फ़ोन बार-बार बज उठता था। वह जानता था कि किसका फ़ोन हो सकता है। किसी बजरंगी का या निक्करधारी का या उसके किसी प्रशसंक का। इनमें से किसी का तो होगा ही। इस बार जब फ़ोन पुनः बजा तो उसने रिसीवर उठाकर हैलो कहा। उधर से तेज़ आवाज़ में किसी ने धमकी के लहजे में कहा। तुम स्साले आज़ाद देश में मैकाले का जन्मदिन मनाओगो, वह क्या तुम्हारा बाप था? इस बीच अचल सिंह ने जब पूछा कि कौन बोल रहा है तो उधर से कनेक्शन काट दिया गया था। पत्नी आज सुबह ज़रूरी काम से अपने मैके चली गयी थी। साथ में पांच वर्षीय बेटे को भी ले गयी थी। जाते-जाते वह हिदायत दे गयी थी। ठीक-ठाक रहना। ज़्यादा धूम-धड़ाका करने की ज़रूरत नहीं है। नहीं तो कोई हमारे घर में ही धड़ाका कर देगा। अचल सिंह अपनी पत्नी की बात सुनकर हल्के-से मुस्कराये थे।

पत्नी के जाते ही उन्हें अकेलापन महसूस हुआ। ऊपर से फ़ोन की बार-बार घण्टी बजना, मन उद्विग्न-सा हो उठा उनका। तभी बाहर दरवाज़े पर कालबैल की आवाज़ गूँज उठी। उन्होंने सावधानीवश दायें हाथ में हाकी पकड़ी और बायें हाथ से दरवाज़े की सिटकनी धीरे-से नीचे की। फिर सावधानीवश थोड़ा दरवाज़ा खोला। उन्होंने देखा। दरवाज़े के बीचोबीच उन्हीं की कॉलोनी में रहने वाले सोमनाथ खड़े थे। अब तक बायें हाथ से अचल सिंह ने पूरा दरवाज़ा खोल दिया था। सोमनाथ ने उनके हाथ में हॉकी देखी तो वे कह उठे, ''यार अचल, हॉकी से क्या होगा। कोई हथियार रख।''

तभी 'आइये कामरेड' कहते हुए अचल सिंह उन्हें भीतर ले आये।

कमरे में सोफ़े पर बैठते हुए सोमनाथ बोले, ''वैसे इन स्सालों की हिम्मत नहीं कि दिन में ही हमला कर दें। अब रात का तो भई कुछ पता नहीं।''

इस बार जवाब दिया अचल सिंह ने, ''देखो कामरेड, कोई दिन में हमला करे या रात में। मैं तो तैयार हूँ।''

कुछ पल के बाद उन्होंने फिर कहा, ''अच्छा यह बताओ, चाय पियोगे।''

तत्काल सोमनाथ बोले, ''यार मैं तो चाय पी आया, तू बतला, तेरे लिए भाभी जी नाश्ता बना गयीं या नहीं।''

अचल सिंह से जवाब देने में थोड़ा देरी हुई तो सोमनाथ ने कहा, ''कोई बात नहीं, मैं तेरे लिए आमलेट और पराँठे भिजवा देता हूँ।''

अचल सिंह से इनकार करते हुए नहीं बना। कारण था कि सोमनाथ से उनके अच्छे सम्बन्ध थे। सोमनाथ स्वयं प्रगतिशील लेखक संघ के अध्यक्ष थे। कभी-कभी अचल सिंह भी कार्यक्रम में शामिल हो जाते थे।

''अच्छा ख़ूब फ़ोन आ रहे होंगे। अख़बार तो तूने देख लिया ही होगा। पर यह तो इनके माँ-बाप से कोई पूछे कि भई एक अकेले मैकाले ने तो सारे देश में अंग्रेज़ी नहीं फैला दी।''

तभी अचल सिंह ने जवाब में कहा, ''सोमनाथ जी, जो आज मैकाले को गालियां दे रहे हैं उन्हीं के बाप-दादाओं ने अंग्रेज़ों के स्कूल में ही अंग्रेज़ी सीखी थी।''

इस बीच सोमनाथ ने उसकी बात को समर्थन करते हुए हुंकारा भरा था।

अचल सिंह पुनः बोले, "ब्रिटिश पीरियड में आईसीएस कौन बने? अंग्रेज़ी दरबार के देसी हुक्मरान तो यही थे। तब तक दलितों का आईसीएस बनने का नम्बर कहाँ आ पाया था।"

तभी सोमनाथ का स्वर उभरा, "बात तो तूने पते की कही है।"

इस बार अचल सिंह का स्वर गरमाया हुआ था, "मुझे कहना तो नहीं चाहिए लेकिन कहना पड़ता है।"

पलभर ठहरने के बाद पुनः उसका स्वर उभरा, "अंग्रेज़ों के साथ लूट में इनके बाप-दादा भी ख़ूब शामिल थे।"

तभी सोमनाथ को कुछ याद आ गया। वे उठते हुए बोले, "अच्छा अचल सिंह मैं नाश्ता भिजवा देता हूँ। और हाँ संभल कर रहना।"

उनके जाने के बाद अचल सिंह अकेला रह गया। थोड़ी देर में सोमनाथ की बेटी नाश्ता दे गयी। उसने अभी नाश्ता करना शुरू ही किया था कि फ़ोन बज उठा, क्रेडल उठाकर पूछा उसने, "कौन।"

उधर से सपाट जवाब उभरा, "तेरा बाप।"

सुनकर अचल सिंह ने तुरन्त फ़ोन बन्द कर दिया। अचल सिंह पुनः नाश्ता करने लगा था। अभी उसने नाश्ता ख़त्म ही किया था कि फ़ोन की घण्टी फिर बज उठी, अचलसिंह ने सुना। उधर से कोई बोला, "स्साले, तुझे मैकाले का जन्मदिन मनाकर क्या मिला?"

उसने फ़ोन बन्द कर दिया। पलभर बाद फिर फ़ोन बज उठा। इस बार अचल सिंह ने फ़ोन नहीं उठाया। फ़ोन की घण्टी बार-बार बजती रही। वह कमरे से निकल कर बाहर बालकनी में आ गया था। तभी उसके बराबर के फ़्लैट में बालकनी में टहलते हुए द्विवेदी ने उसे देखा और तुरन्त बोला, "अरे अचल, यह क्या हल्ला मचवा दिया?"

द्विवेदी अचल सिंह से कभी बोलता-बतियाता नहीं था। आज कैसे उसका स्वर फूट पड़ा।

अचल सिंह यह भलीभाँति जानता था। जवाब तो देना ही था, "द्विवेदी जी, जो हल्ला मचा रहे हैं उनसे ही पूछें।"

"पर बात तो आपने शुरू की।"

"अच्छा यह बतलाएँ द्विवेदी जी, आपका बच्चा अंग्रेज़ी स्कूल में पढ़ता है ना।"

इस बार द्विवेदी को जवाब देने में देर लगी।

"हाँ पढ़ता तो है।"

तपाक से अचल सिंह ने कहा, "फिर मैंने अगर इस देश में अंग्रेज़ी के पितामह का जन्मदिन मना लिया तो क्या बुरा किया ?"

तभी द्विवेदी के घर के भीतर से उनकी पत्नी की आवाज़ आयी, "अजी किससे बात कर रहे हो?"

पत्नी को जवाब दिया उन्होंने, "मैकाले का जन्मदिन मनाने वाले से।"

उनकी पत्नी का स्वर दोबारा उभरा, "इन्हें और किसी का जन्मदिन मनाने को नहीं मिला था। अरे गाँधी बाबा का जन्मदिन मना लेते। नेहरू का मनाते तो कोई हर्ज नहीं था।"

अचल सिंह ने भी जवाब देने में कोई कोर-कसर नहीं छोड़ी, "इस बार देखना भाभीजी फूलन देवी का जन्मदिन मनाऊँगा।"

सुनकर उनके मुँह से निकला, "हाय रे दय्या।"

अचल सिंह अब बालकनी से अपने कमरे में आ गये थे। उनके आते ही फ़ोन बज उठा। इस बार उन्होंने हैलो कहा। दूसरी तरफ से धमकी भरा स्वर उभरा, "स्साले, तू बच नहीं पायेगा। तूने आज़ाद देश में एक फिरंगी का जन्मदिन मना कर बहुत ग़लत किया।"

अचल सिंह ने भी हिम्मत कर जवाब दिया, "कब आ रहा है तू मुझे जान से मारने के लिए। आना मैं तैयार हूँ।"

उधर से फ़ोन बन्द हो गया था। अचल सिंह ने रसोई में जाकर चाय बनायी। चाय पीते हुए सिगरेट का कश लिया। और सिगरेट के धुएँ की तरफ़ कुछ देर तक देखता रहा। हर बार धुआँ हवा में उड़ता, पर जल्दी ही उसका अस्तित्व ख़त्म हो जाता। उसने विचार किया। उसे धमकी देने वालों का भी अस्तित्व ऐसे ही ख़त्म हो जायेगा।

अचल सिंह जागरूक युवा था जिसके भीतर कुछ कर-गुज़रने की भावना थी। उसने चार बरस पहले बाबा साहेब डॉ. अम्बेडकर के राजनैतिक दर्शन पर पीएच.डी. की थी। पर अन्य युवाओं की तरह वह प्रोफ़ेसरी के लिए लाइन में नहीं लगा था। स्वतन्त्र रूप से ही कुछ करना चाहा था उसने।

हिन्दी तथा अंग्रेज़ी दोनों भाषाओं में लिखने लगा था वह। कुछ माह पहले ही तो उसने एक दैनिक के लिए आलेख लिखा था, जिसमें उसने कहा था—इस देश में अंग्रेज़ देरी से आये और जल्दी चले गये। यह लेख अच्छा-खासा चर्चित हुआ था। कुछ सवर्ण चिन्तकों ने तो उसके लेख को विवादास्पद बना दिया था। उसे लिखना है और जब तक लिखते रहना है तब तक उसकी साँस में साँस है। आख़िर उसने क्या बुरा किया मैकाले का जन्मदिन मना कर। जिस मैकाले की अंग्रेज़ी पढ़-पढ़ कर बड़े-बड़े सवर्ण सूरमा पुश्त-दर-पुश्त मलाई खाते रहे हैं, आख़िर उनमें इतनी-सी भी नैतिकता नहीं कि...। विचारों में डूबे हुए उसे पता ही नहीं चला कि कब सिगरेट ख़त्म हो गयी। अँगुली में जलन हुई तो अहसास हुआ। तभी उसने दूसरी सिगरेट सुलगाई। कुछ देर बाद फ़ोन की घण्टी बज उठी। उसका मन हुआ। फ़ोन न सुने। पर क्या मालूम फ़ोन किसी दुश्मन का न होकर दोस्त का ही हो। यही सोच कर उसने फ़ोन सुना। दूसरी तरफ़ से सुदेश गौतम की आवाज़ आयी—

"भाभी जी चली गयीं।"

"हाँ।"

"अकेले हो।"

"हाँ भई अकेला ही हूँ।"

"मैं आ जाऊँ शाम को।"

"आ जाओ।"

कह कर उसने फ़ोन बन्द कर दिया। दोपहर हो गयी थी। उसने फ्रिज खोलकर देखा। बिरयानी रखी थी। उसने प्लेट निकाली और रसोई में जाकर गर्म की। लंच लेते ही उसे नींद आ गयी।

शाम होते-होते सुरेश गौतम और उसके मित्र आ धमके। अचल सिंह को सामने देख दोनों ने जयभीम कहा। उन्होंने भी जयभीम का जवाब जयभीम से दिया। सुरेश ने परिचय कराया। यह हैं सुखदेव। अभी जेएनयू से दलित साहित्य पर एम.फिल. कर रहे हैं। तुम्हारी शागिर्दी में कुछ सीखना चाहते हैं। अभी उसकी बात पूरी हुई थी अचल सिंह ने कहा, "सामने अलमारी से बोतल लें और पेग बनाना शुरू कर दें।"

सुनकर सुखदेव बोला, "अभी तो पूरी तरह शाम ढली भी नहीं है।"

"पीते-पीते ढल जायेगी।" तत्पश्चात ही खाने-पीने का सामान मेज़ पर सजा दिया गया। थोड़ी देर में पीना शुरू हुआ तो सुरेश गौतम पूछ बैठा, "कितनी धमकियाँ मिल गयीं ?"

"देखो सुदेश, उनका काम है धमकियाँ देना और मेरा काम है चुनौतियों को स्वीकार करना।" कह कर अचल सिंह ने सिगरेट सुलगाई थी।

"पर पुलिस में रिपोर्ट तो दर्ज करानी चाहिए थी।"

"फिर पुलिस कमिश्नर से सुरक्षा की माँग करूँ।"

"हाँ।"

"तू समझता है दलित को सुरक्षा मिल जायेगी।"

"पर एप्रोच करने में क्या है?"

उसकी बात सुनकर अचल सिंह ने कुछ पल सोचा फिर उसका स्वर उभरा, "अच्छा तू ऐसा कर, कमिश्नर के नाम लैटर मैं टाइप कर दूँगा। सुबह वहाँ जाकर दे देना।"

सुरेश ने हामी भरी तो दूसरा पेग सुखदेव ने बनाया। तभी सोमनाथ आ गये। आते ही उन्होंने फ़ोन पर आयी धमकियों की बाबत पूछा। सुनकर अचल सिंह ने इतना ही कहा, सोमनाथ जी देश में सिरफिरे लोगों की कमी है क्या? सोमनाथ जी ने बतलाया कि वैसे उन्होंने सोसायटी के दोनों चौकीदारों को सावधानी बरतने के लिए कह दिया है। वे पीते नहीं थे। इसलिए उनके हाथ में कैम्पाकोला की बोतल दे दी गयी। मुस्कराते हुए उन्होंने पहला घूँट भरा। फिर बोले वे, "वैसे तुमने मैकाले को फिर से जिन्दा कर दिया।"

सुनकर अचल सिंह कुछ बोला नहीं। सिर्फ़ मुस्कराया था। वह कहता भी क्या। पर सच यही था कि जब तक देश में अंग्रेज़ी का वर्चस्व रहेगा तब तक मैकाले भी जीवित रहेगा।

रात में जल्दी ही सुरेश गौतम और सुखदेव चले गये थे। उनसे पहले सोमनाथ ने जाते हुए अचल सिंह को सावधानी बरतने की बात कही थी। सुबह देरी से अचल सिंह की नींद खुली। उससे पहले हिन्दी और अंग्रेज़ी के चार-पांच अख़बार बालकनी में हॉफकर डाल कर चला गया था। बाथरूम से बाहर आया तो नौ बज गये थे। सबसे पहले उसने चाय बनायी फिर

एक-एक कर अख़बारों की हैड लायीन देखी। हिन्दी के अख़बार में सम्पादक के नाम पत्र छपा था। किसी रंजीत शर्मा का पत्र था। ''अंग्रेज़ों को बाप बनाने वाले दलित लेखकों के नाम'' दो कॉलम में लगभग पन्द्रह पंक्तियों का पत्र था। पत्र में जम कर भड़ास निकाली गयी थी। दस बजे के बाद सुरेश गौतम का फ़ोन आया। उसने बतलाया कि अभी-अभी पुलिस मुख्यालय में आपकी सुरक्षा के लिए जन सम्पर्क अधिकारी को पत्र दिया है। सुनकर पूछा अचल सिंह ने–

''कुछ कहा उसने।''

उधर से जवाब आया, ''कहा तो है पर मुझे सुनकर अच्छा नहीं लगा।''

''कुछ पता तो चले आख़िर।''

तभी सुरेश का स्वर उभरा, ''वह कह रहा था... ।''

''अरे भई बता तो सही... ।''

''वह कह रहा था कि पहले ख़ुद हल्ला मचवाते हैं और फिर सुरक्षा की माँग करते हैं।"

''क्या नाम था उसका?''

''अविनाश शर्मा।''

सुनकर अचल सिंह ने फ़ोन रख दिया। पूरा दिन गुज़र गया। धमकी देने वाले किसी भी शख़्स का फ़ोन नहीं आया। परिवेश में अजीब-सी शान्ति व्याप्त होने लगी थी। सोमनाथ भी शाम को घर पर नहीं आये। पत्नी को दो-तीन दिन बाद आना था। रात हो गयी थी। अकेलापन अखरने लगा था। अक्तूबर माह समाप्त होते-होते मौसम बदलने लगा था। जैसे गर्मी से राहत की दस्तक थी। पर सन्नाटा भी पसरने लगा था। लार्ड मैकाले की दो-तीन पुस्तकें थीं अचल सिंह के पास। वह काफ़ी देर तक कमरे में उस शख़्सियत के बारे में पढ़ता रहा। कैसे गरीबी में मैकाले ने अपना बचपन बिताया, कैसे भारत आकर दलितों की बिगड़ी हुई सामाजिक सरंचना में दखल दिया, कैसे ब्रिटिश प्रशासन को अंग्रेज़ी के द्वारा मुस्तैद करने का बीड़ा उठाया, कैसे मिल्टन पर निबन्ध लिखा, कैसे बाद में ब्रिटिश पार्लियामेंट में प्रवेश मिला, कैसे विलियम बैंटिक के साथ कार्य किया, कैसे लॉ कमीशन के चेयरमैन के रूप में भारतीय दण्ड सहिंता को और भी दुरुस्त किया?

पुस्तक के हर पृष्ठ पर उसके व्यक्तित्व का नया रूप उभरता था। बहुत ही प्रभावपूर्ण और रुचिकर जीवन के दस्तावेज़ थे। उन दस्तावेज़ों से हाशिए के लोगों के लिए आती गूँज।

न जाने कब तक पढ़ता रहा अचल सिंह। पढ़ते-पढ़ते उसे नींद आ गयी। कितनी रात बीत गयी। पता नहीं चला। आँख खुली तो उसे सर भारी लगा। कुछ समय तक परिवेश में रही शान्ति भंग हो गयी थी। भारी क़दमों की आवाज़ें, उसके सर पर किसी ने हॉकी से वार किया था। सर तक हाथ मुश्किल से गया था। जैसे किसी तरल पदार्थ से अँगुलियाँ भीग गयी थीं। परिवेश में तैरती गन्ध ने बतला दिया था। वह ख़ून था। हल्के उजाले में उसे कमरे की दीवारें घूमती-सी नज़र आयी। उसने सुना दो लोग गालियां देते हुए भाग रहे थे। मिनटों में उन्होंने कमरे में रखे सभी सामान को उलट-पुलट दिया था। वह बेहोशी में डूबने लगा था। होश आया तो वह नज़दीक के अस्पताल में बैड पर था, उसने देखा। सोमनाथ उसके सिरहाने खड़े थे। उनके भीतर भी हाहाकार था जिसे वे जज़्ब करने को प्रयासरत थे।

(प्रकाशित)

सपने

आधी रात तक रघु की आँखों में नींद न थी। कल शाम को हुई घटना बार-बार उसकी आँखों के सामने तैर उठती थी, जो उसे बेचैन किये बिना नहीं रहती थी। एक तरह से वही घटना उसके सपनों को चकनाचूर करने वाली सिद्ध हुई थी। कितनी निर्ममता से हवलदार ने चीनी के कप-प्लेटों को मोटरगाड़ी में पटका था। न मालूम अन्दर-ही-अन्दर कितने टूट-फूट कर बिखर गये होंगे। आदमी भी तो ऐसे ही टूट कर बिखर जाता है। और एक स्थिति ऐसी आती है जब उसका कोई अस्तित्व ही नहीं रह पाता। बिल्कुल टूटे हुए कप-प्लेटों जैसा। साबुत कप प्लेट हर किसी को हाथ में लेना बहुत अच्छा लगता है लेकिन ज़रा-सा भी कहीं से कोई किनारा टूट गया तो वह कंडम में गिन लिया जाता है। भूले-भटके किसी की नज़र पड़ गयी तो ठीक वरना उसकी जगह वहीं स्थित हो गयी समझो। कोई छूना भी पसन्द नहीं करता। ग्राहकों की आँखें भाप लेती हैं कि उसका कोई अंग टूटा हुआ है। पर वह तो भीतर से सारा ही टूट चुका था। अब किसी के लिए भला क्या उसका मूल्य शेष रह गया। कितनी बार वह टूटा था और बार-बार उसने जुड़ने की कोशिश की थी, पर इस बार...।

गाँव से जब वह चला था तो उसके मन में कितनी लालसा थी कुछ बनने की। वह कुछ करना चाहता था। असल में शुरू से ही गाँव की ज़िन्दगी उसे रास न आयी थी। गाँव में एक बार शहर से कुछ लड़के-लड़कियाँ आये थे। सप्ताह भर जो गाँव में रहे थे। ख़ूब मौज-मस्ती की थी उन्होंने। लड़कियाँ कैसे हँस-हँस कर बातें करती थीं। रंग-बिरंगे कपड़ों में बिल्कुल तितलियों की तरह लगती थीं। उसे खूब याद है। बचपन में वह तितलियों के पीछे

ख़ूब दूर-दूर तक पीछे भागता था पर कोई भी तितली हाथ न आती थी। कभी-कभी वह तितलियाँ पकड़ने के चक्कर में खेत में घुस जाता था। खेत की ज़मीन गीली होती। वह फिसल कर गिर जाता और उसका सारा शरीर मिट्टी में लथ-पथ हो जाता। बाहर निकलता तो उसके साथी उस पर हँसते, तालियाँ पीटते और उसे हारा हुआ मानते। आज भी तो वह लगभग हार ही गया था रोज़ी-रोटी की लड़ाई लड़ते-लड़ते।

शहर में उसके एक दोस्त ने एक दिन उसे अच्छी तरह समझाया भी था। रघु यह गाँव नहीं शहर है। यहाँ आदमी अगर पल भर के लिए ज़मीन के किसी भी टुकड़े पर खड़ा हो जाये तो उसका भी टैक्स लग जाता है। शहर में पुलिस ही सब कुछ होती है। माँ-बाप, अन्नदाता सब कुछ। उससे बनाये रखोगे तो बहुत कुछ खा-कमा लोगे और बिगाड़ोगे तो कुछ भी नहीं मिलेगा। अब मालूम चलता है दोस्त की बात ठीक थी। जो सच भी था और शहर में रहने का गुर भी, जिसे वह सीख न सका था। अगर सीख जाता तो, आज उसकी यह हालत न होती। फुटपाथ पर किसिम-किसिम की वस्तुएँ बेचते थे लोग जिनमें चार-छः से बस उसकी बोलचाल थी। उनमें एक तो उसके ज़िले का ही था, पर दूसरे गाँव का था वह। कभी-कभी शाम को दोनों मिल कर चाय पीते। एक-दूसरे के घर-गाँव की बात पूछते। यूँ उम्र में वह उससे पूरे पाँच साल बड़ा था। नाम था उसका लालसुख। वैसे भी शहर में रहने का उसका तजुर्बा उससे ज़्यादा ही था उसका। इसलिए जो बात लालसुख समझाता उसे वह आँख मींच कर चुपचाप सुन लेता।

रात में सोते हुए लालसुख की एक-एक बात याद करता। कल ही की तो बात थी। शाम होते-होते फ़ुटपाथ खाली-सा हो गया था। तभी एक औरत पास आयी और उससे तरह-तरह के सवाल पूछती रही। उसने सोचा शायद बस नहीं आयी हो उसकी तभी तो इतना वक़्त लगा रही थी। लेकिन वह जाने का नाम ही न लेती थी। शाम का समय था, ठण्डी-ठण्डी हवा चलने लगी थी। चाय वाला कभी का जा चुका था। मूँगफली वाला भी अब वहाँ नहीं था।

उस दिन लालसुख का भी कुछ पता न था। अचानक तभी उधर हवलदार आ गया था जिसे देख वह पल भर में न जाने कहाँ ग़ायब हो गयी थी।

अगले दिन उसने लालसुख का बतलाया। जो पहले खूब हँसा, हँसते-हँसते वह पागल सा हो गया था। और वह भौचक्का-सा केवल ताकता रहा था उसे बस। काफ़ी देर बाद जब उसकी हँसी रुकी तो लालसुख ने बताया था, शहर में ऐसी जनानी भौत होती हैं भइया। जो ज़्यादातर उन्हीं लोगों को फँसाती है जिनकी न तो बीवी होती है और न ही मकान। इन दोनों में से उसके पास न बीवी थी और न मकान। लालसुख की बात अपनी जगह सही थी। फ़ुटपाथ पर वह सोता था। लालसुख ने ही यह इन्तज़ाम कराया था। केवल एक रुपया रोज़ देना पड़ता था बस। शुरू-शुरू में उसने मकान की बात चलाई थी तो लालसुख ने बताया था कि शहर में मकान बनाना हँसी खेल नहीं।

लालसुख की बात ठीक ही तो थी। सचमुच ही शहर में हर वस्तु महँगी बिकती थी। एक कप चाय भी पचास पैसे की। वह भी चार-छः घूँट के बाद गले में ही रह जाती थी। शहर और गाँव में फर्क भी कितना था। कभी-कभी कोई औरत उसके बगल से निकल जाती तो उसके मन में हूक सी उत्पन्न हो उठती। लालसुख की दी गयी चेतावनी के बाद भी उसका मन उसमें खो जाने को होता। नये-नये फैशन के बाल, रंग-बिरंगी साड़ियों में लिपटी औरतें उसे अच्छी लगती थीं। जिन्हें देख वह प्रायः कप-प्लेट के पास खड़े हुए ही सोचता रहता। कोई औरत आये और उससे कप-प्लेट के बारे में मोल भाव करे। किन्तु ग्राहकों में से कभी-कभार ही कोई दो-तीन ग्राहक औरतें होतीं। लेकिन वह कुछ अलग-अलग सी। भारी भरकम कपड़े के थैले लटकाये। चेहरे पर थकान, सपाट चेहरा, बालों में सफ़ेदी लिए या फिर बूढ़ी औरतें आती थीं। रघु का मन उचाट-सा हो जाता। सोचता उसके पास कप-प्लेट ख़रीदने वैसी औरतें क्यूँ नहीं आतीं जैसे उनके रंग-बिरंगे चित्र सपने में आते या बाज़ार में गिटपिट करते हुए वे उसके आसपास से निकलतीं।

पिछले महीने ही उसने घर पर कुछ पैसा मनीऑर्डर किया था। बाद में जनता ढाबे के पते पर रसीद के साथ एक ख़त भी मिला था उसे। दूसरे गाँव में उसकी शादी की बात चलाई हुई थी। शायद शरद ऋतु में बात पक्की हो जाये। शादी वाली बात को उसने बार-बार पढ़ा था। लालसुख को भी बतलाई थी वह बात। चार-छः दिनों तक वह ख़त बराबर रघु ने सँभाल कर जेब में रखा था। एक-आध बार दिन में भी देख लेता था उस ख़त को।

आजकल वह दूसरे ही सपने में खोया रहता। कपड़े भी वह ख़ूब उजले पहनता। एक जोड़ी कपड़े को केवल दो ही दिन पहनता। फिर वहीं ढाबे के नल पर साबुन से ख़ूब रगड़ कर कपड़े धोता। कपड़े धोते-धोते उसकी नज़रों के सामने अनगिनत लड़कियों की काल्पनिक तस्वीरें घूम जाती थीं। गोल-मटोल चेहरे, पतले चेहरे, गौरे रंग व साँवले रंग की लड़कियाँ होतीं। इन सभी को वह अपनी होने वाली घरवाली की कल्पना करता। कभी-कभी वह बाज़ार में चूड़ियाँ, कानों के बुन्दे, चोली देखता। छू भी लेता था उन्हें। ख़रीदने का मन भी होता। लेकिन यह सोचकर रुक जाता। अभी जल्दी ही क्या है? पहले शादी तो हो जाये। शादी के बाद सब कुछ ख़रीद देगा। सुर्खी बिन्दी, लिपस्टिक, काजल। औरतों के श्रृंगार की चीज़ों को वह ख़ूब देख-समझने लगा था।

दो-चार दिनों से कप-प्लेटों की अच्छी बिक्री हो रही थी। बस स्टैंड के पास वैसे भी भीड़ रहती। सवारी इन्तज़ार में घण्टों-घण्टों खड़ी रहतीं। बस आती तो खूब रेलपेल मच जाती। आदमी-औरत का भेद न रहता। औरतों के जिस्म मर्दों के जिस्म से रगड़ खाते मर्दों के जिस्म औरतों से। इस भागदौड़ में किसी औरत का बच्चा नीचे रह जाता तो वह शोर मचाती। आसपास खड़े हुए मर्द हँसने लगते। रघु खड़े-खड़े यह सब देखता। बसों के ठहरने से लेकर चलने तक वह बसों के नम्बर पढ़ लेता। अब तो सभी नम्बर उसे ज़ुबानी याद भी हो गये थे। कभी-कभी कोई सवारी उससे बस के बारे में पूछती तो वह तपाक से बतला देता। ऐसा बतलाते हुए उसे गर्व महसूस होता।

पिछले सप्ताह से वह दोगुना माल ख़रीदने लगा था। बिक्री भी ख़ूब होने लगी थी। बीच-बीच में उसका साथी लालसुख आता और उसे पुलिस से सावधान रहने को कह जाता। फ़ुटपाट के सभी साथी हफ्ता देते थे। जब कभी उसके पास आते तो उसे भी देना पड़ता था। वह न भी दें तो क्या करे। लालसुख की बात कानों में गूँजने लगती।

कल ही किसी ने बतलाया था, लालसुख पुलिस का आदमी है। उसे सुनकर आश्चर्य हुआ। पहले वह समझा शायद सी.आई.डी. का होगा। किसी केस की जाँच-पड़ताल के लिए उसे यह वेश रखना पड़ा हो। बाद में उसकी समझ में आया था। पुलिस को शहरों में ऐसे ही आदमी की ज़रूरत पड़ती है

लालसुख वही सब करता था। गवाही से लेकर मुखबरी तक। उसे घृणा-सी हो आयी लालसुख से। कैसे हँस-हँस कर बातें करता था। वैसे आदमी के पेट की ख़बर भी ले ले। लेकिन अपने बारे में एक शब्द भी नहीं बतलाये। उसे बहुत दुख हुआ था।

आज सुबह से ही उसका मन उचाट-सा था। रात में नींद भी न आयी थी। सारी रात बस घर के बारे में सोचता रहा था। उसका घर न जाने कब बसेगा। गाँव में होता तो अब तक...। आख़िर वह घर से भागा ही क्यूँ..., घर से न भागता तो वहाँ क्या करता। जमींदार की बेगारी करते-करते सारी उम्र गाँव में ही गुजार देता क्या? घर में एक बड़ा भाई था और माँ-बाप बस। अपनी ज़मीन न थी और रहने भर को एक कच्चा कोठा था। गाँव से जब वह चला था तो क्या नहीं सोचा था उसने? लेकिन आदमी जो कुछ सोचता है उसे मिलता कहाँ? सपने क्या कभी पूरे हुए हैं। सपना तो सिकन्दर का भी पूरा न हुआ था।

आज फिर एक साथी हफ़्ता लेने आया था। उससे देते न बना तो साथी ने दोहराया था। पानी में रहना है तो मगरमच्छ से बैर मत करो। और उसने जानबूझ कर मगरमच्छ से बैर लिया था।

शाम हुई तो वही जानी-पहचानी भागदौड़। ख़ूब तजुर्बा हो गया था उसे पुलिस और नगर निगम के कर्मचारियों के द्वारा धरपकड़ का। कहीं कोई साथी अपना सामान पीछे पार्क की तरफ़ घास में छुपा देता तो कोई चादर में लपेट कर इस तरह वहीं खड़ा हो जाता, जिससे लगता कि वह पटरी पर सामान बेचने वाला न होकर बस की इन्तज़ार में खड़ा हुआ कोई मुसाफिर हो। कमेटी की गाड़ी आती और आगे निकल जाती। लोग फिर अपना-अपना सामान सजाने लगते। उन सभी के चेहरे खुशी से दमकने लगते। किन्तु आज ऐसा न हुआ था। कमेटी की गाड़ी चलते हुए अचानक रुक गयी थी। उसमें बैठे तीन-चार लोग बन्दर जैसी छलाँग लगाते हुए पटरी पर फैले सामान की तरफ़ दौड़ पड़े थे। किसी को सँभलने का मौका ही न मिला था कि हमला शुरू हो गया था। बचाव के लिए भाग-दौड़, चीख-पुकार, मारा-मारी शुरू हो गयी थी। आज लालसुख का पता न था। उसे समझ नहीं आया कि वह क्या करे। जल्दी-जल्दी वह सब इकट्ठा करने में तो सब कबाड़ा हो जायेगा।

तभी बाज़ की तरह दो-तीन आदमियों ने झपट्टा मारा और उन्होंने चादर पर सजे रंग-बिरंगे कप-प्लेटों का बेदर्दी से गठरी बनाकर गाड़ी में पटक दिया था। उसने प्रतिरोध किया तो पुलिस वाले ने बड़े ज़ोरों से एक डण्डा उसकी कमर पर कस कर मारा। वह बिलबिला कर रह गया। ऊपर से माँ, बहन को नंगा करते हुए दो चार मोटी-मोटी गालियाँ अलग दे डालीं।

रघु की आँखों के सम्मुख अँधेरा छाने लगता है। किसी हारे हुए सैनिक की तरह दूर होती कमेटी की गाड़ी की ओर वह देखने लगता है। धीरे-धीरे वह काली गाड़ी एक बिन्दु बन कर रह जाती है। फिर उसकी आँखों से वह बिन्दु भी दूर हो जाता है। अब रह जाता है वहाँ शून्य, केवल शून्य जो उसे और बेचैन करने लगता है।

(प्रकाशित)

□□